# MAMIAITH

# Mamiaith

## Patricia Forde
*addasiad: Mari George*

Gwasg Carreg Gwalch

Argraffiad cyntaf: 2022

Ⓗ testun gwreiddiol: Patricia Forde 2015
Ⓗ cyhoeddiad gwreiddiol yn Iwerddon: *Mother Tongue*, Little Island Books
Ⓗ cyhoeddiad Cymraeg: Gwasg Carreg Gwalch 2023
Mae Patricia Forde yn datgan ei hawl dan Ddeddf Hawlfreintiau, Dyluniadau a Phatentau 1988 i gael ei chydnabod fel awdur y llyfr hwn.

Cedwir pob hawl.
Ni chaniateir atgynhyrchu unrhyw ran o'r cyhoeddiad hwn,
na'i gadw mewn cyfundrefn adferadwy, na'i drosglwyddo
mewn unrhyw ddull na thrwy unrhyw gyfrwng, electronig, electrostatig,
tâp magnetig, mecanyddol, ffotogopïo, recordio, nac fel arall,
heb ganiatâd ymlaen llaw gan y cyhoeddwyr, Gwasg Carreg Gwalch,
12 Iard yr Orsaf, Llanrwst, Dyffryn Conwy, Cymru LL26 0EH.

ISBN clawr meddal: 978-1-84527-921-9

ISBN elyfr: 978-1-84524-550-4

Cyhoeddwyd gyda chymorth Cyngor Llyfrau Cymru

Cynllun clawr: Eleri Owen
Llythrennu'r clawr: Marian Brosschot
yn seiliedig ar gynllun clawr y gyfrol wreiddiol a ddyluniwyd
gan Steve Simpson .

Cyhoeddwyd gan Wasg Carreg Gwalch,
12 Iard yr Orsaf, Llanrwst, Dyffryn Conwy, Cymru LL26 0EH.
lle ar y we: www.carreg-gwalch.cymru

Argraffwyd a chyhoeddwyd yng Nghymru

*Er cof am fabanod Tuam*

*ac i blant heb lais ym mhobman.*

Un o Galway, yng ngorllewin Iwerddon, yw PATRICIA FORDE.
Mae'n awdur llyfrau stori-a-llun Gwyddeleg a Saesneg i blant ifanc.
Mae wedi cyfansoddi drama deledu i blant a phobl ifanc yn ogystal â
thair drama lwyfan. Amser maith yn ôl, roedd yn athrawes ysgol
gynradd ac yn gyfarwyddwr Gŵyl Gelfyddydau Galway.
Dyma ddilyniant i'w nofel gyntaf, Y *Crefftwr Geiriau*.

Gwelodd ystafell hir a chul. Ar hyd bob wal roedd rhesi o grudiau gwyn. Plygai menyw mewn gwisg wen dros un crud gyda'i chefn at y ffenest. Roedd menyw arall yn gwthio troli ac arno resi a rhesi o boteli. Aeth Mair at y ffenest nesaf. Eto, gwelodd ystafell hir a'r un crudiau mewn rhesi ar hyd y waliau. Roedd dwy fenyw arall yn gweithio fan hyn, yn mynd o grud i grud gyda'u cefnau at y ffenest. Plygodd un ohonyn nhw a chodi plentyn. Trodd yn araf gyda'r plentyn yn ei breichiau a bu bron i galon Mair roi'r gorau i guro. Roedd tâp trwchus llwyd yn dynn dros geg y fenyw. Sylwodd hi ar Mair.

Edrychai Mair ar ddynes farw.

# PENNOD 1

Roedd yr inc yn dywyll ac yn eithaf gludiog. Yn rhuddgoch. Fel gwaed. Roedd wedi ei wneud o aeron a oedd wedi eu cynaeafu yn yr hydref, a'r sudd gwerthfawr wedi ei wasgu allan ohonynt wrth i'r dail cyntaf ddechrau syrthio. Rhoddodd Mair fin ei hysgrifbin yn yr inc yn ofalus, gan geisio osgoi sarnu dim ohono. Roedd y cardiau mewn rhes o'i blaen. Un gair ar bob cerdyn. Un gair o'r famiaith yr oedden nhw bron â'i cholli. Roedd y casgliad hwn o gardiau yn disgrifio blodau gwyllt.

*Blodyn menyn. Llygad y dydd. Briallen. Dagrau Mair.*

Syllodd ar yr enw olaf a theimlo ing yn mynd drwyddi. Roedd pob llythyren wedi ei hysgrifennu yn ei llawysgrifen hi. Inc coch ar gerdyn gwyn. Pwysodd fin yr ysgrifbin ar y cerdyn a chlywed y crafu ysgafn, ac arogl yr aeron a'r finegr yn chwythu o gwmpas ei phen.

'Ti'n dod?' gofynnodd Math, gan wisgo ei siaced.

'Ydw,' atebodd. 'Jyst angen pacio fy mag.'

Arhosodd yntau wrth iddi roi'r cardiau yn eu bocsys, yna rhoddodd ei hen fag lledr iddi, ei ddwylo cryf yn cyffwrdd â'u rhai hi am eiliad mor ysgafn â philipala'n cyffwrdd â blodyn. Rhoddodd hi'r bocsys yn y bag wrth ochr llyfr tenau o straeon. Caeodd y strapiau, gan fwynhau teimlad yr hen ledr a'i arogl cyfoethog a phêr. Arogl cartref. Bag Ben oedd hwn. Ben, ei mentor annwyl, a oedd wedi ei magu ar ôl i'w rhieni adael.

'Barod?' Gwenodd Math arni.

Dilynodd hi Math ar hyd llawr yr hen dŷ dŵr, i fyny'r ysgol a thrwy'r drws bach yn y nenfwd. Cerddodd y ddau ar hyd y cyntedd llychlyd oedd yn drewi o ystlumod a llwydni a lleithder. Nodiodd Math tuag at y dyn ifanc oedd yn gwarchod y drws ac edrychodd yntau drwy'r twll sbio. Arhosodd Mair. Gwthiodd y dyn ifanc yn erbyn y drysau mawr. Agoron nhw'n rhwydd gan wichian yn uchel. Edrychodd y dyn i weld a oedd y ffordd yn glir y tu allan, yna camodd yn ôl i adael i Mair a Math fynd heibio. Anadlodd Mair yr awyr oer. O'i chwmpas roedd y coed yn sibrwd yn y gwynt a'r dail yn crynu wrth i ddafnau o law daro llawr y goedwig.

Hanner awr yn ddiweddarach roedden nhw'n cerdded trwy wair garw caeau agored. Byd o rigolau a danadl poethion, tyweirch gwlyb a gwyntoedd yn llawn arogl mwsog llaith. Roedd rhyw olwg prynhawn blinedig yn y gaeaf ar y tir, gyda phawb a phopeth wedi eu dal yn ei grafangau oer. Roedd gwynt o'r dwyrain wedi cyrraedd dros nos gan ddod ag awyr lwydaidd a chawodydd o law gaeafol gydag e. Dringodd Mair a Math law yn llaw i fyny'r allt oedd yn foel a gwag ar ôl y glaw trwm. Ar y copa, oedodd y ddau i gael eu gwynt yn ôl atynt. Islaw gallai Mair weld y glyn lle roedd clwstwr o goed bach a llwyni a fyddai'n eu cuddio rhag llygaid busneslyd. Wedi cyrraedd, eisteddodd hi gyda'i chefn yn erbyn hen goeden binwydd, gan deimlo'r lleithder yn treiddio trwy ei dillad tenau. Roedden nhw wedi dewis y lle hwn oherwydd bod y tir heb ei drin. Doedd dim gweithwyr i boeni amdanyn nhw, doedd dim rheswm i unrhyw un fod yna. Symudodd Math i ffwrdd i sefyll ar fryncyn lle allai weld y wlad o'i gwmpas yn glir. Arhosodd y ddau.

Clywodd Mair eu sŵn cyn iddi eu gweld. Ei chriw lliwgar o ysgolheigion. Deg o blant, yn amrywio o saith hyd at ddeuddeg oed, bron. Gofidiai eu bod wedi dod ynghyd, eu bod yn gwneud sŵn. Byddai rhaid iddi siarad gyda nhw eto am ba mor bwysig oedd hi eu bod nhw'n ofalus. Roedd y plant yma'n dod o'r bobl ddewraf yn yr Arch, pobl oedd yn fodlon cymryd y risg o golli popeth er mwyn i'w plant ddysgu siarad. O fewn munudau, roedd y criw ifanc yn eistedd o'i blaen, eu llygaid yn fawr, yn aros i glywed beth oedd ganddi i'w ddweud. Cliriodd ei llwnc a dechrau siarad. 'Dw i mor falch eich bod chi i gyd yn gallu dod prynhawn 'ma.'

Chwythai'r gwynt ar hyd y caeau ac roedd hi'n ei chael hi'n anodd clywed oherwydd y swnian iasol. Roedd hi'n ddiwedd caled i'r mis bach, a'r ddaear yn dal yn oer. Edrychodd Thaddeus, un o'i myfyrwyr ieuengaf, arni gyda'i lygaid mawr glas a chodi ei law. Yn ei law arall daliai lygad y dydd, wedi ei wasgu yn ei law gynnes.

'Mair, beth b-blodyn hyn?'

Baglodd dros y gair olaf, gair nad oedd ar y rhestr yr oedd Mair wedi ei dysgu iddo'n lled ddiweddar. Daeth atgof ati'n sydyn am gasglu llygaid y dydd gyda Ben pan nad oedd hi'n llawer hŷn na Thaddeus.

'Mae llygad y dydd yn arwydd o ddechrau newydd,' yr oedd wedi dweud. Gobeithiai fod hyn yn wir.

'Llygad y dydd,' meddai Mair.

Llygaid y dydd yn Chwefror. Roedd y Toddi Mawr wedi creu anhrefn llwyr o ran yr hinsawdd ac roedd natur yn dal i ymddwyn yn rhyfedd. 'Alli di enwi unrhyw flodau eraill?'

Crychodd y bachgen bach ei dalcen wrth iddo geisio cofio.

'Briallu, cennin pedr, blodyn menyn ...'

'Ardderchog, Thaddeus,' meddai hi.

Roedd yn fachgen mor glyfar. Dylai fod mewn ysgol go iawn, meddyliodd Mair, gan gofio ei dyddiau hithau yn nosbarth Mrs Jones, lle roedden nhw wedi dysgu geiriau John Noa – y rhestr o saith can gair oedd yn cael eu caniatáu yn yr Arch. Doedden nhw ddim yn gwybod ar y pryd mai nhw fyddai'r plant olaf yn yr Arch i gael cynnig saith can gair. Ar ôl i Mair adael yr ysgol, dim ond pum can gair yr oedd plant yn eu cael. A bellach, roedd yr ysgol wedi cau.

Gwnaeth Mair a'r Crewyr eu gorau i addysgu'r rheini oedd eisiau dysgu, er bod hyn wedi golygu eu haddysgu yn yr awyr agored, mewn mannau anghysbell lle na fyddent yn cael eu dal. Roedd pobl wedi dechrau eu galw'n 'ysgolion y gwrych', gan eu bod yn aml yn cysgodi o dan wrychoedd a choed, ac roedd mwy a mwy o rieni'n ceisio anfon eu plant, er y byddai cael eu darganfod yn golygu marwolaeth. Edrychodd Mair y tu ôl iddi lle roedd Math yn sefyll, yn cadw llygad barcud ar y tir o'u hamgylch.

Gwasgodd y gwynt ei ffordd drwy'r clawdd, ei anadl yn rhewllyd, a chwythodd Mair ar ei dwylo i'w cynhesu cyn agor ei llyfr bach o straeon. Roedd yn un o'r ychydig bethau yr oedd wedi llwyddo i'w gymryd o lyfrgell Ben cyn ffoi. Arferai'r clawr glas fod yn galed ond bellach roedd yn llipa a meddal yn nwylo Mair, a'r tudalennau wedi eu crychu a'u melynu gan ddŵr. Roedd yn hŷn na'r Toddi Mawr, o gyfnod arall, cyfnod a oedd yn amhosibl iddi ei ddychmygu. Cyfnod pan oedd llyfrau ym mhobman, pan oedd pobl yn creu straeon o hyd a phawb yn rhydd i'w darllen. Amser maith yn ôl, cyn i lefelau'r dŵr godi a boddi'r rhan fwyaf o'r blaned. Agorodd Mair y llyfr yn ofalus.

'Dw i'n mynd i ddarllen stori i chi,' meddai, a theimlo gwefr yn cyffroi'r grŵp. 'Stori am lygoden yn achub llew.'

'Fi'n cael llygoden un tro, ond rhoi e mewn bocs a llygoden marw,' meddai Thaddeus. 'Mami meddwl dim digon aer.' Trodd corneli ei geg am i lawr wrth iddo feddwl am y peth, a cheisiodd ei frawd Aaron ei ddistewi.

'Gwrando stori, Thaddeus,' meddai.

Gwenodd Mair. Trodd yn ôl at y llyfr eto. Roedd hi ar fin dechrau darllen pan welodd hi rywbeth yn saethu allan o'r tu ôl i fryncyn o wair i'r dde iddi. Neidiodd. Anifail oedd yna.

Roedd ei ffwr yn frown a choch tywyll, ond gwelodd Mair fflach o wyn ar ei fol. Roedd ganddo glustiau hir â'u blaen yn wyn a choesau du, cryf.

'Edrych!' gwaeddodd Thaddeus. 'Cwningen!'

'Dim cwningen,' meddai Mair yn garedig. 'Sgwarnog.' Cododd y llyfr a dechrau darllen. 'Un tro —'

'Mair!' Torrodd Math ar draws ei geiriau fel chwip.

Edrychodd arno.

'Plismyn!'

Llamodd ei chalon.

'Ar gefn ceffylau. Ewch yn gyflym!'

Roedden nhw wedi ymarfer hyn. Roedden nhw'n gwybod beth i'w wneud, ond eto safai'r plant yn eu hunfan.

'Ewch!' gwaeddodd Mair.

Daeth y plant i'w coed yn gyflym. Dechreuon nhw symud i ochr arall y clawdd, lle roedd y tyfiant yn drwchus. Bugeiliodd Mair a Math y plant lleiaf. Daliodd Mair law Thaddeus. Gallai deimlo'r llygad y dydd wedi ei wasgu rhyngddyn nhw. Pan gyrhaeddon nhw'r wal gerrig ar ochr ogleddol y guddfan, gorweddodd pawb ar y llawr. O'u cwmpas roedd y tyfiant yn ffurfio sgrin. Roedd y ddaear arw yn oer ac yn garegog ond ni symudodd unrhyw un. Yn y pellter, daeth curiad carnau'r ceffylau yn agosach. Dynion ar gefn ceffylau. Roedd hyn yn ymyrraeth newydd gan Anwen, arweinydd yr Arch. Cyn hyn, byddai ceffylau a phob anifail arall yn crwydro'n rhydd yn ôl gorchymyn John Noa. Ond roedd Anwen wedi eu dal a'u dofi, a bellach roedden nhw'n helpu'r heddlu i wneud eu gwaith yn well.

Wrth ei hochr, gallai Mair glywed Math yn dal ei wynt. Roedd y ceffylau'n dod yn agosach. Gwasgodd Thaddeus ei llaw. Daliodd hi lygad Math a gweld ei phryder ei hun yn cael ei adlewyrchu ynddi. Daliodd ei bys i fyny fel rhybudd. *Paid symud.* Gorweddon nhw'n hollol lonydd wrth i'r ceffylau garlamu o fewn ychydig lathenni iddyn nhw. Gallai Mair glywed yr anifeiliaid yn gweryru ac arogli eu chwys. Yna rhedodd y sgwarnog yr oedden nhw wedi ei␣gweld yn gynharach o flaen y ceffylau anferth. Ceisiodd Thaddeus godi, i rwystro'r creadur bach. Tynnodd Mair ef ati, gan wasgu ei llaw dros ei geg.

Taniwyd ergyd a syrthiodd y sgwarnog i'r llawr. Trwy fwlch yn y dail gwelodd Mair y sgwarnog ar y gwair a'r gwaed coch yn gylch o'i chwmpas. O dan ei llaw, crynodd Thaddeus, ei ddagrau cynnes yn taro ei bysedd. Stopiodd y ceffylau yn eu hunfan. Am eiliad roedd tawelwch llwyr. Gallai Mair glywed Thaddeus yn anadlu a'i chalon ei hun yn curo.

'Cwningen!' Roedd llais y plismon yn arw a chryg. 'Nôl e! Rhoi i'r Gegin Ganolog.'

Clywodd Mair ryw fwmian o gytuno yna aeth y ceffylau, a sŵn eu carnau'n pellhau wrth i Mair wasgu ei chlust i'r ddaear oer.

*Cerddodd Werber yn araf ar hyd y traeth. Roedd y gwynt a chwipiai o'r môr yn oer ac yn greulon. Daeth dŵr i'w lygaid. Uwch ei ben clywai sgrechian y gwylanod wrth iddyn nhw godi ac esgyn dros y tonnau tymhestlog. Roedd wedi dod at y môr er mwyn dianc oddi wrth ormes y tŷ mawr. Ers marwolaeth Noa, roedd Anwen wedi ei gymryd fel prentis. Roedd hi wedi mynnu ei fod yn dysgu siarad yr heniaith yn gywir, er ei fod wedi teimlo'n anghyffyrddus am y peth. Roedd Noa bob amser wedi dweud mai iaith oedd y gelyn mawr, y rheswm yr oedden nhw wedi dinistrio'r blaned. Ond roedd Anwen wedi rhoi eglurhad iddo. Roedd iaith, meddai, yn arf hanfodol i lywodraethwyr, er ei bod yn ddiangen i bobl gyffredin. Dim ond un set o syniadau oedd ei hangen ar gymdeithas, un ffordd o edrych ar y byd. Ar lywodraethwyr roedd y cyfrifoldeb am amlinellu'r syniadau hynny. Er mwyn gwneud hynny, roedd rhaid iddyn nhw allu mynegi eu hunain yn iawn. Nid oedd gan eraill y cyfrifoldeb hwnnw. Dim ond ufuddhau roedd rhaid iddyn nhw ei wneud.*

*Ac felly, roedd Werber wedi dysgu'r heniaith ac wedi dod yn frwydrwr. Bwydrwr Gwyrdd. Un o hyrwyddwyr dethol yr amgylchfyd a oedd wedi bod gyda John Noa o'r dechrau'n deg. Ei fywyd bellach oedd gwasanaethu Anwen a'r Arch. Gyda'i gilydd roedden nhw wedi creu syniadau newydd er mwy rheoli iaith. Roedd Anwen bron â bod yn gwbl ddall ond ni chollai unrhyw beth. Roedd ganddi ymennydd anhygoel. Roedd e'n cael gwybod hyd yn oed y cyfrinachau mwyaf sensitif bellach. Roedd e'n rhan o'r teulu.*

*Ond weithiau yn y nos, gorweddai ar ddi-hun yn poeni. Beth pe bai Anwen yn darganfod y gwir am beth ddigwyddodd yn y tŵr dŵr? Roedd ganddo gywilydd o'i weithredoedd. Roedd wedi helpu llofrudd i ddianc. Nid unrhyw lofrudd chwaith. Y person oedd wedi lladd John Noa. Mair.*

*Roedd yn casáu Mair. Yn doedd?*

*Oedodd i edrych allan ar y môr.*

*Roedd yn ei chasáu.*

*Cafodd ei synnu gan gryfder ei emosiynau. Cnodd ei wefus yn galed gan flasu gwaed yn ei geg. Roedd hi wedi gwneud iddo anghofio pwy oedd e go iawn.*

*Ni allai faddau iddi am hynny.*

*Roedd Curon wedi dweud wrtho ei bod hi'n dal yn fyw ac yn ymwneud â'r Difrodwyr. Roedd hi'n fradwr, yn gweithio i ddinistrio popeth yr oedd Noa wedi gweithio mor galed i'w greu.*

*Roedd hi wedi gwneud ffŵl ohono. Roedd e wedi credu ei bod hi'n ifanc ac yn ddiniwed. Pur. Person y gallai dreulio ei fywyd gyda hi.*

*Ond roedd Curon wedi dweud ei bod yn ddrwg. Roedd rhaid iddo dderbyn hynny. Uwch ei ben criodd gwylan, sŵn sinistr ac arallfydol. Crynodd Werber a throi a cherdded oddi yno.*

# PENNOD 2

Roedd hi bron yn flwyddyn ers y frwydr yn y tŵr dŵr ac roedd bywyd yn yr Arch wedi newid yn llwyr. Roedd John Noa, a sefydlodd yr Arch, wedi marw'r diwrnod hwnnw. Roedd wedi rheoli'r Arch yn ddigyfaddawd o lym a doedd dim llawer o bobl yn drist o'i golli. Bron yn syth, roedd Anwen, partner Noa, wedi cymryd yr awenau ac wedi profi ei bod hi'r un mor llym â John Noa, a hyd yn oed yn fwy cas, er bod ei hiechyd yn dirywio. Roedd sibrydion ei bod yn wan a bron yn hollol ddall, ond doedd hynny ddim fel petai'n ei rhwystro hi rhag cyflawni ei bwriadau.

Er mwyn gadael i'r bobl wybod ei bod hi bellach yn rheoli'r Arch, roedd hi wedi cychwyn teyrnasu trwy drais. Roedd y Dre Arian, oedd ar gyffiniau'r Arch ac yn llawn o'r tlotaf o'r tlodion, sef ffoaduriaid nad oedd wedi cael eu gadael i mewn i'r Arch ar ôl y Toddi, wedi cael ei llosgi i'r llawr a'r trigolion wedi eu gorfodi i weithio fel caethweision, neu eu taflu i'r goedwig er mwyn cael eu bwyta gan anifeiliaid gwyllt. Roedd y Crewyr (neu'r Difrodwyr, fel y galwai'r awdurdodau nhw) wedi mynd yn ôl i guddio, gan fentro i'r dref ddim ond pan oedden nhw mewn cuddwisg. Roedd Mair, yn benodol, yn ddynes yr oedden nhw'n ei herlid a gwobr fawr yn cael ei chynnig am ei dal.

Ond roedd arwyddion cadarnhaol. Roedd y Crewyr wedi

trefnu cyfarfodydd mewn lleoedd cudd ac wedi siarad gyda'r bobl am ryddid. Cynyddai nifer eu dilynwyr o hyd. Roedd pobl yn poeni'n bennaf am eu plant yn tyfu i fyny heb allu mynegi eu hunain. Nhw oedd y genhedlaeth gyntaf heb unrhyw wybodaeth am yr heniaith. Y cwbl oedd ganddyn nhw oedd y pum can gair yr oedden nhw wedi eu derbyn gan Anwen. Tan nawr, roedd rhieni wedi bod yn rhy ofnus i rannu'r iaith oedd yn eu pennau nhw â'u plant diniwed.

Roedd y gwrthryfel y diwrnod hwnnw yn y tŵr dŵr wedi dangos i rai pobl bod gobaith o hyd. I rai pobl, ond nid llawer. Roedd pobl â gormod o ofn Anwen a'i phlismyn i weld bod rhyddid hyd yn oed yn bosibl. Roedd Mair wedi dod i sylweddoli bod rhaid i chi gael ofn er mwyn cael gobaith, ond ni allwch gael gobaith tan i chi drechu ofn.

Roedd Mair wedi bod yn awyddus iawn i wneud ei rhan. Hi feddyliodd am y syniad o ysgolion y gwrych, ac er bod Llew, arweinydd y Crewyr, wedi bod yn amheus ynglŷn â gadael iddi roi ei bywyd mewn perygl eto, roedd hi wedi mynnu. Yn y diwedd cytunodd Llew. Roedd hi'n caru'r plant, ac roedd eu syched am eiriau yn anniwall. Ond roedd y sefyllfa'n un ansicr. Roedd ar Mair ofn o hyd y byddai'r plant yn ddamweiniol yn defnyddio'r geiriau yr oedd hi wedi eu dysgu iddyn nhw, neu y byddai'r plismyn yn dod o hyd i'r ysgol ac yn brifo'r disgyblion ifanc. Nid oedd Anwen wedi dangos llawer o drugaredd ers i Noa farw. Roedd Mair wedi bod yn llawn pryder ac euogrwydd gan fod Anwen yn fodryb iddi, yn berthynas waed. Roedd Math wedi ei hatgoffa hi bod Leyla hefyd wedi bod yn fodryb iddi, a hi oedd y person hyfrytaf erioed. Ac felly, parhaodd Mair i fyw yn y tŷ dŵr gan gymryd un dydd ar y tro.

Hen adeilad carreg tywyll o gyfnod cyn y Toddi Mawr oedd y tŷ dŵr. Roedd wedi mynd a'i ben iddo, yn gartref i jac-dos swnllyd a phren dros bob ffenest, gan ei adael yn ddall i'r byd tu allan. Roedd yng nghrombil y goedwig, filltiroedd o'r Arch, yn ynys o gallineb mewn byd oedd wedi mynd yn wallgo. Doedd dim arwydd o gwbl ar y tu allan o'r hyn oedd o dan lefel y ddaear. O dan yr adeilad yr oedd Mair a'r Crewyr yn byw, mewn rhyw gwch gwenyn o ystafelloedd tanddaearol o bob maint a siâp.

Roedd bywyd yn straen yn y tŷ dŵr bellach. Roedd rhaid bod yn llym o ran diogelwch. Arweiniai Llew y gymuned fechan hon gyda hyder tawel, ond i'r rheini oedd yn ei adnabod cyn i'w Leyla annwyl gael ei llofruddio, roedd yn ddyn gwahanol. Byddai Mair yn ei wylio'n gwneud ei waith o ddydd i ddydd, yn gwrando ar adroddiadau gan sgowtiaid, yn trafod beth allen nhw ei fwyta gyda'r gogyddes, yn monitro eu cyflenwadau dŵr. Trwy hyn i gyd, fe allai hi weld bod rhywbeth ar goll, teimlad nad oedd Llew yno'n llwyr, fel petai rhan ohono'n dal gyda Leyla. Yma, tu mewn i waliau'r tŷ dŵr, lle roedd cerddoriaeth a chelf a chwerthin, roedd hi'n hawdd teimlo ei hysbryd; gobeithiai Mair ei bod hi mewn heddwch yn rhywle.

Roedd hi'n dal i weld eisiau Ben. Roedd hi'n meddwl amdano bob dydd ac yn sibrwd ei enw yn ei chwsg. Y noson o'r blaen roedd hi wedi breuddwydio amdano. Daeth y freuddwyd â hi yn ôl i gyfnod yn ei phlentyndod pan oedd Ben wedi mynd â hi i'r traeth, wedi dangos iddi sut roedd y dŵr yn rhoi yn ôl yr hyn yr oedd wedi ei gymryd: bob blwyddyn roedd y môr cilio rhyw ychydig. Roedd yr hen atgof wedi mynd yn fratiog o gylch yr ymylon, ond yn ei breuddwyd, roedd mor fyw â phe bai newydd ddigwydd. Pan fyddai galar yn bygwth ei gorchfygu, roedd Math yno o hyd, yn ei dal ac yn sibrwd geiriau o gysur. Roedd hynny'n help. Ond roedd hi'n hiraethu am ei hen fywyd. Roedd hi'n hiraethu am yr Arch. Doedd bywyd ddim yn berffaith ond gwyddai beth oedd beth. Roedd hi'n ysu i gael bod wrth ei desg, yn gwybod bod Ben fyny'r grisiau yn potsian, yn gwybod bod gwaith ganddi i'w wneud. Roedd hi'n gweld eisiau Mrs Jones, er bod yr hen fenyw wedi troi yn ei herbyn a chymryd ochr John Noa. Roedd hi'n gweld eisiau gwylio ei chymdogion yn mynd a dod, yn llawn prysurdeb bywyd. Roedd hi hyd yn oed yn gweld eisiau mynd i'r Gegin Ganolog bob dydd i gasglu ei bwyd.

Ac roedd hi'n gweld eisiau ei rhieni. Roedden nhw wedi gadael yr Arch pan oedd hi'n blentyn bach, wedi mynd i chwilio am leoedd a phobl a allai fod wedi goroesi'r Toddi. Doedden nhw ddim wedi dychwelyd. Ar hyd ei bywyd byr ni fu'r golled mor enbyd ag yr oedd ar hyn o bryd. Roedd yr hiraeth fel artaith anesboniadwy ynddi. Roedd hi eisiau cerdded at lan y môr ac edrych allan ar hyd y gorwel i weld a allai weld cwch â hwyliau arian, ond roedd hi'n gwybod na allai droi'r cloc yn ôl. Gwyddai na allai fyw bywyd arferol bellach. Roedd hi'n wrthryfelwr, yn alltud ac yn ffoadur. Roedd hi'n gwybod hynny, ond doedd hyn ddim yn helpu. Ac roedd hi'n dechrau teimlo'n gaeth i'r sefyllfa. Roedd Llew a Math yn meddwl yn dda ac roedden nhw eisiau ei gwarchod hi, ond weithiau teimlai fel pe baen nhw wedi anghofio mai hi oedd wedi trefnu cael gwared ar Noa. Roedden nhw'n ei thrin hi fel blodyn bregys ond ar y tu mewn fe deimlai fel arth – arth flin. Roedd yr egni a'i gyrrodd hi i rwystro Noa'n dal i losgi y tu mewn iddi. Roedd hi eisiau rhyddid – ar ei chyfer hi ei hunan ac ar gyfer pobl yr Arch. Roedd hi eisiau cyfiawnder. Roedd hi eisiau rhywbeth oedd yn fwy tebyg i fywyd arferol, rhywbeth tebyg i'r hyn oedd gan bobl cyn y Toddi Mawr.

'Wyt ti ar ddyletswydd bwyd?' Roedd y ferch fach dywyll a ofynnodd y cwestiwn yn gwgu arni.

'Na,' meddai Mair. 'Dw i ddim yn meddwl.'

Cododd y ferch ei haeliau. 'Fi sydd 'te, mae'n rhaid,' meddai gan gerdded i ffwrdd.

Syllodd Mair arni. Doedd hi ddim yn hoffi Carmina. Doedd hi ddim yn siŵr pam, ond fel yna roedd hi'n teimlo. Roedd Carmina'n artist. Hi oedd yn gyfrifol am y rhes o bortreadau oedd yn hongian ar wal ddeheuol y tŵr dŵr. Syllodd Mair arnyn nhw nawr. Rhain oedd y merthyron, y Crewyr oedd wedi cael eu lladd gan Noa. Ar ddiwedd y rhes fe allai weld Leyla a Ben. Roedd golau ar eu hwynebau a wnâi iddyn nhw edrych yn fyw eto. Roedd Mair yn aml yn sefyll ac yn edrych yn fanwl ar y portread o Ben, ac yn rhyfeddu at grefft Carmina bob tro. Ond doedd hynny ddim yn gwneud iddi ei hoffi'n fwy o gwbl.

Roedd Carmina'n filwr yn ogystal ag artist. Pan symudodd Mair i mewn i'r tŵr dŵr ddeuddeg mlynedd yn ôl, roedd Carmina'n byw yn yr Arch fel ysbïwr i'r Crewyr. Wedi pythefnos yn unig o fod yn ôl yn y goedwig galwyd hi'n arwres. Roedd Mair wedi teimlo nad oedd Carmina'n hapus i'w gweld hi yna, ac ers hynny roedd rhyw densiwn wedi bodoli rhyngddyn nhw.

Aeth Mair ymlaen â'i gwaith. Roedd Llew wedi llwyddo i ddod o hyd i gerdyn iddi a rhedodd hi ei bysedd drosto gan fwynhau ei lyfnder. Roedd gymaint o eiriau i'w cofnodi.

Ambell ddiwrnod, fe deimlai hi fraw wrth feddwl am y geiriau yr oedd hi wedi eu storio yn ei phen. Roedd rhaid iddi eu hysgrifennu, eu pasio nhw ymlaen. Heddiw, roedd hi am ddechrau gyda'r ystafell hon. Edrychodd o'i chwmpas.

*Ffenest: Ffrâm o bren neu fetel sy'n dal cwrel o wydr.*

Cyn hir, roedd ganddi dri deg gair wedi eu hysgrifennu ar ei chardiau gwyn. Unwaith eto, roedd y geiriau'n canu yn ei phen ac yn gwibio o gwmpas yr ystafell, fel yr oedden nhw'n gwneud pan oedd hi'n ferch fach. Pan gymerodd hi hoe, sylweddolodd fod ganddi gynulleidfa. Roedd rhyw ddwsin o blant a phobl ifanc yn sefyll o gwmpas ei bwrdd. Edrychodd Mair i fyny atyn nhw. Curodd bachgen ifanc ei ddwylo a gwenu. 'Ti'n gwybod llawer o eiriau. Llawer.'

Gwenodd Mair. 'Croeso i ti gael rhain os ti eisiau nhw.'

Gwenodd y bachgen. 'Fe wawn ni ... sori ...' Oedodd. 'Fe wnawn ni rannu nhw,' meddai. 'Diolch.'

Gwthiodd merch oedd yn sefyll wrth ei ochr ei hun o'i flaen. 'Oes gair gyda ti am rhain?'

Edrychodd Mair a gweld bod gan y ferch wlân a gweill yn ei llaw. Roedd y gweill wedi eu naddu o bren a'r gwlân wedi ei gasglu o'r caeau a'r defaid oedd yn byw yno. Am eiliad, teimlai Mair nad oedd hi'n gwybod y gair, yn methu ei gofio, er ei fod yn troelli uwch ei phen allan o'i chyrraedd.

'Gwau!' meddai. 'Gwau yw'r enw arno.'

*Gwau: Clymu neu gysylltu, yn benodol ag edafedd neu wlân.*

Llamodd calon Mair o weld yr olwg ddiolchgar ar wyneb y ferch. 'Gwau,' meddai. 'O'n i'n arfer gwybod y gair yna. Rhoddodd Mam e i fi. Anghofiais i. Dw i'n gwybod na ddylen i fod wedi anghofio. Dw i'n gwybod ei fod yn beth arbennig ond anghofiais i.'

Cyffyrddodd Mair ym mraich y ferch. 'Paid poeni,' meddai. 'Mae gen ti'r gair nawr, ac fe ysgrifenna i fe i lawr i ti fel na fyddi di byth yn ei anghofio eto.'

Am weddill y prynhawn, ysgrifennodd Mair eiriau i unrhyw un oedd eu heisiau. Sylweddolodd amser maith yn ôl fod gwahaniaethau mawr o fewn yr iaith ymhlith ei ffrindiau newydd. Roedd rhai fel Llew a Math yn siarad yn hyfryd; eraill fel y ferch â'r gweill a'r gwlân yn meddu ar iaith bob dydd a dim byd arall; roedd eraill nad oedd ganddyn nhw bron dim iaith ac yn mynegi eu hunain trwy gymysedd o feim ac ystumiau.

Wrth i Mair ysgrifennu geiriau iddyn nhw, ceisiodd ddychmygu beth oedd y rheswm am hyn. Yn amlwg, roedd Llew a Math wedi tyfu i fyny gyda phobl hyddysg oedd â stôr fawr o eiriau. Roedd eraill wedi cael eu gwahanu oddi wrth eu rhieni o oed ifanc iawn ac wedi eu gorfodi i ofalu amdanyn nhw eu hunain.

Roedd nifer o blant wedi cyrraedd yr Arch oedd bron yn wyllt. Roedd hen ddyn arferai ymweld â Ben wedi dweud wrthi amdanyn nhw. Cymerodd John Noa nhw i mewn a'u gosod gyda theuluoedd a ofalodd amdanyn nhw. Roedden nhw wedi wedi goroesi ar y cyfan ond roedd eu haith wedi cael ei dinistrio.

Doedd gan y rhan fwyaf ohonyn nhw braidd unrhyw eiriau ac roedd hi'n anodd iddyn nhw ddysgu rhai newydd. Roedd hi wedi cwrdd â nifer ohonyn nhw yn siop y crefftwr geiriau, pobl fyddai'n gwneud unrhyw beth i siarad yn iawn, a gallu mynegi eu hunain, ac roedd calon Mair wedi gwaedu drostyn nhw. A doedd y Crewyr yn ddim gwahanol: roedd ganddyn nhw hefyd eu siâr o bobl oedd â rhai geiriau ac eraill oedd â braidd dim.

Edrychodd Mair i fyny o'i gwaith. Roedd Llew a Math ar eu ffordd yn ôl. Bu gwrthdystiad heddiw. Roedd Llew wedi mynd â grŵp i'r caeau i chwarae cerddoriaeth i'r gweithwyr. Roedd Mair wir am fynd ond penderfynwyd ei fod yn rhy beryglus iddi hi. Doedden nhw ddim wedi cael gwrthdystiad fel yna am amser hir. Ond roedd Llew wedi clywed ei bod yn ddiwrnod hyfforddiant i'r plismyn ac y byddai llai o ddiogelwch. Gobeithiai Mair ei fod yn iawn. Roedd wythnos wedi mynd heibio ers iddi weld y plismyn yn saethu'r sgwarnog. Wythnos o gael ei harteithio gan yr atgof o'u gweld nhw'n crwydro ar hyd y lle ar gefn ceffylau. Roedden nhw'n gyflymach bellach ac yn fwy peryglus nag erioed.

Roedd Carmina newydd alw pobl at y bwrdd i fwyta pan glywon nhw'r drws yn y llawr yn agor.

'Llew!' gwaeddodd plentyn, a neidiodd Llew i mewn i'r ystafell gyda Math ar ei ôl a'r hanner dwsin o gerddorion oedd wedi mynd gyda nhw i'r caeau. Gwenodd Mair. Roedden nhw'n ddiogel.

\*

Dros ginio, roedd gwell hwyliau ar Llew nag yr oedd Mair wedi eu gweld ers amser.

'Aeth e'n dda!' roedd yn cadw ailadrodd. 'Aeth e'n dda iawn.'

Chwiliodd Mair am Math a'i weld gyda Carmina. Roedd eu pennau yn agos at ei gilydd ar ben arall y bwrdd. Teimlodd y genfigen yn cnoi. Yna roedd Eithne, un o'r cerddorion, wrth ei hochr. 'Cawson ni ddiwrnod mor dda. Do, diwrnod da. Dim plismyn. Roedd y gweithwyr wedi cael sioc, ac yna – sut wyt ti'n dweud e? Wedi trawsnewid. Ie, trawsnewid.'

'Mae hwnna'n arbennig,' meddai Mair, yn teimlo'n drist nad oedd hi wedi gweld y digwyddiad.

Curodd Llew ei ddwylo er mwyn cael tawelwch. 'A nawr,' meddai, 'fe wnawn ni ddathlu.'

Aeth y parti ymlaen drwy'r nos. Ar ôl bwyta, ailadroddodd Llew'r stori am eu hantur, gan ganmol Eithne a'r cerddorion eraill. Cododd ei wydr. 'I ffrindiau sydd ddim yma,' meddai. 'I'r holl bobl hynny aeth allan ac na ddaethon nhw yn ôl. I'r rheini ddewisodd farw fel y gallai rhai eraill fod yn rhydd. Mae'r hyn rydyn ni'n gwneud heddiw ar eu cyfer nhw. Ein brodyr. Ein chwiorydd. Iechyd Da!'

Cododd ei wydr at y rhes o bortreadau ac yfodd pawb. Dechreuodd Eithne a rhai o'r cerddorion eraill chwarae. Ildiodd Mair i'r gerddoriaeth hyfryd a gwylio'r dawnswyr yn symud yn y golau pŵl. Cyn hir, roedd pawb yn dawnsio. Safodd Mair yn y cefndir yn teimlo'n swil yn sydyn. Ar y llawr, gwelodd Math a Carmina, a hithau'n symud yn hawdd, ei chorff fel petai'n ysgafn i gyd a Math yn ei dilyn fel pe baen nhw'n un person. Ychydig yn ddiweddarach, cafodd y cerddorion hoe a daeth Math a Carmina i ymuno â Mair.

'Wyt ti'n cael amser da, Mair?' gofynnodd Math, ei lygaid yn feddal ac yn llawn caredigrwydd.

Nodiodd Mair. 'Wrth gwrs,' meddai'n gelwyddog.

'Ti ddim yn dawnsio?' holodd Carmina.

Gwridodd Mair. 'Na,' meddai. 'Dw i'n fawr o ddawnswraig.'

Doedd hi ddim eisiau gorfod egluro wrth Carmina nad oedd hi wedi clywed cerddoriaeth tan flwyddyn yn ôl.

Cododd Carmina ei hysgwyddau ac estyn ei llaw at Math. 'Dere!' meddai. 'Maen nhw'n chwarae ein tiwn ni.'

Oedodd Math. 'Ti'n siŵr wnei di ddim ymuno â ni, Mair?' meddai.

'Cer di. Dw i'n hapus fan hyn.'

Ar y tu mewn, roedd hi'n gobeithio na fyddai e'n mynd. Roedd hi'n gobeithio y byddai'n aros gyda hi. Gwyddai fod meddwl fel yna'n anghywir. Doedd arno fe ddim iddi, ac roedd e a Carmina wedi bod yn ffrindiau am amser hir. Ac eto ... teimlai hi ias bob tro yr oedd e'n agos ati. Daliodd Math law Carmina. Cerddodd y ddau oddi wrthi a chododd y gerddoriaeth i uchafbwynt wrth i'r holl offerynnau ymuno.

*Beth yw'r ots?* meddai Mair yn dawel bach, ond gwyddai nad oedd hynny'n wir.

# PENNOD 3

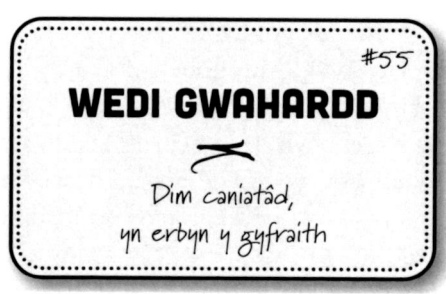

Amser brecwast drannoeth, tynnodd Math Mair i'r neilltu. 'Mae cyfarfod heno yn yr Arch,' meddai. 'Mewn tŷ diogel. Hoffai Llew i ti ddod.'

Cafodd Mair ei synnu. Roedd Llew wedi bod yn bendant nad oedd hi fod i adael y tŵr dŵr oni bai ei bod yn mynd i ysgol y gwrych.

'Beth sy'n digwydd?' meddai.

'Ti'n gwybod sut mae Llew wedi recriwtio llawer o wirfoddolwyr dros y misoedd diwetha? Maen nhw wedi cael eu rhannu i wahanol gelloedd – fel bod llai o gyfle i bobl ein bradychu ni. Mae gan bob cell ei chyfrifoldebau ei hun, ond dydyn nhw'n gwybod dim am beth sy'n mynd ymlaen mewn celloedd eraill.'

Amneidiodd Mair. Roedd hi wedi clywed Llew yn sôn am y system hon o'r blaen.

'Mae'r gell ni'n ymweld â hi heno yn gyfrifol am addysg. Mae angen mwy o ysgolion arnon ni. Mae'r gell yma eisiau recriwtio mwy o athrawon. Po fwya o athrawon sydd gyda ni, mwya o blant allwn ni eu cyrraedd. Mae Llew'n meddwl y dylet ti fod yna.'

Teimlodd Mair ei chalon yn llawenhau. Roedd hi wrth ei bodd bod Llew yn ymddiried ynddi ar gyfer gwaith mor bwysig.

Roedd hi'n rôl fechan ond roedd yn well na dim.

'Mae angen i ni ddatblygu cynllun,' meddai Math. 'Ni'n gwybod yn barod am ddau neu dri o bobl y gallwn ni ymddiried ynddyn nhw i fod yn athrawon.'

'Mae hynny'n grêt,' meddai Mair. 'Ond mae rhaid i ni bwysleisio bod angen iddyn nhw fod yn wyliadwrus. Mae angen dysgu'r plant sut i gelu'r geiriau yn ogystal â'u dysgu sut i'w defnyddio.'

'Ac mae angen lleoliadau diogel arnon ni ar gyfer y dosbarthiadau,' meddai Math.

Nodiodd Mair. Roedd ei meddyliau ym mhob man. 'Wna i weithio arno fe heddiw,' meddai. 'Wna i baratoi cardiau geiriau a gwneud copi o'r maes llafur.'

Gwenodd Math. 'Mae'n dda dy weld di'n llawn cyffro eto,' meddai. 'Mae hwn yn gyfnod cyffrous, Mair. Mae pethau yn dechrau digwydd. Fe wnaiff gymryd amser, ond rydyn ni'n mynd i ennill. Alla i synhwyro'r peth.'

Ar ôl iddo fynd, eisteddodd Mair wrth ei desg a meddwl am beth roedd e wedi ei ddweud. Oedd hi wir yn bosibl iddyn nhw ennill? Ceisiodd Mair ddychmygu'r Arch heb yr holl gyfreithiau cyfyngedig. Ceisiodd ddychmygu cymdeithas a allai ddweud beth bynnag yr oedd yn ei ddymuno, a meddwl fel y mynno. Cymdeithas oedd yn caru cerddoriaeth a chelf. Swniai fel rhyw Dir na nÓg ond dyna sut roedd pobl wedi byw ar un adeg. Cyn y Toddi. Ond bryd hynny roedd pobl wedi anwybyddu'r perygl o gynhesu byd-eang, heb werthfawrogi'r blaned ac wedi penderfynu credu beth bynnag oedd yn eu siwtio nhw. Allen nhw wneud yn well y tro yma? Allen nhw ddefnyddio'r geiriau'n gyfrifol? Roedd hi'n gobeithio y gallen nhw. Ac roedd hi eisiau chwarae ei rhan. Roedd hi eisiau bod yn un o'r bobl fyddai'n newid yr Arch. Roedd hi'n bwriadu defnyddio ei thalentau mewn unrhyw ffordd y gallai er mwyn cyflawni hynny.

Treuliodd hi'r diwrnod yn gweithio ar ei chynllun. Lluniodd

restr o eiriau i'r plant eu dysgu. Lluniodd godau ymddygiad i sicrhau diogelwch. Erbyn y nos, roedd ei llygaid wedi blino, ond ei chalon yn hapus.

Gadawodd Llew, Math a Mair y tŷ dŵr unwaith iddi dywyllu. Gwisgai'r dynion gotiau mawr a chapiau defnydd wedi eu tynnu i lawr dros eu llygaid. Roedd Mair wedi gorchuddio ei dillad â siôl ddu oedd hefyd yn ddigon mawr i orchuddio ei gwallt coch, llachar. Roedd Carmina wedi rhoi siarcol ar eu hwynebau fel eu bod yn edrych fel pobl oedd yn cysgu yn yr awyr agored. Er hynny, roedden nhw'n gwybod bod eu hymgyrch yn un beryglus.

Arweiniodd Llew nhw drwy'r coed tywyll ac i'r dref. Ers y frwydr yn y tŵr dŵr nid oedden nhw'n cael mynd trwy gatiau'r Arch. Ond roedd y Crewyr wedi darganfod ffyrdd newydd, lonydd cefn tywyll a thai diogel, ffyrdd o fynd i mewn i'r Arch heb i'r plismyn weld.

Dilynodd Mair Llew wrth iddo fynd ar hyd y ffyrdd newydd. Daethant yn agos at y pen o'r wal oedd wrth y Dre Arian a thynnodd Llew bedair carreg fawr allan. Safodd yn ôl wrth i Mair a Math wasgu trwy'r bwlch ac yna dilynodd nhw, gan ailosod y cerrig yn ofalus. Yna aeth y tri'n gyflym i lawr lôn gul. Ar y cornel safodd Llew'n stond. Gwelodd Mair ef yn edrych i fyny ac i lawr cyn gwneud ystum iddyn nhw ei ddilyn.

Ceisiodd Mair gael golwg iawn ar y dref wrth iddyn nhw ruthro drwyddi, gan ei chofio fel yr oedd hi flwyddyn yn ôl o'i chymharu â'i golwg nawr, yn dlawd a blinedig yr olwg. Roedd nifer o'r ffenestri wedi eu gorchuddio; roedd y paent ar waliau'r tai wedi tolcio ac yn syrthio i ffwrdd. Doedd Anwen ddim yn treulio unrhyw amser yn gwella edrychiad y lle. Fu'r lle erioed yn hardd ond bellach roedd yn hyll, fel pe bai'n rhybuddio unrhyw un oedd yn mynd yno na fydden nhw'n cael croeso.

Roedden nhw ym mhen pellaf y dref. Roedd siop y cywirwr crwyn yn dal yno ac arogl troëdig lledr yn pydru yn yr aer, yn union fel blwyddyn yn ôl. Oedodd Llew wrth ddrws un o'r tai, a chnociodd ar y drws pren dair gwaith. Daeth menyw ifanc i'w agor. Roedd hi'n denau gyda gwallt byr du a llygaid craff. Edrychodd i fyny ac i lawr y stryd cyn eu harwain i mewn yn gyflym.

'Dim drwg!' meddai Math pan oedden nhw yn y tŷ.

Gwenodd y ferch. 'Ffordd hyn,' meddai gan eu harwain i lawr coridor tywyll i'r ystafell yn y pen pellaf. Roedd yr ystafell yn syml a glân, wedi ei chynllunio gan y Brwydrwyr Gwyrdd i roi lloches i bobl. Roedd y waliau'n llwyd; yr un ffenest fechan wedi ei chau. Roedd bwrdd metel plaen a phedair cadair ynddi. Deuai'r unig olau o glwstwr o ganhwyllau – doedd dim trydan yn yr Arch unwaith roedd y diwrnod gwaith wedi gorffen.

Cyfrodd Mair bump o bobl – dau ddyn a thair menyw. Doedd hi ddim yn adnabod unrhyw un ohonyn nhw. Cyflwynodd y ferch oedd wedi eu harwain – Marta. Roedd y ddau ddyn yn frodyr, Carl a Vincent. Roedd Carl yn llawer iau na'i frawd, ddim rhyw lawer yn hŷn na Mair. Roedd ganddo wallt brown, cyrliog a llygaid brown tywyll. Roedd ganddo fwlch rhwng ei ddannedd blaen pan wenai. Roedd hi'n meddwl bod ganddo'r math o wyneb oedd yn gyfarwydd â gwenu. Wnaeth neb grybwyll cyfenw a chyflwynodd Llew Mair a Math wrth eu henwau cyntaf yn unig. Syllodd y tair menyw arnyn nhw'n awyddus ond ni ddywedon nhw unrhyw beth.

Unwaith i bawb eistedd, trodd Vincent, dyn tal a golygus â llond pen o wallt du, at Llew. 'Diolch, Llew. Am ddod.'

'Croeso, Vincent. Diolch am ein cael ni.'

'Eisiau dysgu plant,' meddai, ei wyneb yn llawn straen oherwydd yr ymdrech wrth iddo frwydro i ddod o hyd i'r geiriau oedd eu hangen arno.

'Wrth gwrs,' meddai Llew. 'Mae rhaid i ni helpu'r plant, neu byddan nhw'n ddieiriau.'

'Cymryd babis nawr,' meddai Marta. 'Ti clywed?'

'Dw i wedi clywed sibrydion,' meddai Llew yn ofalus. 'Falle nad yw'n wir.'

'Mamau ofn,' mynnodd Marta. 'Babis mynd.'

'Oes mam allwn ni siarad â hi?' meddai Llew. 'Mam sydd wedi colli babi?'

Ysgydwodd Marta ei phen.

'Dim siarad,' meddai. 'Ofn.'

Ochneidiodd Llew.

'Wna i holi beth sy'n digwydd, Marta,' meddai. 'Ond heno ni yma i siarad am ysgolion y gwrych.'

'Ysgol gwrych yn dda,' meddai Vincent gyda rhyw hanner gwên, ac esgusodd foesymgrymu i gyfeiriad Mair.

'Mae angen mwy ohonyn nhw,' meddai Math.

Safodd un o'r menywod eraill. Roedd hi'n fach a'i hwyneb bach llwyd yn wag o fynegiant.

'Sut ni helpu?' meddai. 'Sut?'

Roedd Mair eisiau dweud wrthyn nhw nad oedd angen iddyn nhw siarad iaith Rhestr ond roedd hi wedi gweld hyn sawl gwaith o'r blaen. Roedd pobl yn mynd yn sefydliadol. Roedden nhw wedi arfer ag iaith Rhestr. Byddai'n cymryd amser iddyn nhw ymlacio digon i siarad mewn unrhyw ffordd arall.

'Mair,' meddai Llew, 'oes gen ti farn am hyn?'

Trodd pob pâr o lygaid yn yr ystafell ati.

'Oes,' meddai, gan deimlo'n swil. 'Dw i wedi creu cwricwlwm.'

'Beth?' Roedd y fenyw fechan yn swnio'n flin.

'Sori,' meddai Mair. 'Beth dw i'n feddwl yw —'

'Hisht!' Roedd Vincent yn sefyll wrth y ffenest. Symudodd neb. 'Mae rhywbeth yn digwydd ar y stryd.'

Clywodd Mair y sŵn. Lleisiau uchel a ffrwgwd o ryw fath. Curodd rhywun ar y drws yn galed.

'Carl River! Ni'n gwybod bod ti yna. Agor y drws. Plismyn!'

Gwyliodd Mair Carl yn rhewi a'i lygaid yn enfawr.

'Cer trwy'r drws cefn,' sibrydodd Vincent. 'Yn gyflym.'

Dilynodd Mair Math i goridor tywyll tan iddyn nhw ddod at y drws cefn. Arhosodd Carl yn agos atynt. Agorodd gil y drws ac edrych allan. Yna caeodd y drws yn dawel. 'Pobl o gwmpas y tŷ,' hisiodd. 'Lan lofft. Lan i'r atig.'

Sleifion nhw i fyny'r grisiau cefn fel ysbrydion. Gwichiodd y cadeiriau mewn protest ac roedd Mair yn siŵr bod y plismyn yn gallu eu clywed o'r stryd. Roedd ysgol fach ar ben y grisiau. Dringon nhw hon, un ar ôl y llall, a llusgo'u hunain i'r ystafell uwch ben: Math, Llew, Mair ac yn olaf Carl.

Prin roedd lle i'r pedwar ohonyn nhw. Safon nhw gyda'i gilydd, bron â bod yn ofn anadlu, wrth i Carl dynnu'r ysgol i fyny a chau'r drws yn y llawr. Safai Mair ysgwydd yn ysgwydd ag e, mor agos nes y gallai deimlo'r gwres yn dod o'i gorff. Ni allai weld ei wyneb yn nhywyllwch dudew yr atig, ond gallai glywed ei anadl fratiog a bron y gallai wynto ei ofn.

Clywon nhw'r drws yn agor lawr llawr. Lleisiau uchel. Dychmygodd Mair gorff yn disgyn. Gwingodd. Clywodd ddrws yn cau. Yna sŵn traed ar y grisiau. Agorodd Carl y drws yn y llawr gyda gwich.

Edrychodd Vincent i fyny arnyn nhw. 'Gyflym,' meddai. 'Wedi mynd ond dim trystio. Dod 'nôl. Eisiau Carl.'

'Y plismon o'r enw Curon?' gofynnodd Llew.

Nodiodd Vincent. 'Curon. Eraill hefyd, ond Curon yw bos.'

Roedd Mair yn adnabod Curon. Fflachiodd delwedd o'r plismon yn ei phen wrth iddi ddod i lawr yr ysgol. Pen moel, dwylo trwchus, trwyn mawr pinc.

'Awn ni,' meddai Llew, pan oedden nhw i gyd 'nôl yn y neuadd.

Edrychodd Mair ar Carl. Edrychai'n ofnus. Sibrydodd yng nghlust Llew. 'Dylen ni ddim mynd â fe gyda ni? Ddown nhw 'nôl amdano. Glywaist ti ei frawd e.'

Oedodd Llew.

'Plis, Llew. Paid â'i adael e fan hyn. Allwn ni ddim ei adael e ar ôl.'

Heb aros am ymateb Llew, trodd at y dyn ifanc. 'Carl,' meddai. 'Dere di gyda ni. Dyw hi ddim yn ddiogel i ti fan hyn.'

Dangosai wyneb Carl nad oedd yn fodlon iawn â'r syniad. 'Mynd ble?'

Cydiodd Llew ym mraich Carl. 'Paid â gofyn unrhyw gwestiynau,' meddai. 'Jyst dere.'

Trodd Carl at ei frawd. 'Fi 'nôl cyn hir.'

Cofleidiodd Vincent ef. 'Cer yn ddiogel,' meddai.

Agorodd y drws ac roedden nhw 'nôl ar y stryd. Roedd y daith adre'n dywyll a dwys. Roedd y strydoedd yn dawel ond fe wnâi hynny Mair yn fwy nerfus. Ar bob cornel roedd hi'n ofni y byddai Curon a'i ddynion yna, yn barod i ymosod. Aethon nhw 'nôl at y wal roedd nhw wedi ei dringo'n gynt ac yna allan i'r goedwig. Arnofiai'r lleuad uwch eu pennau, gan oleuo'r ffordd, ac ymhen amser ymddangosodd y tŷ dŵr o'u blaenau drwy'r tywyllwch.

Pan oedden nhw y tu fewn, roedd Mair a'r gweddill yn dawel, yn gwrando am unrhyw sŵn gan y plismyn.

Ymddangosodd Carmina'n sydyn a dod wyneb yn wyneb â Carl. 'Pwy wyt ti?' meddai, a bron y gallai Mair weld y dicter yn llifo ohoni.

'Dyma Carl,' meddai Mair. 'Ffrind. Cawson ni bach o drafferth gyda rhai o'r plismyn.'

'Ydy e'n aros yma?'

Nodiodd Llew.

'Sut ydyn ni'n gwybod y gallwn ni ei drystio fe?' mynnodd Carmina.

'Mae'n perthyn i gell yn y dre sydd wedi bod yn gweithio ar addysg. Roedd e mewn cyfarfod gyda ni pan ddaeth y plismyn,' eglurodd Llew yn amyneddgar.

'Hwn oedd y cyfarfod am ysgolion y gwrych?'

Nodiodd Llew eto.

'Mae'n teimlo fel llawer o risg jyst er mwyn dysgu cwpl o eiriau i bobl. A nawr ni wedi etifeddu'r ci strae yma o'i achos e.'

Teimlai Mair y gwaed yn codi i'w bochau. 'Dw i'n meddwl ei fod yn fwy na chwpl o eiriau,' meddai. 'Bydd y plant yma byth yn gallu siarad yn iawn – bydd byth mamiaith gyda nhw – os na helpwn ni nhw.'

Gwgodd Carmina. 'Y cwbl dw i'n dweud ydy y bydd amser i hynny ar ôl y chwyldro. Nawr yw'r amser i ymladd nid i chwarae gemau plant.'

'Gemau plant?' meddai Mair. 'Wyt ti'n credu taw dyna beth yw hyn i gyd? Ti'n credu bod John Noa wedi gwahardd iaith achos ei fod yn ei hystyried yn chwarae plant? Mae iaith gen ti o hyd, Carmina, ond dyw pawb ddim yn yr un sefyllfa. Mae'n hawdd i ti weld geiriau fel pethau diwerth.'

Ni ddywedodd Carmina unrhyw beth.

Aeth Mair yn ei blaen. 'Mae iaith yn arf,' meddai. 'Ac ar hyn o bryd mae'r arf hwnnw wedi ei gymryd oddi wrth ein pobl. Efallai dy fod ti'n gwybod am filwra, Carmina, ond dwyt ti ddim yn gwybod unrhyw beth am yr Arch os na alli di weld hynny.'

Edrychodd Carmina fel pe bai Mair wedi ei tharo. Agorodd ei cheg i ymateb ond siaradodd Math cyn iddi gael cyfle.

'Dyna ddigon. Nid dyma'r amser i gael dadl. Beth am i ni gyd eistedd a chael te?'

'Mae Math yn iawn,' meddai Llew. 'Nid nawr yw'r amser. Dere, Carl. Gawn ni ddiod i ti.'

Cododd Carmina ei hysgwyddau, ei hwyneb hardd yn llawn dicter. 'Iawn,' meddai a tharanodd yn ôl i'w hystafell wely.

# PENNOD 4

Daeth Carl yn rhan o deulu'r tŵr dŵr heb drafferth. Roedd yn ddyn ifanc, tawel nad oedd yn dweud rhyw lawer, a phan fyddai'n siarad, roedd bob amser yn gwneud hynny mewn llais distaw a pharchus. Roedd rhyw dair blynedd yn hŷn na Mair ond ymddangosai'n llawer mwy sinigaidd. Roedd y plismyn yn dal i chwilio amdano. Roedd pobl yr oedd y Crewyr yn eu hadnabod wedi dweud wrthyn nhw eu bod ar ei ôl oherwydd troseddau o natur ryfelgar, ond doedd Mair ddim yn gwybod mwy na hynny. Roedd hi'n falch ei bod wedi perswadio Llew i'w achub. Bu'n gweithio fel pobydd yn yr Arch ac roedd Mair wrth ei bodd pan gafodd ei roi gyda hi ar ddyletswydd coginio. Roedden nhw'n gwneud cawl cwningen. Roedd y cwningod wedi cael eu darganfod ar yr heol yn farw a chasglwyd amrywiaeth o lysiau i'w coginio gyda nhw. Roedd trwyn Mair yn llawn arogl rhosmari wedi sychu a garlleg wrth i'r sosban ffrwtian ar y stof.

'Mae afalau yn y bocs yn y neuadd gefn,' meddai Carl. 'Wnawn ni goginio nhw gyda mêl os hoffet ti?'

Gwenodd Mair. 'Ti'n dda am wneud hyn. Dw i ddim yn gallu coginio.'

'Doedd byth rhaid i ti. Dim bai ti.' Roedd yn dal i siarad iaith Rhestr gan mwyaf ond sylwodd Mair ei fod yn dychwelyd yn araf bach at iaith arferol. Byddai'n cymryd amser.

'Mae'n rhaid i fi fynd cyn hir, Carl. Mae gen i ddosbarth.'

'Fi'n dod?' Edrychodd arni'n obeithiol.

'Dw i ddim yn gwybod,' meddai. 'Mae Math fel arfer yn dod gyda fi.' Gwelodd y siom yn ei lygaid. 'Pam na wnei di ofyn i Llew?'

'Iawn,' meddai. 'Hoffwn i helpu.'

Gyda hynny fe adawodd. Gorffennodd Mair goginio'r bwyd a'i osod yn ddiogel er mwyn ei ailgynhesu erbyn y nos.

Daeth Carl mewn yn gwenu wrth iddi orffen. 'Fi dod gyda ti a Math,' meddai. 'Bydd fi'n dysgu.'

'Bydda i'n dysgu.' Cywirodd Mair e'n syth, yna rhoddodd ei llaw dros ei cheg mewn cywilydd. 'Sori. Dw i mor gyfarwydd â chywiro'r plant.'

'Na, plis,' meddai Carl. 'Cywira fi. Dw i eisiau dysgu.'

'Mae hwnna'n rhywbeth dw i'n dal i freuddwydio amdano fe,' meddai Mair.

'Beth?' roedd llais Carl yn addfwyn.

'Ysgol. Dysgu. Ti'n gwybod, cyn y Toddi roedd pob plentyn yn mynd i'r ysgol ac roedd llawer ohonyn nhw'n mynd i brifysgolion lle roedden nhw'n gwneud dim byd ond dysgu. Dywedodd Ben yr hanes i gyd wrtha i. Fydden i'n hoffi hynny. Dw i'n hoffi dysgu ond dw i ddim yn gwybod digon. Dw i eisiau darllen llyfrau gyda miloedd o eiriau. Dw i eisiau clywed dadleuon a dysgu sut mae pobl eraill yn meddwl. Weithiau dw i'n teimlo bod fy myd i mor fach.'

'A fi,' meddai Carl. 'Nid dyma byd fi. Ond dim dewis gen i.'

'Pe na fydden ni yn yr Arch, beth fyddet ti'n hoffi gwneud, Carl?'

Cododd Carl ei ysgwyddau. 'Dim ots gen i. Eisiau rhywle diogel. Teulu yn ddiogel. Dim mwy.'

'Oes gen ti lawer o deulu yn yr Arch?'

'Dim llawer. Mam wedi marw ond Dad yma, brawd, dwy

chwaer, nai a nith.'

'Ti mor lwcus,' meddai Mair.

'Falle,' meddai Carl. 'Mwya sy gyda ti, mwya sydd i'w golli.'

Roedd ei lais yn grynedig gan emosiwn. Atgoffodd hi ei hun, nid am y tro cyntaf, ei fod yn beryglus gofyn gormod o gwestiynau.

Yn ddiweddarach, yn ysgol y gwrych, sylwodd Mair ar ba mor astud yr oedd Carl yn gwrando wrth iddi siarad â'r plant. Roedd Math ar y bryn yn gwylio ac roedd y disgyblion yn dweud y newyddion o'r dre wrthi.

'Mae Mam yn drist,' meddai Thaddeus.

'Pam mae hi'n drist?' gofynnodd Mair.

'Babi wedi mynd.' Crychodd wyneb y bachgen bach a dechreuodd dagrau lifo i lawr ei fochau.

'Mae'n iawn, Thaddeus,' meddai ei frawd, Aaron. 'Paid crio.'

Edrychodd Mair ar Aaron. 'Pa fabi?' meddai.

'Pobl yn y tŷ drws nesa. Babi gyda nhw. Thaddeus hoffi e. Yna babi mynd.'

'Wnaeth e farw?' gofynnodd Mair.

'Ddim yn gwybod,' atebodd Aaron. 'Rhieni dweud dim.'

Ni ddywedodd Mair unrhyw beth arall ond roedd ei meddwl ar chwâl. Dyma beth oedd Marta wedi bod yn sôn amdano. Ond roedd plant yn werthfawr yn yr Arch. Beth oedd wedi digwydd i'r plentyn? Pe bai wedi marw, oni fyddai pobl yn gwybod? Edrychodd hi ar Carl ac edrychai yntau yr un mor ddryslyd ag yr oedd hi'n teimlo. Aeth 'nôl i ganolbwyntio ar y wers.

'Cofiwch beth ddywedais i'r tro diwetha. Dylen ni ddewis ein geiriau'n ofalus. Cyn y Toddi roedd pobl yn taflu geiriau o gwmpas fel pe na byddai unrhyw werth iddyn nhw. Pan ddywedwn ni rywbeth, dylen ni feddwl pob gair. Geiriau ddylai ein clymu. Dylai gwirionedd fod yn uchelgais i ni. Mae hynny'r un mor bwysig â gwybod beth yw ansoddair!' Chwarddodd hi wedyn. 'Ddim bod ddim angen ansoddeiriau arnon ni. Wyt ti'n cofio beth yw ansoddair, Thaddeus?'

Gwenodd Thaddeus, ei wewyr cynt wedi ei hen anghofio. 'Gair sgrifio,' meddai'n hyderus.

Clapiodd Mair. 'Ie!' meddai. 'Bachgen clyfar! Gair disgrifio.'

Ar ei ffordd yn ôl i'r tŷ dŵr, dywedodd Mair beth roedd Thaddeus wedi ei ddweud am y babi.

'Roedd Marta'n argyhoeddedig bod babis yn cael eu cymryd. Cofio? Siaradodd hi gyda Llew.'

'Roedd Llew'n meddwl mai si oedd e,' meddai Math.

'Fydd e'n trio darganfod mwy?'

Ysgydwodd Math ei ben. 'Mae gan Llew bethau eraill i boeni amdanyn nhw ar hyn o bryd,' meddai.

Edrychodd Mair arno a chodi un o'i hamrannau. 'Rhywbeth yn bod?' holodd.

'Mae gan Llew gynlluniau mawr,' meddai Math. 'Mae pethau'n newid o'r diwedd.'

Teimlai Mair ei chalon yn cyflymu. 'Wir? Dyweda fwy wrtha i.'

'Dim fy lle i yw dweud,' meddai Math. 'Dywedith Llew y cwbl pan fydd yr amser yn iawn.'

'Oes trwbl yn mynd i fod?' Roedd straen yn llais Carl.

'Allet ti ddweud hynny,' meddai Math gan wenu.

*

Roedd rhaid i Mair aros tan yn hwyrach y noson honno i gael gafael ar Math ar ei ben ei hun. 'Beth sy'n digwydd?' holodd.

'Mae gan Llew gynllun i gorddi'r dyfroedd,' meddai Math. 'Fory dw i'n mynd i wneud archwiliad. Dw i am fynd i ganolfan y plismyn ac asesu'r sefyllfa. Mae plismon ifanc yn gweithio ar y ddesg sy'n hoffi alcohol anghyfreithlon. Falle y gallwn ni ei droi e.'

'Ei droi e?'

'Ei orfodi i weithio i ni.'

'Ei lwgrwobrwyo?' meddai Mair.

'Ni mewn rhyfel, Mair,' mynnodd Math. 'Ni'n gwneud pethau nawr na fydden ni'n eu gwneud ar adegau o heddwch.'

Meddyliodd Mair am beth roedd e wedi ei ddweud. Doedd hi'n dal ddim yn hapus. Ac eto roedd hi'n cytuno â Math. Byddai'n rhaid iddyn nhw wneud pethau anodd os oedden nhw am newid eu byd. Efallai na fyddai geiriau'n ddigon. Ac roedd hi'n poeni am Math. Beth petai'r plismyn yn ei adnabod? Beth pe bydden nhw'n ei arestio? Roedd hi'n dal i gael hunllefau am y cyfnod y treuliodd Ben mewn cell. Roedd wedi cael ei arteithio. Roedd hi wedi gweld canlyniad hyn. Gwibiodd ei meddwl yn ôl at ei wely angau a'r ewinedd gwaedlyd – tystiolaeth o bob peth yr oedd e wedi ei ddioddef. Roedd meddwl am Ben yn gwneud i'w chalon galedu. Pe byddai'r plismon yn gallu eu helpu, dylen nhw gael ei help hyd yn oed os oedd y gost yn uchel.

Roedd awyrgylch rhyfedd yn y tŷ dŵr y noson honno. Roedd tensiwn ond cyffro hefyd. Gwyliodd hi Llew yn siarad â Carmina, yn siarad â'r sgowtiaid, yn cynllunio, egluro, yn gwneud yr hyn roedd e'n ei wneud orau. Cadwodd Mair ei phen i lawr, yn ysgrifennu geiriau, yn paratoi gwersi. Roedd hi'n dal i fethu credu'r stori am y babis coll. Aeth i siarad â Mrs Pupur a arferai weithio yn y Gegin Ganolog am y peth.

'Nid dyna'r tro cynta i fi glywed am hyn,' meddai. 'Roedd o leia un achos ychydig wythnosau yn ôl. Cafodd babi ei weld yn nhŷ'r cyweiriwr crwyn. Roedd e'n perthyn i Gustav bach, a nawr does dim sôn amdano. Mae hi fel pe bai'r teulu'n gwadu iddo fodoli erioed.'

'Pam fyddai unrhyw un eisiau'r babis yna?'

'Nid unrhyw un,' meddai Mrs Pupur. 'Plismyn.'

'Chi'n meddwl bod gan y plismyn unrhyw beth i'w wneud â hyn?'

'Dw i'n gwybod,' meddai Mrs Pupur. 'O'n i'n siarad gyda mam Gustav mewn cyfarfod yr wythnos diwetha. Dyw hi ddim yn un i ddal ei thafod. Pan ofynnais i a oedd rhywbeth wedi digwydd i'r plentyn, dywedodd hi y byddai'n rhaid iddi ofyn i blismon er mwyn cael ateb i'r cwestiwn yna. Pan ddaliais i holi, cafodd hi fraw a gwrthod dweud rhagor.'

'Ydych chi wedi dweud wrth Llew?'

'Wnes i sôn wrtho fe,' atebodd Mrs Pupur, 'ond mae ganddo ormod ar ei feddwl, druan. All e ddim mynd ar ôl pob si.'

Roedd pob math o bethau'n mynd trwy feddwl Mair. Pam fyddai'r plismyn yn mynd â phlant oddi ar eu rhieni? Oedden nhw'n bwriadu mynd â nhw i'w defnyddio i reoli'r oedolion? Ystyriodd am eiliad. Doedd gan Llew ddim amser i fynd ar ôl pob si, ond roedd ganddi hi.

Penderfynodd fynd i siarad gyda mam Gustav. Cyflymodd ei chalon wrth feddwl am y peth. Roedd hwn yn rhywbeth y gallai hi ei wneud. Rhywbeth pwysig. Gallai siarad â mam Gustav er mwyn deall beth oedd yn digwydd. Syniad da. Roedd yn rhaid iddi fynd yn ôl i'r Arch.

*Gwyliodd Werber wrth i Curon gerdded i ffwrdd i lawr y coridor a thuag at y drws blaen. Roedd wedi dod o hyd iddyn nhw. Y nyth o lygod mawr yr oedden nhw wedi bod yn chwilio amdano ers i Noa farw. Y Difrodwyr. Roedd Curon wedi dod o hyd iddyn nhw'n ddwfn yn y goedwig. Roedden nhw wedi defnyddio Carl River fel ysbïwr.*

*Cofiai Werber Carl River yn dda. Roedd wedi bod yn yr ysgol gydag e. Roedd Carl ychydig flynyddoedd yn hŷn ac roedd e'n hapus drwy'r amser. Bachgen llon, meddyliodd. Bob amser yn gwenu.*

*Doedd e ddim yn gwenu nawr.*

*Roedden nhw wedi cael gafael ar lythyr yr oedd e wedi ysgrifennu at ei frawd. Roedd e'n llawn geiriau oedd wedi eu gwahardd a bwriadau maleisus. Roedd wedi bod ar ochr y Difrodwyr, yn gweithio gyda Llew. Roedd noson yn y celloedd wedi ei atgoffa o ganlyniad ei frad – nid yn unig iddo ef ond i'w deulu annwyl. Bellach roedd y fagl wedi ei gosod.*

*Cododd Werber ei ysgwyddau. Doedd ganddo ddim tosturi tuag at Carl. Roedd wedi ei eni i deulu oedd yn ei garu. Yn wahanol i Werber, oedd wedi bod yn drydydd anedig mewn byd lle dim ond dau o blant oedd yn cael eu caniatáu. Roedd cwpl arall wedi rhoi to uwch ei ben ond doedd e erioed wedi teimlo ei fod yn perthyn yna, ac yna bu farw'r tad gan ei adael gyda mam oedd yn boddi mewn hunandosturi. Roedd hi wedi marw bellach hefyd. Doedd dim ots ganddo. Anwen oedd ei deulu nawr, ac roedd e'n un o'r bobl fwyaf pwerus yn yr Arch. Oedd ei deulu biolegol yn sylweddoli hynny, tybed? Roedden nhw'n dal yn fyw.*

*Roedd e'n llawn cyffro rhyfedd. A fyddai Mair yn y tŷ dŵr? A ddylai ofyn i'w chael hi draw ato ar unwaith?*

*Wrth iddo basio ffenest oedd wedi ei thywyllu, edrychodd ar ei adlewyrchiad. Brwsiodd ei wallt yn ôl o'i wyneb a gwenu. Roedd ei ddannedd yn sgleinio mor wyn ag asgwrn yn y golau gwan.*

# PENNOD 5

Roedd hi'n hwyr y prynhawn erbyn i Mair allu siarad â Math.

'Ti'n edrych yn bryderus,' meddai Math, gan hanner gwenu wrth iddi fynd ato.

'Na, dydw i ddim,' atebodd Mair. 'Ond o'n i eisiau siarad gyda ti. Dw i angen mynd i'r Arch.'

Ysgydwodd Math ei ben a suddodd calon Mair. 'Fyddai Llew byth yn cytuno, Mair. Mae'n rhy beryglus. Mae'r plismyn ym mhobman, yn gwylio a gwrando. Mae Anwen yn llawdrwm gydag unrhyw un sy'n ei herio. Dychmyga sut mae hi'n teimlo tuag aton ni.'

Roedd Mair yn siomedig. Roedd rhaid iddi ei berswadio. 'Mae'n bwysig, Math. Yn bwysig iawn.'

'Oes rhywbeth wedi digwydd?'

Gallai hi weld y pryder yn ei lygaid. Y llygaid hardd yna yr oedd hi wedi eu caru erioed. Ond gallai hi ddim cael ei swyno ganddyn nhw nawr – roedd rhaid cael y maen i'r wal. 'Dw i'n teimlo'n ... gaeth. Hoffen i weld fy hen gartre. Am y tro olaf. Hyd yn oed os mai o bell fydd hynny.'

Nid dyna oedd y gwir, ond byddai'n rhaid iddo wneud y tro. Doedd hi ddim eisiau dweud wrtho am y babis. Ddim eto. Ddim nes ei bod hi'n gwybod rhywbeth pendant.

Edrychodd hi i fyny ato. 'Plis, Math.'

'Sori, Mair. Dw i'n gwybod dy fod ti wrth dy fodd â'r hen le yna ond cofia mai dim ond adeilad yw e.'

Teimlai Math yn annifyr ac roedd hynny'n amlwg ar ei wyneb ac roedd hi'n casáu ei hun am ei roi yn y sefyllfa yma, ond doedd dim dewis ganddi. 'Plis, Math,' meddai.

Edrychodd dros ei ysgwydd tuag at swyddfa Llew. 'Dw i ddim yn gwybod, Mair. Wna i feddwl am y peth ond dw i wir ddim yn meddwl ei fod e'n syniad da. Bydd y plismyn yn gwylio'r siop.'

'Allen ni fynd yn y nos,' pwysodd Mair. 'Dw i ddim ond eisiau mynd mor bell â'r bryn. Falle alla i weld y siop o fan'na.'

Ochneidiodd Math. 'Mair, dyw hi ddim mor hawdd â hynny. A dyw e ddim werth y risg. Wir.'

Roedd hi'n gwybod bod yr hyn yr oedd e'n ei ddweud yn rhesymol, ond doedd hynny ddim yn newid yr ysfa fawr oedd ganddi.

Daeth i benderfyniad yn y fan a'r lle. 'Af i ar fy mhen fy hun 'te,' meddai.

Ochneidiodd Math. 'Paid, Mair,' meddai. 'Ti'n ymddwyn fel plentyn.'

'Wir?' brathodd hi. 'Ai dyna beth ti'n feddwl? Ti wedi anghofio'n gyflym.'

'Anghofio?'

'Angofio sut wnes i beryglu fy mywyd i achub dy un di.'

Cyn gynted ag yr oedd hi wedi yngan y geiriau, roedd hi'n difaru. Gwingodd Math fel pe bai hi wedi ei daro. Gwridodd. 'Sori dy fod ti'n teimlo fel yna, Mair. Ond dydy hynny ddim yn newid fy marn i. Alla i ddim rhoi bywyd pawb mewn perygl heb feddwl ddwywaith.'

Trodd a cherdded i ffwrdd.

Pwysodd Mair yn erbyn y wal wrth ei wylio'n mynd. Teimlai'n euog. Roedd hi'n casáu ei bod wedi ei ypsetio. Yn casáu'r ffordd roedd e wedi edrych arni. Ond roedd rhan arall ohoni'n poeni dim. Roedd rhaid iddi wneud rhywbeth. Roedd rhaid iddi gyfrannu at y frwydr, nid sefyll o gwmpas yn gwylio. Ond roedd yr hyn a oedd wedi teimlo fel antur gyffrous bellach yn teimlo'n fwy fel brad, a doedd dim y gallai hi ei wneud am y peth.

Eisteddodd mor bell oddi wrth Math ag y gallai amser swper. Roedd hi'n falch pan eisteddodd Carl wrth ei hochr.

'Ti'n edrych wedi blino,' meddai, wrth iddyn nhw fwyta.

'Mae gen i lawer ar fy meddwl,' meddai Mair.

'Unrhyw beth y galla i helpu gydag e?'

'Na,' atebodd Mair. 'Dw i angen mynd i'r Arch. Mae rhywbeth mae angen i mi ei wneud.'

'Rhywbeth pwysig?'

'Dw i'n meddwl ei fod e,' meddai Mair, gan gadw ei llais yn isel. Roedd Carmina'n eistedd gyferbyn â hi a doedd hi ddim eisiau ei thynnu hi i'r sgwrs.

'Fydd hynny ddim yn beryglus?' meddai Carl gan gnoi un o'i ewinedd. Roedd Mair wedi sylwi ei fod yn gwneud hynny o hyd pan oedd dan straen.

'Mor beryglus â phopeth arall ry'n ni'n ei wneud,' meddai gan barhau i fwyta,

'Wyt ti eisiau i fi ddod gyda ti?' holodd Carl gan edrych arni'n ddwys.

Ysgydwodd Mair ei phen. 'Na. Dim diolch. Dw i ddim ond yn mynd i fy hen gartref. Fydda i'n iawn.'

'Da iawn,' meddai Carl. 'Pryd ei di?'

'Dw i ddim yn gwybod,' meddai Mair. 'Falle fory. Ar ôl iddi dywyllu.'

Amneidiodd Carl a mynd yn ôl at ei fwyd. Ni siaradodd eto am weddill y pryd.

\*

Drwy'r dydd drannoeth, osgôdd Mair Math. Doedd hi ddim wedi siarad gydag e ers eu dadl. Roedd e'n ei hosgoi hi hefyd, roedd hi'n siŵr o hynny. Am y tro cyntaf teimlai hi fel rhywun o'r tu allan. Roedd Ben yn arfer dweud bod yr holl grefftwyr geiriau a fu o'i blaen hi wedi bod ar y tu allan – pobl ar yr ymylon, yn gwylio a chofnodi. Efallai mai dyna oedd ei thynged.

Roedd hi wedi penderfynu. Byddai'n gadael unwaith iddi dywyllu. Gwyddai lle roedd tŷ'r cywirwr crwyn. Roedd hi'n bwriadu mynd i mewn a dychwelyd cyn i unrhyw un sylweddoli ei bod hi wedi gadael.

Tywyllodd hi'n sydyn. Wrth i bobl setlo i gysgu, dringodd Mair i'r gwely yn ei dillad.

Erbyn deg o'r gloch, roedd pawb arall yn cysgu a'r adeilad yn dawel. Cydiodd Mair yn ei bag a dringo'r grisiau pren i'r drws yn y nenfwd. Fe'i hagorodd yn ofalus. Yn y cyntedd roedd Josh, un o'r amddiffynwyr, yn aros. Roedd ar ddyletswydd. Byddai dau amdiffynnwr arall tu allan. Trodd Josh at Mair. 'Beth sy'n digwydd?' meddai.

'Mae'n rhaid i fi fynd ar neges i Llew,' atebodd hi.

Gwgodd Josh. 'Yr amser hyn?'

'Dyma'r unig amser y galla i wneud e, mae arna i ofn,' meddai Mair. 'Paid poeni. Mae Llew wedi trefnu popeth.'

Edrychodd Josh arni mewn penbleth. 'Dywedodd e ddim byd,' meddai.

'Diogelwch,' meddai Mair, wrth i'r stori yr oedd hi wedi ymarfer lifo'n rhwydd o'i cheg. 'Fydda i 'nôl cyn hir.'

Arhosodd wrth i Josh edrych i weld a oedd hi'n ddiogel iddi adael.

Er gwaetha'r pryder roedd hi'n ei deimlo, cafodd Mair ei syfrdanu gan harddwch y nos. Roedd y coed yn lliw arian yng ngolau oeraidd y lleuad ac o'i chwmpas roedd anifeiliaid bach yn siffrwd. Edrychodd ar y lleuad a chofio sut yr oedd hi wrth ei bodd â hi pan oedd hi'n blentyn. Sawl noson oedd hi wedi treulio'n syllu ar ei hwyneb gwyn, rhychiog? Yn yr amser cyn y Toddi Mawr, roedd dyn wedi cerdded ar y lleuad – dywedodd Ben hynny wrthi. Roedden nhw wedi cerdded ar y lleuad ac adeiladu rhyw fath o bentref ar blaned Mawrth. Efallai yr oedden nhw'n gwybod y deuai'r dydd pan na allen nhw fyw ar y Ddaear mwyach. Os mai hynny oedd yr achos, roedden nhw wedi ei gadael hi'n rhy hwyr.

Cerddodd Mair ar hyd llwybr y goedwig â'i phen yn troi.

Roedd hi eisiau siarad â Math er mwyn ymddiheuro, ond roedd angen iddi siarad â mam Gustav yn gyntaf a doedd hi ddim eisiau i Math ei rhwystro. Siarad â Math wedyn oedd y peth gorau. Egluro wrtho beth roedd hi'n ceisio'i wneud. Byddai'n falch ohono.

Cyn hir, gwelodd gerflun y Dduwies yn yn y tywyllwch uwch ei phen. Roedd ei hwyneb llyfn yn glir yng ngolau'r lleuad. Roedd hi wedi ei cherfio o dalp mawr o farmor gwyn. Roedd hi wedi bod yna erioed. Ers cyn y Toddi. Y sôn oedd mai hi oedd y proffwyd olaf a ddaeth i rybuddio'r bobl bod y diwedd ar ddod. Doedden nhw ddim wedi gwrando. Nawr edrychai hi i lawr ar Mair fel rhyw fam bryderus. O ben y bryn, roedd golygfa glir o'r Arch – y tai oedd wedi eu gwasgu at ei gilydd, y strydoedd cul, y sgwâr, a'r coed ar hyd bob ochr iddo. Rhywle yn y pellter roedd ci'n cyfarth a chredai Mair iddi glywed rhywbeth yn siffrwd yn y cloddiau y tu ôl iddi. Trodd yn gyflym ond doedd dim byd yna. *Dw i'n dychmygu eto*, meddai wrthi hi ei hun, ond ar yr eiliad honno teimlodd ryw ias yn mynd drwyddi a chrynodd. Edrychodd o'i chwmpas eto. Dim byd.

Aeth at y wal a thynnu'r cerrig fel yr oedd hi wedi gweld Llew yn ei wneud. Roedd yn waith caled ar ei phen ei hun. Roedd y cerrig yn drwm ac yn lletchwith, ond daliodd ati a llwyddo i fynd i mewn heb fawr o drafferth.

Roedd y dre'n dawel. Yn hollol lonydd.

Rhododd Mair ei llaw yn ei phoced a thynnu hen allwedd

allan a fyddai'n datgloi drws cefn y siop. Roedd hi wedi penderfynu mynd â hi gyda hi ar y funud olaf. Ni allai wrthsefyll y demtasiwn i fod 'nôl yn y siop am un tro olaf. Doedd bosib bod y plismyn ag amser i wylio ei hen gartref hi yng nghanol y nos? Byddai hi i mewn ac allan o'r lle mewn dim, ac yna fe âi i dŷ'r cywirwr croen.

Aeth ar frys i lawr y stryd tuag at siop y crefftwr geiriau. Roedd pob drws a ffenest ar gau. Yr unig sŵn oedd hwmian ysgafn y melinau gwynt. Doedd dim byd yn symud. Roedd y lleuad yn dal yn llachar yn yr awyr ac felly doedd dim cysgod iddi guddio. Ar ôl iddi fod yn cerdded am beth amser, cyrhaeddodd ben y lôn oedd yn mynd ar hyd ochr y siop. Aeth yn ei blaen, yn hapus i fod oddi ar y brif stryd. Ar ddiwedd y lôn, trodd i'r chwith a chael ei hun wrth y drws cefn.

Tynnodd yr allwedd o'i phoced a'i throi yn y clo. Agorodd y drws yn araf gan ddatgelu'r cyntedd yn dywyll ac yn llawn cysgodion. Ni feiddiai gynnau'r lampau. Aeth ar hyd y coridor tu ôl i'r siop ac i lyfrgell y meistr. Oedodd yna ac arogli'r arogl cyfarwydd. Hen bapur, llwch – a Ben. Gallai deimlo ei bresenoldeb a'i gynhesrwydd meddal. Aeth at ei ddesg a chodi cerdyn ag un gair arno yn ysgrifen yr hen ŵr. *Gobaith*. Wrth i'w llaw gyffwrdd â'r cerdyn, rhewodd. Beth oedd y sŵn yna? Gwrandawodd, heb fentro anadlu. Dim byd.

Cymerodd Mair anadl ddofn. Rhoddodd y cerdyn yn ei phoced ac aeth drwy'r drws a'i glywed yn cau y tu ôl iddi gydag ochenaid wag. Aeth ar frys ar hyd y coridor tuag at y drws cefn, a sŵn ei thraed yn atseinio drwy'r tŷ gwag.

Wrth basio'r hen ddrws derw oedd yn arwain o'r ystafell fyw i'r siop, oedodd. Roedd y drws yn gilagored fel pe bai'n ymbil arni i fynd mewn. Pwysodd yn erbyn gwres ei bren a gallai weld y blychau trwy'r bwlch rhwng y drws a'r ffrâm. Roedd meddwl am ei bocsys bach yn llawn geiriau bron â'i themtio ond gwyddai na allai hi loetran. Roedd yn rhaid iddi fynd i weld gwraig y cywirwr croen. Trodd a mynd am y stryd, gan deimlo fel crio.

Wrth i Mair gyrraedd y drws, gwelodd rywbeth o gornel ei llygad, a chyn iddi allu sgrechian, neidiodd plismon o'r cysgodion. Sylweddolodd Mair mewn braw mai ei hen elyn Curon oedd yna. Ac yn waeth na hynny, llawer yn waeth na hynny, roedd ganddo un fraich o gwmpas gwddf dyn ifanc. Dyn ifanc â siâp wyneb cyfarwydd, a llygaid gwyrddlas. Math!

Sut? Oedd e wedi ei dilyn hi? Doedd hi ddim wedi dychmygu'r peth. Roedd hi wedi clywed rhywbeth. Roedd ei meddyliau ar chwâl, yn ddisynnwyr i gyd. Clywodd Math yn gwingo – sŵn tawel ond sŵn a rwygodd ei chalon.

Taflodd Curon Math yn erbyn y wal, a'i ddal yno ag un llaw. Yn araf, trodd ei ben tuag at Mair.

'Crefftwr geiriau,' meddai. 'Da, da iawn.'

# PENNOD 6

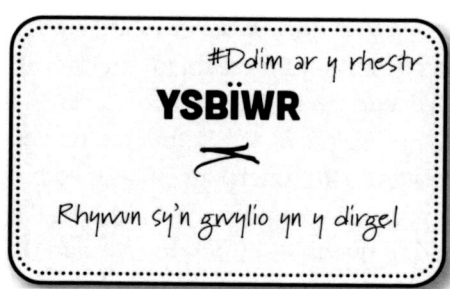

Gwelodd Mair Curon yn taro Math yn ei wyneb gyda'i ddwrn ac yna'n ei daflu ar draws y llawr. Ceisiodd Math ei achub ei hunan ond trodd ei bigwrn wrth syrthio. Ceisiodd godi ond trawodd Curon e eto. Gan gydio yn ei wallt, taflodd Curon Math yn erbyn y wal.

*Na!* sgrechiai ymennydd Mair ond roedd ei chorff yn llonydd. Gwthiodd y geiriau o'i cheg. 'Stopia!' gwaeddodd. 'Plis. Stopia! Fi yw'r un ti'n chwilio amdani. Gad e i fod.'

Gwthiodd Curon ei benelin i wddw Math ac aros yna fel dyn yn pwyso yn erbyn coeden ar ddiwrnod poeth. Gwaeddodd Math ac yna aeth yn ddistaw, er bod ei freichiau'n dal i symud. Ceisiodd Mair edrych i ffwrdd ond ni allai.

Cydiodd ym mraich Curon, a'r dicter yn berwi tu fewn iddi. 'Stopia! Ti'n ei frifo fe,' meddai, ond trawodd y dyn hi o'r neilltu fel pe bai hi'n gleren.

Rhuthrodd Mair tuag ato gan balu ei hewinedd yn ei fraich. 'Paid!' meddai eto.

Trawodd Curon hi gyda chefn ei law a syrthiodd hi'n drwm ar ei chlun. Gwaeddodd hi mewn poen.

Edrychodd Curon arni'n oeraidd ac yna gwasgodd wddw Math yn galetach. Ochneidiodd y bachgen yn ddwfn fel anifail.

Yn gyflym, mewn un symudiad chwim, cydiodd Curon yng

ngholer Math a bwrw ei ben yn galed yn erbyn y wal. Unwaith, ddwywaith, fel pe bai'n ceisio chwalu plisgyn cneuen.

'Ti'n meddwl ti clyfar,' meddai Curon. 'Hoffi'r ffrind newydd? Hoffi Carl?'

Ceisiodd Mair wneud synnwyr o'r hyn yr oedd yn ei ddweud. Beth oedd gan hyn i'w wneud gyda Carl? Roedd hi wedi dweud wrth Carl. Roedd hi wedi dweud y cynllun wrtho. *Na!* Ond roedd y plismon yn dal i siarad gan gadarnhau'r hunllef.

'Carl dweud popeth. Popeth am yr ysgol. Y cynlluniau mawr. Ddim mor glyfar nawr.'

Ar yr eiliad honno, llwyddodd Math i ryddhau ei ben-glin a'i wthio rhwng ei goesau. Sgrechiodd Curon ac estyn am ei wn. Yn ei gyfer, syrthiodd yr arf gan daro'r llawr caled.

*Nawr!* meddyliodd Mair. Gollyngodd y cerdyn oedd yn ei dwrn, estynnodd i lawr a llwyddo i gael ei llaw ar y metel oer. Gwasgodd esgid drom Curon ar ei bysedd. Saethodd poen i'w llaw ac i fyny ei braich, ond llwyddodd i gydio yn y dryll a chadw ei gafael arno. Fe'i cododd o'r llawr a'i bwyntio at y dyn. 'Cer 'nôl!' gwaeddodd gyda'r dryll trwm yn ei dwylo.

Edrychodd Curon arni a gwenu. 'Oce 'te!' meddai. 'Saetha! Saetha, merch fach!'

Sylwodd Mair fod ei llaw yn crynu. Ceisiodd gadw'n llonydd ond ni allai. Tynnodd rhywbeth ei braich gan gwneud i'r dryll neidio.

*Rhaid i ti ei saethu e*, meddai'r llais yn ei phen. *Angel Du yw hwn, dyna i gyd. Bwled sy'n brifo ac yn gwella ar yr un pryd. Wnaiff Curon wella fel ag y gwnaeth Math y tro cynta i ti gwrdd ag e.* Ac roedd hi *eisiau* saethu Curon. Roedd hi eisiau ei weld yn dioddef.

Ond roedd ei chalon yn dweud wrthi beidio. Roedd rhaid bod ffordd arall.

Cilwenodd Curon arni. 'Dim dewr?'

Teimlodd Mair yr holl wres yn gadael ei corff. Wrth ei hochr, griddfanodd Math, ond gallai Mair ddim edrych arno. Roedd rhaid iddyn nhw ddianc. Roedd Curon yn dal i sefyll o flaen y drws, yn eu rhwystro rhag dianc.

'Symuda!' meddai Mair ond dim ond chwerthin wnaeth y dyn.

'Crefftwyr geiriau! Pa iws i'r Arch? Ni llosgi hwn. Ni llosgi hwn i'r llawr!'

Yna, fel neidr, tasgodd Curon, â chyllell hir, gul yn ei law, ac ar yr eiliad honno taniodd Mair y dryll.

*Bang!*

Syrthiodd y dyn. Chwistrellodd gwaed dros bob man gan orchuddio llaw Mair a gwneud i'r dryll lithro o'i dwylo. Parhaodd y gwaed i bwmpio allan. Edrychodd ar y dyn mewn braw. Roedd ei wyneb yn llwyd a'i lygaid ar agor. Roedd y clwyf yn ei frest yn dwll coch, amrwd.

'Dere!' gwaeddodd Math arni, ond roedd hi wedi ei rhewi yn yr unfan. Syrthiodd geiriau drwy'r aer, yn gweiddi a galw.

*Gwaed! Clwyf!*

'Mae rhaid i ni ei helpu,' meddai Mair. 'Rhwystro'r gwaedu!' Syrthiodd ar ei phengliniau a gwthio ei llaw i mewn i frest agored Curon ond roedd y gwaed yn parhau i lifo. Yna, daeth y llifo i ben. Edrychodd Mair i fyny ar Math. 'Ydy e'n ocê?' gofynnodd.

Gwthiodd ei bysedd i mewn i'r cnawd meddal dan ên y dyn a chwilio am guriad ei galon. Dim byd.

'Mae wedi marw, Mair,' meddai Math.

Syllodd Mair arno, y gwaed yn diferu oddi ar ei dwylo. 'Marw? Sut all e fod wedi marw? Dyw Angel Du ddim yn lladd.'

*Marw, colli bywyd, huno.*

Roedd y geiriau fel pryfed tân yn hedfan at fflam. Roedd rhaid iddi eu hanwybyddu a gwrando ar Math.
'Nid Angel Du oedd e.'
Yr eiliad honno, curodd rhywun ar y drws cefn.
'Mair!' meddai Math. 'Dere – symud!'
'Na!' Llwyddodd Mair boeri'r gair allan. 'Y cerdyn.'
Roedd y cerdyn ar y llawr lle roedd wedi syrthio, â braich Curon drosto. Cydiodd Mair ynddo a gwylio wrth i law'r plismon syrthio'n ddifywyd yn ôl ar y llawr.
'Gall e ddim fod wedi marw. Dyw Angel Du ddim yn lladd,' sibrydodd. 'Dyw Angel Du ddim yn lladd'
'Mair, plis! Dere! Mae'n rhaid i ni rybuddio'r gweddill. Trwy'r ffrynt. Dere.'
Dilynodd Mair e drwy'r drws i mewn i'r siop, heibio'r bocsys o eiriau. Safodd yn yr unfan wrth i Math geisio agor y bollt trwm.
Cyn pen dim, roedden nhw ar y stryd ac yn rhedeg.

# PENNOD 7

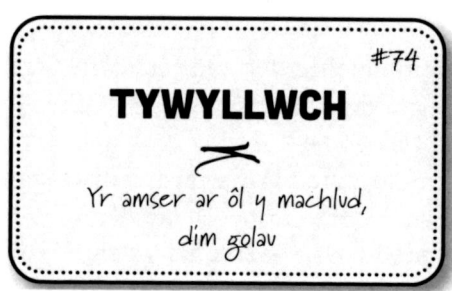

Rhedodd y ddau tua'r gorllewin, trwy'r strydoedd, gan fynd ar hyd pob lôn y gwyddai Math amdani. Edrychai Mair yn ôl bob munud neu ddau ond ni allai weld unrhyw un yn eu dilyn nhw. Symudai Math yn llyfn, fel cath hyderus ac abl. Baglodd Mair yn ei blaen gyda'i hanadl yn llosgi yn ei hysgyfaint, y poenau yn ei hochr yn ei dal yn ôl. Wrth droi'r cornel i Heol y Llwynog, gwelodd Mair rywbeth yn symud yn y cysgodion. Tynnodd fraich Math i'w rybuddio i fod yn dawel. Pwyntiodd.

Daeth Llew drwodd yn gyntaf gyda gwaed yn llifo i lawr ei wyneb, ei gorff yn crymu mewn rhyw ongl annaturiol. Roedd plismon yn dal pastwn mawr yn dilyn. Tu ôl iddo roedd rhes o ddynion a menywod, eu dwylo tu ôl i'w cefnau, yn baglu i mewn i'r nos dywyll. Roedden nhw'n rhyfeddol o dawel. Carl, meddyliodd Mair mewn braw. Roedd Carl wedi eu bradychu nhw, yn union fel roedd Curon wedi dweud. Wrth iddi wylio, daeth yn ymwybodol o bob manylyn. Yr esgidiau'n crafu'r cerrig, y ffordd yr oedd y gwynt yn chwythu drwy eu gwalltiau'n ysgafn, trydar pryderus eos. Roedd o leiaf ddeg plismon gyda'r grŵp – dynion mawr, yn gwthio a thynnu. Roedd trais yn eu hamgylchynu fel arogl cas.

Ar ddiwedd y rhes roedd Carmina. Clywodd Mair Math yn cymryd anadl ddofn. Fel y gweddill, roedd dwylo Carmina wedi eu clymu tu ôl i'w chefn. Wrth iddyn nhw wylio, gwthiodd plismon hi a baglodd hi, yna, yr un mor gyflym ciciodd hi a tharo'r dyn ar ei bigwrn. Gwaeddodd mewn poen, gan chwalu'r tawelwch tywyll wrth iddo ddal ei bigwrn poenus gyda'i ddwy law. Oedodd yr orymdaith. Trodd pob pen tuag at y sŵn. Clywodd Mair Math yn cymryd anadl.

'Na!' meddai yn gryg. 'Na!'

Cymerodd Mair ei law a'i gwasgu. Doedd hi ddim eisiau edrych. Doedd hi ddim eisiau gweld beth fyddai'n digwydd i Carmina, ond ni allai edrych i ffwrdd chwaith. Taflodd Carmina ei phen yn ôl a chwerthin.

Trawodd plismon hi ar gefn ei phen gyda gwaelod ei wn. Syrthiodd y ferch i'r llawr fel aderyn oedd wedi ei saethu o'r awyr. Ceisiodd Llew fynd ati, ond neidiodd un o'r plismyn ato, gan wneud iddo syrthio'n fflat ar y cerrig tywyll.

Safodd y dyn oedd wedi brifo ei bigwrn uwch ben corff llonydd Carmina. Yna, gyda'i droed dda, fe'i ciciodd hi yn ei hasennau. Roedd Mair yn meddwl eu bod yn mynd i'w gadael hi yna, ond wrth i'r grŵp ddechrau symud eto, dywedodd y plismon rywbeth wrth Llew, a safodd a chodi Carmina, a'i dal yn ei freichiau fel pe bai hi'n fabi.

Unwaith diflannodd y plismon olaf trodd Mair at Math. 'Mae'n rhaid i ni ddianc,' meddai.

Trodd Math oddi wrthi. 'Na,' meddai. 'Mae rhaid i fi fynd ar eu hôl nhw. Mae rhaid i fi ddod o hyd i ffordd i'w hachub nhw.'

Cydiodd Mair yn ei fraich, a'i droi tuag ati. 'Na, Math!' meddai. 'Galli di ddim eu helpu nhw. Bydd di yn y carchar ar dy ben gyda nhw, a pha les fyddai hynny?'

'Does dim ots gyda fi,' meddai gan dynnu ei fraich o afael Mair. 'Alla i ddim jyst eu gadael nhw.'

Teimlodd Mair gyllell yn ei chalon. Pe na bai hi wedi llofruddio Curon, fydden nhw ddim yn y cawdel hwn. Allen nhw aros i drio helpu Llew a'r gweddill. Ond roedden nhw'n ffoaduriaid nawr. Allen nhw ddim aros yn yr Arch funud yn rhagor. Edrychodd yn syth i lygaid Math. 'Mae'n rhaid i ti wrando arna i,' meddai.

Oedodd Math. Gallai weld yr ysfa yn ei wyneb. Roedd e am eu dilyn nhw.

'Allwn ni ddim aros fan hyn, Math,' meddai'n garedig. 'Ddim nawr.'

'A ble allwn ni fynd?' meddai. 'Ble?'

Roedd ei meddwl hi ar ras. Ble allen nhw fynd? Ble allen nhw ddod o hyd i loches, i ddŵr? Yn sydyn, fe glywon nhw gŵn yn cyfarth yn y pellter. Plismyn. Gwyddai Mair na fyddai'n cymryd yn hir i'r cŵn ddod o hyd iddyn nhw.

Roedd hi'n gwybod lle i fynd. Yr unig le y gwyddai amdano y tu allan i'r Arch. At ei hunig ffrind y tu allan i'r Arch. Ceridwen. Ceridwen oedd wedi achub Ben a'i gadw'n ddiogel pan gafodd ei alltudio. Efallai y gallai hi wneud yr un peth iddyn nhw?

'Dere!' dywedodd hi wrth Math. 'Dilyn fi.'

Heb air arall, trodd Math a mynd gyda hi.

Roedd rhaid iddi gyrraedd y goedwig. Curai ei chalon yn gyflymach. Roedd yn beryglus ond roedd yn rhywle y gallen nhw fynd. Roedd yn well na dim. Cydiodd yn llaw Math a dechrau rhedeg, a'i llaw arall yn dal i afael yn y cerdyn bach gwyn.

# PENNOD 8

#81

**RHEDEG**

Symud yn gyflym gan ddefnyddio traed

Treiddiodd lleithder llwydaidd y goedwig i'w hesgyrn. Plygai cloddiau o ddrain yn fwâu o'i chwmpas, eu breichiau hir yn crafu ei chroen. Cerddodd yn ei blaen.

Roedd awyrgylch rhyfedd yn y goedwig. Roedd yn rhywle oedd wedi ei foddi gan ddirgelwch ac ofn. Doedd neb yn siŵr beth oedd yna rhwng y coed ond roedd y straeon yn drwch. Troseddwyr yn rhedeg oddi wrth blismyn, ysbrydion pobl oedd wedi hen farw ac anifeiliaid gwyllt yn crwydro'n rhydd.

Roedd ei meddwl yn cadw dychwelyd i'r oriau diwethaf a'r delweddau erchyll o Curon yn gorwedd ar y llawr a'r gwaed yn llifo o'i frest, ei chalon hithau'n curo'n drwm, ei phengliniau'n crynu. Roedd hi wedi llofruddio dyn. Nid unrhyw ddyn, chwaith. Roedd hi wedi llofruddio plismon. Am eiliad, credai y byddai'n llewygu. Oedodd a phwyso ar goeden, gan deimlo ei rhisgl garw a chrychiog dan ei llaw. *Cerdda! Cerdda!* Roedd y llais yn ei phen yn gwrthod tawelu. Roedd angen iddi feddwl am rywbeth arall. Ceisiodd ganolbwyntio ar roi un droed o flaen y llall. Un droed ac wedyn y llall.

Roedden nhw wedi bod yn cerdded mewn tawelwch am dros awr. Roedd Mair yn oedi bob ychydig funudau. Oedi i edrych o'i chwmpas a gweld a allai gofio coeden benodol neu ryw ogwydd arbennig. Ar ôl rhai munudau caled, oedodd i gael hoe.

'Sori,' meddai wrth Math. 'Mae angen hoe arna i.'

'Mae'n rhaid i ni gadw i symud.' Roedd llais Math yn ddifywyd.

Cododd Mair ei hysgwyddau ac edrych ar ei thraed gan nad oedd am edrych i'w lygaid. 'Wyt ti'n meddwl ein bod ni'n mynd yn y cyfeiriad cywir?'

Amneidiodd.

Ni siaradodd yr un ohonynt. Yn y pellter, clywodd Mair anifail yn rhuo. Cath?

Crynodd. Edrychodd ar Math a'i weld yn sychu deigryn oddi ar ei foch. Doedd Mair ddim yn gwybod beth i'w ddweud wrtho, sut i'w gysuro. Ei bai hi oedd hyn. Ei bai hi ei fod e yma, ei bai hi bod y gweddill wedi cael eu dal. Hi oedd yr un oedd wedi mynnu eu bod yn mynd â Carl yn ôl i'r tŷ dŵr. Roedd hi wedi dinistrio popeth yr oedd Llew a'r gweddill wedi ei adeiladu. Sut oedd hi wedi gwneud y fath gamgymeriadau? Yn sydyn, teimlai ei cheg yn hollol sych.

'Mae syched arna i,' meddai.

'Mae gen i botel fach o ddŵr.'

Dŵr. Beth fydden nhw'n gwneud yn y goedwig heb ddŵr?

'Pan gyrhaeddwn ni dŷ Ceridwen, gallwn ni gael hoe,' meddai Math. 'Beth am ddal i fynd am nawr.'

Edrychodd yn bryderus y tu ôl iddo. Ceisiodd Mair glywed a oedd unrhyw un yn eu dilyn nhw. Roedd y goedwig yn frawychus o dawel. Wrth iddyn nhw gerdded, gwthiodd Math frigyn o'r ffordd. Chwipiodd y brigyn yn ôl a tharo wyneb Mair gan wneud iddi weiddi mewn poen. Rhoddodd ei llaw ar y briw a theimlo tamprwydd ei gwaed ei hun.

'Sori,' meddai Math, wrth edrych ar ei boch yn ofalus.

Ceisiodd Mair beidio gwingo. Gallai arogli arogl mwyn saets gwyllt arno. Ei arogl ef. Ceisiodd ddal ei lygad ond roedd e'n canolbwyntio ar y clwyf. A fyddai e byth yn gallu maddau iddi? Symudodd hi yn ôl yn gyndyn ac aethon nhw yn eu blaenau.

Pasiodd awr ac yna awr arall. Gwelodd Mair rywbeth. Siâp

yn y pellter. Tŷ? Cydiodd ym mraich Math. Oedodd y ddau. Pwyntiodd Mair at yr adeilad. Wrth iddyn nhw agosáu, gallai Mair weld mai sied oedd yno. Roedd rhywun wedi gorchuddio'r tyllau yn y wal ac wedi gosod to o hen ddarnau o dun a phren.

Aethon nhw'n agosach. Gallai Mair weld y drws. Edrychodd ar Math. Amneidiodd yntau a gosododd hi ei llaw ar y ddolen. Wrth iddi agor y drws, clywodd Mair wynt pydredd yn gymysg ag arogl garlleg. Ymbalfalodd gydag un llaw, gan gyffwrdd â gwe côr a phryfed marw wrth iddi glirio llwybr. Teimlai'r ystafell yn oer ac mor wag â newyn. Roedd bwrdd garw wedi ei wneud o graig wastad yng nghanol yr ystafell ac wrth ei ochr roedd mainc wedi ei chreu o foncyff gwag. Roedd hyd yn oed rhyw fath o ffenest. Roedd sgwâr wedi ei dorri o dwll yn y wal a bellach roedd darn o wydr ynddo.

'Mae rhywun wedi bod yma ers y Toddi,' meddai Mair yn dawel. Edrychodd o'i chwmpas.

Roedd bocs tun ar y llawr. Agorodd ef yn ofalus. Ynddo roedd cwpan, llwy a phlât, ynghyd â bocs o fatsys, sosban fetel dolciog a morthwyl. Cyn iddi allu dangos i Math beth roedd hi wedi dod o hyd iddo, roedd e wedi mynd allan. Daeth yn ôl bron yn syth.

'Mae casgen fach o ddŵr tu allan. Dŵr glân. Un o'r casgenni wedi selio maen nhw'n ei defnyddio yn yr Arch yn y safleoedd dosbarthu. Wnawn ni ddim marw o syched.'

'A' i edrych am rywbeth er mwyn gwneud diod gynnes,' meddai Mair, gan fynd yn ôl tu allan.

Yn yr istyfiant, daeth o hyd i ddigon o ddanadl poethion a chwlwm y cythraul, ac yna gwelodd yr hyn yr oedd hi wedi bod yn chwilio amdano. Cedowrach wyllt! Dail mawr gwyrdd mewn siâp calon a blodau porffor, pigog, ond doedd Mair ddim eisiau'r dail na'r blodau. Roedd angen y gwreiddyn arni. Edrychodd o'i chwmpas a gweld carreg weddol wastad. Dechreuodd grafu gwaelod y planhigyn.

Ni welodd ef tan iddi deimlo rhywbeth tamp a meddal ar gefn ei llaw. Yna gwelodd gorff hir a phen pigog yn ymestyn ohono, a dwy lygad oer fel dwy garreg yn syllu arni – neidr!

Digwyddodd popeth mewn eiliadau. Tynnodd Mair ei llaw yn ôl. Enciliodd y neidr, ei cheg ar agor, ei dannedd miniog yn fflachio. Gwyddai Mair ei bod ar fin ymosod. Cododd y garreg a'i tharo i lawr ar y pen gwyrdd. Chwistrellodd y gwenwyn dros ei breichiau. Cododd Mair y garreg eto ond roedd y neidr yn gyflymach. Unwaith eto, fe'i cafodd ei hun yn syllu ar y dannedd miniog. Unwaith eto, aeth ceg y neidr amdani. Y tro hwn, llwyddodd Mair i gamu o'r neilltu. Gyda'i holl nerth, fe'i trawodd gyda'r garreg, eto ac eto. Yn y diwedd, rhoddodd y gorau i symud yn llwyr.

Aeth pengliniau Mair yn wan a syrthiodd ar lawr. Curai ei chalon mor galed roedd yn fyddarol. Ceisiodd anadlu er mwyn tawelu ei hun, ond ni allai dynnu ei llygaid oddi ar y neidr. Roedd ei dwylo'n brifo ar ôl cydio mor dynn yn y garreg ac yn sydyn roedd hi 'nôl yn y siop, ei llaw yn dal y gwn, tra bod Curon yn gorwedd yn farw wrth ei thraed. Llenwodd ei cheg ag asid a chredai ei bod ar fin chwydu. Roedd hi wedi cymryd tri bywyd bellach. Tri bywyd. Noa a Curon – a'r neidr. Flwyddyn yn ôl doedd hi ddim wedi dychmygu lladd unrhyw greadur byw. Beth oedd yn digwydd iddi? Yn araf, cododd wreiddyn y gedowrach wyllt a mynd yn ei hôl, heb dynnu ei llygaid oddi ar y ddaear.

\*

Roedd Math wedi gwneud tân bach y tu allan i'r cwt.

'Gallwn ni wneud cawl,' meddai Mair. Er ei bod yn dal wedi ei hysgwyd ar ôl ei phrofiad gyda'r neidr, roedd hi'n benderfynol o guddio hyn wrth Math. 'Dwyt ti ddim wedi bwyta ers y tŷ dŵr.'

Amneidiodd Math, ond gwelodd ei wyneb yn gwgu pan soniodd hi am y tŷ dŵr.

Gosododd Mair wreiddyn y gedowrach wyllt mewn dŵr berw yn yr hen sosban. Cymron nhw yn eu tro i yfed allan o'r unig gwpan, ac erbyn iddyn nhw orffen, roedd haul y gaeaf yn uchel yn yr awyr. Syrthiai'r pelydrau yn batrymau o'u cwmpas, gan oleuo llawr y goedwig a datgelu'r holl bryfed oedd yn byw yno.

Wrth i'r prynhawn fynd yn ei flaen, casglodd Math ddanadl poethion a garlleg gwyllt ynghyd â dyrnaid o fadarch. Ar ôl clywed hanes Mair a'r neidr, symudodd yn wyliadwrus o gwmpas y cwt.

'Wyt ti'n meddwl bod Llew a'r gweddill yn iawn?' holodd Mair mor ofalus ag y gallai hi pan ddaeth e 'nôl gyda'r planhigion.

'Gobeithio,' meddai Math.

Prin y gallai Mair ddioddef edrych arno. Roedd ei wyneb yn wewyr i gyd ... ie, gwewyr, hwnna oedd y gair cywir.

*Gwewyr: poen meddyliol dwfn.*

Eisteddai Mair gan edrych arno, yn llawn cydymdeimlad ond teimlai rywbeth arall hefyd. Roedd hi'n ei chael hi'n anodd adnabod yr emosiwn, y peth hwnnw oedd yn brifo ei bol ac yn gwneud i'w llwnc dynhau. Euogrwydd.

Safodd Math. 'A' i i nôl rhagor o goed tân. Bydd ei angen arnon ni yn nes ymlaen.'

Gwyliodd Mair ef yn gadael.

Ni ddaeth yn ôl am oriau ac roedd Mair yn bryderus wrth aros amdano. Ni allai beidio meddwl am y plismon marw. Oedd teulu ganddo? Oedd yna rywun oedd wedi ei garu? Pam oedd bwledi go iawn yn y gwn? Ni fyddai John Noa'n lladd unrhyw beth. Ddim yn uniongyrchol, beth bynnag. Byddai'n taflu pobl i'r goedwig i gael eu bwyta gan anifeiliaid, ond ni fyddai'n caniatáu i'r plismyn ladd rhywun. Roedd wedi dyfeisio'r Angel Du. Bwled oedd yn niweidio, yna'n serio'r gwythiennau ac yn caniatáu i'r clwyf wella. Roedd yn gadael marc, cwmwl tywyll, ar groen y person. Nid oedd wedi croesi ei meddwl y byddai Anwen yn newid y rheolau.

Pam oedd Mair wedi mynd yn ôl i'r Arch o gwbl? Pam oedd hi wedi meddwl y gallai hi fod wedi gwneud gwahaniaeth? Pe bai hi wedi bod yn hapus yn ufuddhau i orchmynion Llew, byddai dim o hyn wedi digwydd. Pe na byddai hi wedi ymddiried yn Llew, ni fyddai'r plismyn wedi dod o hyd i'r tŷ dŵr. Pe na byddai wedi tynnu ar Math, ni fyddai wedi ei dilyn hi. Aeth y meddyliau euog o gwmpas ei phen yn ddiddiwedd, gan wneud iddi deimlo'n sâl.

Casglodd redyn a mwsog a gwneud dau wely yn y cwt. Cymerodd oriau iddi gan ei bod yn oedi o hyd. Oedi i wneud yn siŵr nad oedd nadroedd ar hyd y lle. Oedi i weld a oedd Math yn dod. Oedi i wrando rhag ofn bod plismyn yn dod.

Wrth iddi nosi, dechreuodd Mair ddyfalu a fyddai Math yn dod yn ôl o gwbl. Efallai ei fod wedi cynllunio hyn ar hyd yr amser, ei gadael hi ar ei phen ei hun yn y goedwig a mynd yn ôl i'r Arch i geisio achub Llew a'r gweddill. Gwthiodd y syniad o'i meddwl ond roedd y straen yn gwneud i'w phen deimlo'n boeth ac yn boenus. Cadwodd y tân ynghyn a rhoi'r sosban uwch ei ben er mwyn gwneud cawl ffres.

Pan ddychwelodd Math, daeth â chwe wy gydag e, wedi eu dwyn o nyth aderyn.

'Ffesant, dw i'n meddwl,' meddai gan eu rhoi iddi'n ofalus iawn. 'Gallwn ni eu coginio nhw yn y cawl.'

Roedd Mair wedi agor ei cheg i ateb pan glywodd hi rywbeth. Sŵn rhuo. Edrychodd i gyfeiriad y sŵn. Edrychodd Math hefyd. Eiliad wedyn daeth y sŵn rhuo eto.

'Arth,' meddai Math. 'Cer â'r sosban a cher i mewn.'

Cydiodd Mair yn y sosban wrth i Math geisio diffodd y tân gan orchuddio'r cols. Wrth iddyn nhw fynd trwy ddrws y sied, fe glywon nhw'r sŵn eto, yn agosach y tro hwn. Chwyrnu. Gyda dwylo crynedig, bolltiodd y drws. Safai Math wrth y ffenest yn edrych allan.

'Wnaiff e ddim rhoi trafferth i ni, dw i ddim yn meddwl,'

meddai. 'Ond mae'n rhaid i ni fwyta'r bwyd. Mae gan eirth synnwyr arogl cryf iawn a dydyn ni ddim eisiau i unrhyw beth eu temtio.'

Torron nhw'r wyau i mewn i'r cawl poeth a bwyta'u pryd bwyd. Yna aethon nhw ati i lanhau'r sosban a mynd yn ôl i'r ffenest i edrych allan am yr arth. Roedd hi'n nosi, a'r gwynt yn codi, gan chwipio yn erbyn y brigau fel rhyw ddawns wyllt. Crynai Mair wrth iddo ruo drwy'r coed a sleifio drwy'r craciau yn y sied.

Rhoddodd Math ei fraich o gwmpas ei hysgwyddau. 'Dw i wastad yn meddwl ei fod yn swnio fel y môr gyda'r llanw'n cael ei dynnu mewn, ac yna ei daflu allan eto. Gwranda!'

Ceisiodd Mair ymlacio ac ailddychmygu'r hyn roedd hi'n ei glywed, ond roedd rhywbeth mor unig am wylo'r gwynt nes ei bod bron yn falch pan ddaeth y glaw. Boddai'r diferion trwm ar y to pren bob sŵn arall.

'O'n i'n meddwl falle na fyddet ti'n dod 'nôl,' meddai hi. 'Prynhawn yma. O'n i'n meddwl falle na fyddet ti'n dod 'nôl.'

Ni ddywedodd Math air. Oedd hynny'n golygu ei fod wedi ystyried y peth? Edrychodd hi fyny arno ond roedd e'n edrych i'r pellter a'i geg yn dynn.

'Wyt ti'n meddwl ei bod hi wedi mynd?' meddai Mair, gan gyffwrdd â'i fraich. Neidiodd mewn syndod.

'Yr arth? Ydy,' meddai ac aeth yn dawel eto.

Awr neu ddwy'n ddiweddarach, pan oedd hi'n gorwedd ar ryw fath o wely, gwrandodd Mair arno'n cysgu. Cafodd ei hatgoffa o'r nosweithiau hynny pan oedd wedi aros gyda hi yn y siop, pan gyfarfu ag ef am y tro cyntaf. Ceisiodd ymlacio a gadael erchyllterau'r pedair awr ar hugain blaenorol fynd. Ar ôl rhai munudau, gallai ei glywed yn troi a throsi a mwmian. Eisteddodd yn llawn ofn. Oedd e'n sâl eto? Yna fe sylweddolodd hi ei fod yn siarad ac ymhen eiliadau daeth y geiriau'n glir.

'Carmina!' Dyna beth oedd e'n ei ddweud. 'Carmina.'

Suddodd ei chalon. A fyddai e byth yn maddau iddi? Pe bai rhywbeth gwael yn digwydd i Carmina, neu i Llew, sut fydden nhw'n dod dros hynny? A sut beth fyddai ei bywyd heb Math? Roedd meddwl am faint roedd e'n ei olygu iddi yn ei phoeni. Doedd hi ddim eisiau bod yn ddibynnol arno. Roedd hi wedi colli pawb yr oedd hi wedi eu gwir garu. Ei rhieni ac yna Ben. Ac os oedd Math yn caru Carmina byddai dim dyfodol i Mair gydag e.

Yn y diwedd, fe aeth hi i gysgu. Yn y bore, deffrodd hi a gweld ei fod e eisoes wedi codi ac yn syllu arni. 'Sori,' meddai hi yn swil. 'Gobeithio cest ti ychydig o gwsg.'

Pwysodd e tuag ati, ei geg yn dod tuag at ei cheg hi. Oedd e'n mynd i'w chusanu hi? Curodd ei chalon yn gyflymach. Symudodd yn nes ato.

'Mae gwe côr gen ti yn fan'na,' meddai gan frwsio ei gwallt yn ysgafn. Syllodd hi arno. Gwenodd, â'i lygaid llwydlas yn sgleinio. Oedd e'n gallu darllen ei meddwl? 'Piti nad oes rhagor o'r cawl ofnadwy yna wnest ti.'

Chwarddodd y ddau a theimlai Mair fel pe bai rhywun wedi cymryd pwysau mawr oddi arni, pwysau oedd wedi bod yna ers iddi saethu Curon. Cododd a nôl dŵr. Wrth iddi gerdded ar draws y llawr, gwelodd hi rywbeth gwyn. Plygodd i lawr a gweld cerdyn yn hanner cuddio wrth y darn o bren yng nghanol y llawr.

Fe'i cododd. Syllodd arno a rhyfeddu. Roedd yn gerdyn geiriau yn ei llawysgrifen hi. Yn yr Arch roedd hawl gan bob masnach gael geiriau ychwanegol ar gyfer y gwaith. Efallai y byddai crydd yn cael *gordd* a *morthwyl*, a chyweiriwr crwyn yn cael *lledr* a *croen*. Archwiliodd y cerdyn yn ofalus.

*Troseddwr: person sy'n euog o droseddau yn erbyn yr Arch.*

'Plismyn,' meddai'n dawel. 'Mae hwn yn gerdyn geiriau ar gyfer plismyn.'

*Edrychodd Werber i fyny o'r bwrdd. Roedd ar fin bwyta ei ginio. Rhoddodd y cwpanaid o ddŵr i lawr a chanolbwyntio ar y plismon.*

'*Hi ddim mynd,*' *meddai'r dyn.* '*Hi eisiau siarad gyda ti.*'

*Y tu allan, roedd y crio'n dal i'w glywed. Er gwaethaf popeth, teimlai Werber ryw frathiad o gydymdeimlad. Cofiai sut roedd y gwartheg ar fferm ei ewythr yn arfer crio pan fyddai'r lloeau yn cael eu cymryd oddi wrthyn nhw.*

'*Does dim byd alla i ei wneud,*' *meddai, gan geisio cadw ei lais yn oer a diemosiwn.* '*Cer â hi i ffwrdd. Alla i ddim bwyta fy nghinio yn y sŵn yna.*'

*Trodd yn ôl at ei fwyd. Gallai glywed y dyn yn oedi. Plis cer, meddyliodd. Plis. Clywodd y plismon yn troi a rhai munudau'n ddiweddarach agorodd y drws a chau eto.*

*Cododd Werber o'r bwrdd. Roedd yn rhaid iddo fod yn gryf, dywedodd wrtho'i hun, ond ni allai beidio dychmygu poen y fenyw. Dim ond ychydig wythnosau oed oedd ei babi ac roedd dynion Werber wedi mynd ag ef. Gwyddai y byddai ei chrio'n seinio yn ei ben a'i hunllefau ond doedd dim i'w wneud.*

*Hanner cant o fabis nawr. Hanner cant o famau wedi colli eu plant. Rhagor o gyfrifoldeb ar ei ysgwyddau yntau. Byddai'n gwneud yn siŵr bod y plant yn cael y gofal gorau posibl. Byddai'n mynd allan i'r wlad ac yn archwilio'r fferm lle y bydden nhw'n cael eu cadw. Roedd yn dal i gofio sut roedd e'n teimlo'n cael ei gymryd oddi ar ei rieni. Dyna oedd ffawd pob trydydd plentyn yn yr Arch. Un yn ormod.*

*Eisteddodd eto a chodi ei lwy, ond roedd wedi colli ei archwaeth. Doedd e ddim wedi cytuno i'r syniad o dynnu'r babis oddi ar eu mamau. Roedd wedi ceisio perswadio Anwen nad oedd yn syniad da, ond er gwaethaf ei holl eiriau newydd, roedd wedi methu. Y babis oedd y dyfodol, yn ôl Anwen. Roedden nhw'n gorfod sicrhau nad oedden nhw'n cael eu llygru gan iaith. Roedd y Brwydrwyr Gwyrdd yn hyderus pe bydden nhw'n cael eu hynysu y bydden nhw byth yn ildio. Roedd Werber yn ei chael hi'n anodd credu hyn, ond roedden nhw wedi ei sicrhau. Roedd y plant hyn yn bwysig. Nhw oedd y dechrau a'r diwedd, medden nhw. Y dechrau a'r diwedd.*

PENNOD 9

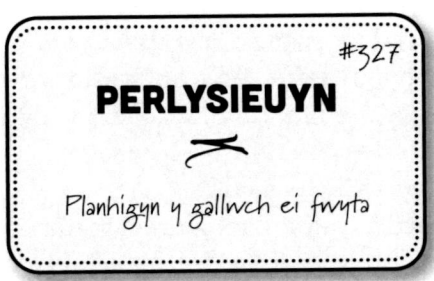

'Allwn ni ddim aros fan hyn,' meddai Math a oedd eisoes yn dechrau casglu eu pethau. 'Os yw'r lle hwn yn orsaf i blismon, dim ond mater o amser sydd tan iddyn nhw ddod yma.'

Edrychodd Mair ar y cerdyn yn ei llaw. Roedd Math yn iawn. Cododd ei bag.

'Cymera'r matsys a gad i ni lenwi poteli gyda dŵr.'

Aeth Mair yn ei blaen heb feddwl. Gallai heddlu gyrraedd unrhyw eiliad. Roedd un o'u pobl nhw wedi cael ei lofruddio. Bydden nhw ddim yn gorffwys nes iddyn nhw ddod o hyd i'r llofrudd.

'Dylen ni fynd am y gogledd,' meddai Math.

'Awn ni 'te,' meddai Mair. 'Allwn ni gasglu bwyd fan hyn cyn i ni symud ymlaen. Mae mwy o berlysiau draw fan'na lle ddes i o hyd i'r gedowrach.'

Roedd ei stumog eisoes yn galw am fwyd, rhyw boen dwfn nad oedd modd cael ei wared.

Rhoddodd ei bag dros ei hysgwydd a mynd yn ei blaen, gyda Math yn dilyn y tu ôl iddi. O fewn munudau, roedden nhw'n casglu'r perlysiau oedd wedi llwyddo i dyfu yng nghysgod y goedwig – y danadl gwyrdd golau a'r fioledau glas bach, bach, ynghyd â'r dant y llew ifanc a'r gwlydd cadarn.

Cerddon nhw yn eu blaenau gan ddweud dim byd. Roedd

Mair yn meddwl yn galed. *Os daw'r plismyn o hyd i ni ...* Allai hi ddim meddwl fel yna. Roedd rhaid iddi gredu na fydden nhw'n dod o hyd iddyn nhw. Gwasgodd ei bag at ei bron.

Roedd y coed yn pwyso i lawr arni ar bob ochr. Roedd ei synhwyrau'n hollol effro. Teimlai lygaid yn ei gwylio o'r deiliach. Ceisiodd gallio. Ni allai adael i'w dychymyg gael y gorau arni. Aeth y ddau yn eu blaenau'n wyliadwrus, gan gamu'n ofalus drwy'r creigiau.

Yn y diwedd, cafodd blinder y gorau arnyn nhw ac eisteddon nhw dan goeden i gael hoe. Roedd Mair yn dal i hel meddyliau ond ceisiodd wrando ar yr hyn roedd Math yn ei ddweud.

'Pa mor fuan ti'n credu gallwn ni fynd yn ôl i'r Arch?'

'Dw i ddim yn gwybod,' meddai hi.

Sut allen nhw byth fynd yn ôl? Ei bai hi oedd yr holl lanast. Pe na fyddai hi wedi mynnu mynd i'r siop, byddai'r plismon yn fyw a gallai hi a Math fod wedi gwneud rhywbeth i helpu Llew.

'Roedd Carl yn ysbïwr,' meddai Mair. Oherwydd straen y dyddiau diwethaf, doedd hi ddim wedi llwyddo i feddwl drwy'r peth yn iawn.

'Oedd,' meddai Math. 'Mi oedd e.'

Cofiodd Mair am y noson yr oedd hi wedi cwrdd ag e am y tro cyntaf. Y noson roedden nhw wedi ei guddio yn yr atig. Pa mor hawdd roedden nhw wedi dianc! Rhaid bod y plismyn yn gwybod bod gan y tai yna atigau, ond ni wnaethon nhw chwilio'r un yn nhŷ Carl. Roedden nhw *eisiau* i Carl ddianc, i gael ei gymryd gan y Crewyr. Y gwcw yn y nyth. *Ac fe wnes i ymddiried ynddo fe. Ro'n i mor naïf.*

'Paid â bod yn rhy galed arno,' meddai Math. 'Dwyt ti ddim yn gwybod sut roedden nhw'n ei drin.'

Nodiodd Mair ei phen, ond tu mewn roedd hi'n gandryll. Sut allai unrhyw un wneud y fath beth? Sut allai e fradychu'r bobl oedd wedi rhoi lloches iddo?

'Dw i ddim yn gwybod os galla i fynd yn ôl i'r Arch,' meddai hi. 'Does gen i ddim rôl yna. Mae Anwen wedi ennill. Fe wnaiff gymryd rhywun llawer mwy a dewrach na fi i fod yn drech na hi.'

'Alli di ddim rhoi'r gorau iddi, Mair. Wnest ti orchfygu Noa.'

'Do?' Edrychodd Mair i fyny ato. 'Damwain oedd hwnna'n fwy na dim, dw i'n meddwl. Person cyffredin ydw i, Math. Alla i ddim newid yr holl fyd. Dw i wedi cael llond bol.'

Wrth i'r geiriau adael ei cheg, gwyddai ei bod o ddifri ac mai dyma oedd ei bywyd newydd hi. Doedd dim dyfodol iddi yn yr Arch. Ddim rhagor.

'Dw i'n meddwl dy fod ti wedi blino,' meddai Math. 'A dal mewn sioc. Fyddi di'n teimlo'n wahanol nes ymlaen.'

Estynnodd ei law ati, a gafaelodd hi ynddi, ond yn ei chalon roedd hi'n gwybod na fyddai hi'n newid ei meddwl.

Aethon nhw yn eu blaenau, y ddau wedi ymgolli yn eu meddyliau. Yna teimlodd Mair Math yn oedi. Edrychodd hi i fyny. Roedd dyn yn cerdded tuag atyn nhw.

Roedd e'n dal ac yn llydan. Yn ei law fe ddaliai gyllell yn hamddenol, fel pe bai i fod yna ar waelod ei fraich. Gwisgai rywbeth tebyg i groen anifail wedi ei wnïo at ei gilydd gyda chortyn, a lle'r oedd ei fraich yn y golwg, gallai Mair weld creithiau'n croesi ei gilydd ar ei groen, fel nadroedd gwyn. Edrychodd ar ei wyneb, ei groen wedi cochi gan y tywydd garw a llygaid dwfn. Edrychodd e 'nôl arni, yr un mor chwilfrydig.

'Pwy ydych chi?'

Roedd y llygaid wedi culhau a theimlai Mair ei fod yn edrych yn syth drwyddi. Pwyntiai'r gyllell atyn nhw bellach. 'Mair,' meddai. 'A dyma Math.'

'Pwy ydych chi?' meddai eto.

'Ffoaduriaid,' meddai Mair, yn benderfynol o edrych yn hyderus. 'O'r Arch.'

'Rydyn ni wedi dianc,' meddai Math yn dawel.

'Pam?' gofynnodd y gŵr.
'Problem gyda phlismon,' meddai Math.
'Reit,' meddai'r gŵr. 'Neu gallech chi fod yn ysbiwyr.'
'Dydyn ni ddim yn ysbiwyr,' meddai Math. 'Crewyr ydyn ni.'
'Meddet ti. Nawr cerddwch!' Chwifiodd y gyllell tuag at yr heol fach i'r chwith iddyn nhw.

Edrychodd Mair ar Math. Cododd ei ysgwyddau, a gyda'i gilydd aethon nhw ar hyd y lôn o flaen y dyn.

# PENNOD 10

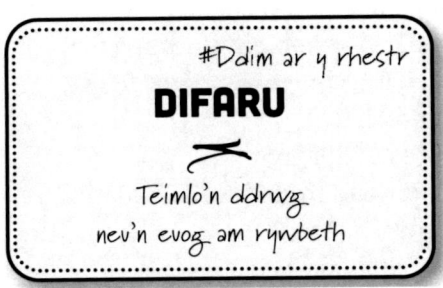

Ar ôl rhyw awr, daethon nhw at lecyn agored. Roedd yno ddwy babell ynghyd â gweddillion tân.

'Does unman yn debyg i gartre,' meddai'r dyn. 'Steddwch!'

Eisteddon nhw ar y ddaear laith wrth i'r dyn ailgynnau'r tân.

'Beth ydyn ni fod i dy alw di?' gofynnodd Math.

'Jo,' meddai'r gŵr. 'Nid dyna fy enw i ond gallwch chi ei ddefnyddio fe.'

Nawr bod gan Mair amser i astudio'r dyn, gallai weld ei fod yn ei bedwardegau hwyr. Doedd e ddim yn edrych yn iach – roedd ei groen yn wridog a'i lygaid yn felynaidd. *Dwy babell*, meddyliodd. *Dyw e ddim ar ei ben ei hunan.*

Roedd y tân ynghyn ac roedd Mair yn falch o'r cynhesrwydd. Roedd lleithder yn yr aer ond doedd hi ddim yn ofnadwy o oer ac roedd y tân yn cynnig cysur. Gwyliodd y gŵr yn symud yn brysur ar hyd a lled y gwersyll. Beth oedd e eisiau oddi wrthyn nhw? Roedd y gyllell yn ei felt bellach ond gwyddai Mair ei fod yn rhy beryglus i'w herio.

Wrth i'r haul fachlud cyrhaeddodd menyw. Roedd hi tua'r un oed â'r dyn ac yr un mor dal. Sylweddolodd Mair fod ei llygaid hithau'n felyn hefyd a bod ei chroen yn ddulas.

'Mae cwmni gyda ni,' meddai'r dyn.

'Dw i'n gweld hynny,' atebodd hi.

Tynnodd y dyn hi i'r naill ochr a gwyliodd Mair nhw'n siarad â'u pennau'n agos. Bob hyn a hyn edrychent draw atyn nhw ond ni allai Mair ddyfalu beth roedden nhw'n ei feddwl.

Ar ôl ychydig, daethon nhw 'nôl at y tân.

'Ydych chi o'r Arch?' gofynnodd y fenyw.

Amneidiodd Mair.

'A ble ydych chi'n mynd?'

'Ni'n mynd i weld ffrind,' meddai Math.

'Enw?' meddai'r dyn.

'Ceridwen,' atebodd Mair.

'Mae unrhyw ffrind i Ceridwen yn ffrind i ni hefyd,' meddai'r fenyw, gan estyn ei llaw. Ysgydwodd Mair hi. Teimlai'n arw ac yn llawn rhychau. 'Danu ydw i.'

Gwenodd y dyn. 'Dylech chi fod wedi sôn am Ceridwen o'r dechrau,' meddai. 'Falle fydden i wedi rhoi croeso cynhesach i chi. Fy enw i yw Rua.'

'Dim Jo, 'te?' Gwenodd Math ac ysgwyd ei law.

'Mair a Math ydyn ni, go iawn,' meddai Mair.

'Rhaid bo' chi'n llwgu,' meddai Danu a thaflodd y bag yr oedd hi wedi bod yn ei gario ar y llawr. 'Ni yma i hela. Gallwn ni eich bwydo chi.'

Teimlai Mair ei stumog yn corddi a dŵr yn dod i'w dannedd. Doedd hi ddim wedi sylweddoli pa mor llwglyd oedd hi. Rhoddodd y fenyw ei llaw yn y bag a thynnu bwndel o golomennod wedi eu clymu at ei gilydd wrth eu traed.

O fewn munudau roedd yr adar wedi eu pluo ac roedd Rua wedi creu gwaell fain o hen ddarn o bren. Roedd Mair bron yn glafoerio wrth i'r adar droi'n araf dros y fflamau gan boeri braster i'r tân, a llenwodd ei ffroenau ag arogl blasus cig yn rhostio.

'Mae dŵr gyda ni.' Cynigiodd Math ei botel ddŵr i'r helwyr.

'Does dim angen,' meddai Rua. 'Does dim prinder dŵr. Mae afon draw fan'na tu ôl i'r coed.'

Edrychodd Mair ar Math. Oedd Rua a Danu'n yfed dŵr wedi ei lygru? Roedd y glaw trwm a chyson ar ôl y Toddi wedi achosi i nitrogen a ddefnyddiwyd ar dir ffermydd lifo i'r afonydd a'r llynnoedd. Roedd algae gwenwynig wedi tyfu wedyn ac wedi golygu nad oedd modd yfed y dŵr.

'Nag yw hwnna'n frwnt?' gofynnodd Mair.

'Pa ddewis sydd gyda ni?' atebodd Rua.

'Fydd e ddim yn eich gwneud chi'n sâl?'

'Ni wedi penderfynu cymryd y risg,' meddai Danu'n dawel, a gwyddai Mair mai dyna oedd diwedd y sgwrs.

Cyn hir roedden nhw'n bwyta colomen wedi ei rhostio a thatws wedi eu pobi yn y tân.

'Ni'n eu tyfu nhw,' meddai Rua, 'yn lle ni'n byw.'

'Chi ddim yn byw fan hyn?' meddai Math.

Ysgydwodd Danu ei phen. 'Rydyn ni'n byw rhyw dri diwrnod o gerdded i ffwrdd ond yn teithio mor bell â hyn i hela.'

'Oes llawer ohonoch chi?' gofynnodd Mair.

'Cymuned fach,' meddai Rua. 'Mae pobl yn mynd a dod.'

'Mae unrhyw le yn well na'r Arch,' meddai Danu. 'Dechreuon ni yn y Dre Arian ond gadawon ni cyn i Noa gael ei orchfygu. Glywon ni nad yw hi damaid gwell nawr. Gwaeth, falle.'

'Mewn rhai ffyrdd,' meddai Math.

'Glywoch chi fod plismon wedi cael ei lofruddio? Gwrddon ni â dyn ddoe. Roedd e'n ffoi o'r Arch ac yn llawn newyddion.'

Amneidiodd Mair; roedd ofn siarad arni.

'Mae Anwen yn benderfynol o ddial. Maen nhw'n torri mewn i dai, arestio pobl, alltudio pobl. Dyna beth glywon ni,' meddai Rua.

Ni siaradodd unrhyw un am funud. Closiodd Mair at y tân.

'Oedd y dyn wedi clywed unrhyw beth am y Crewyr oedd wedi eu cymryd?' gofynnodd Math gan bwyso'n agosach at Danu.

Ysgydwodd hi ei phen. 'Na. Sori,' meddai.

'Ni wedi clywed pethau eraill rhyfedd,' meddai Rua. 'Pethau sy'n waeth nag ymosod neu arestio.'

Edrychodd Mair arno.

'Mae babis wedi bod yn diflannu,' meddai. 'Wedi cael eu cymryd gan y plismyn.'

'Pam?' gofynnodd Math. 'Beth allen nhw fod ei angen gan fabis?'

Cododd Rua ei hysgwyddau. 'Dydyn ni ddim yn gwybod,' meddai. 'Mae'r plismyn wedi rhybuddio'r rhieni i gadw eu cegau ar gau neu bydd gwaeth pethau'n digwydd iddyn nhw.'

Ysgydwodd Danu ei phen. 'Dyw hi ddim yn naturiol i wahanu plentyn wrth ei fam fel yna. Daw dim daioni o'r peth.'

'Glywon ni rywbeth amdano cyn i ni adael,' meddai Mair. 'Dywedodd bachgen bach o'n i'n ei ddysgu bod plentyn wedi mynd ar goll.'

'Beth oeddet ti'n ei wneud yn yr Arch?' gofynnodd Danu, gan edrych arni'n chwilfrydig.

'Fi oedd prentis y crefftwr geiriau,' meddai Mair. Teimlodd densiwn Danu a Rua.

Cydiodd Danu yn ei llaw. 'Ti yw Mair. Y ferch laddodd John Noa.' Roedd Danu'n gegrwth, yn llawn syndod.

'Wir?' meddai Rua.

'Ie,' atebodd Mair, mor ddistaw nes nad oedd hi'n gwybod a oedden nhw wedi ei chlywed hi neu beidio.

'Bydded i'r Dduwies dy fendithio di,' meddai Danu a gallai Mair glywed y parch yn ei llais.

'Roedden ni'n dyfalu beth ddigwyddodd i ti,' meddai Rua, 'ar ôl y tŵr dŵr. Roedd cymaint o obeithion gyda ni.'

'Gan bob un ohonom ni,' meddai Mair. 'Falle'n bod ni'n ffôl.'

'Sut alli di ddweud hynny,' meddai Danu, 'ar ôl popeth sydd wedi digwydd? Mae rhaid bod gobaith. Beth wyt ti'n bwriadu gwneud nesa? Glywon ni fod gwrthryfelwyr yn ymgasglu yn y goedwig. Fyddi di'n eu harwain nhw?'

'Nid fi yw'r person i'n harwain ni, Danu,' meddai Mair, mewn braw. 'Does dim profiad gen i. Dw i eisoes wedi gwneud camgymeriadau. Camgymeriadau ofnadwy. Mae angen rhywun hŷn a doethach na fi.'

Gwelodd y siom ar eu hwynebau, ond hyd yn oed wrth glywed ei hun yn siarad, gwyddai fod y geiriau'n wir. Doedd hi ddim eisiau bod yn arweinydd. Doedd hi ddim hyd yn oed eisiau bod yn grefftwr geiriau mwyach. Roedd hi eisiau diflannu.

'Mae hi wedi blino,' meddai Math. 'Mae wedi bod yn ddiwrnod hir. Dw i'n meddwl y dylen ni fynd i gysgu.'

'Wrth gwrs,' meddai Danu ond gallai Mair glywed y siom yn ei llais. 'Gall Mair gysgu yn fy mhabell i a galli di gysgu yn un Rua.'

Roedd Mair wir eisiau dweud rhywbeth fyddai'n dad-wneud y niwed ond roedd y geiriau'n sownd yn ei llwnc hi. Gwyliodd Danu a Rua'n diffodd y tân ac yn claddu gweddillion y colomennod, a meddyliodd pa mor ddewr oedden nhw. Aeth am y babell, a'r edifeirwch bron yn ei thagu.

# PENNOD 11

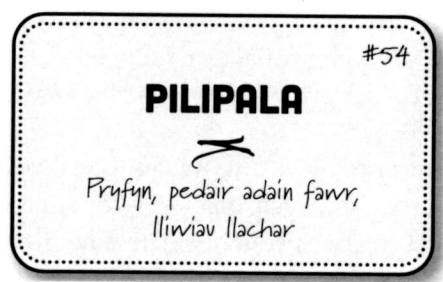

Yn y bore, estynnodd Danu fap manwl a fyddai'n eu harwain nhw at Ceridwen.

'Siwrne saff,' meddai Rua wrthi wrth iddo ei chofleidio. 'Byddwn ni'n gweddïo drosoch chi.'

Edrychodd Danu i fyw ei llygaid hi a dweud, 'Ti yw'n harwres ni, Mair. Plis paid rhoi'r gorau iddi.'

Ac yna roedden nhw wedi mynd. Aeth Mair dros eiriau Danu yn ei phen. Arwres? Petaen nhw'n gwybod beth roedd hi wedi ei wneud, petaen nhw'n gwybod sut roedd hi wedi peryglu bywydau pawb, fydden nhw ddim yn meddwl ei bod hi'n arwres wedyn.

Cyffyrddodd Math yn ei llaw. 'Beth am gasglu popeth at ei gilydd a mynd i chwilio am Ceridwen?' meddai'n garedig.

Cerddon nhw drwy'r goedwig, gan ddilyn map Danu'n ofalus. Ddaethon nhw ddim ar draws unrhyw un ac ni siaradon nhw ryw lawer. Teimlai Mair yn flinedig ac yn isel ei hysbryd. Roedd Math wedi dweud wrthi'n gynharach yn y diwrnod bod llawer yn yr un sefyllfa â Rua a Danu, pobl oedd yn byw yn y goedwig ac yn yfed dŵr gwenwynig ac yn ymroi i'w ffawd. Roedden nhw'n dewis byw bywyd byr ond rhydd yn hytrach na dioddef cyfundrefn yr Arch. Sylweddolodd Mair y byddai Rua a Danu wedi marw cyn iddyn nhw weld gwanwyn arall.

Dechreuodd deimlo'n ddig. Pa hawl oedd gan Anwen i gymryd eu bywydau? Roedd anghyfiawnder y peth yn llosgi ei chalon.

Wrth iddyn nhw agosáu at fwthyn Ceridwen, edrychai'r ardal yn fwy cyfarwydd. Cofiai Mair yn glir sut roedd hi wedi dilyn Llew ar hyd yr union lwybr hwn, gan obeithio dod o hyd i Ben. Ac roedden nhw wedi dod o hyd iddo. Roedd yr oriau diwethaf dreuliodd hi gydag e yn glir yn ei chof am byth, fel hen stori gyfarwydd i'w chysuro pan nad oedd modd i unrhyw beth arall wneud. Edrychai'r bwthyn yn union fel yr edrychai ar y noson honno flwyddyn yn ôl, ond y tro hwn roedd Ceridwen yna, â'i chefn atyn nhw, yn chwilio am fwyd. Teimlodd Mair gariad a rhyddhad pan welodd hi, a thaflodd ei bag ar y llaw a rhedeg ati.

Trodd yr hen wraig. 'Mair!'

Cydiodd y ddwy'n dynn yn ei gilydd.

'Pam chi yma?' meddai Ceridwen, gan archwilio'r ddau ohonyn nhw fel pe bai'n chwilio am gliwiau.

'Mae'n stori hir,' atebodd Mair. 'Mae angen lletty arnon ni a doedden ni ddim yn gallu meddwl am unrhyw le arall i fynd.'

'Mewn,' meddai Ceridwen. 'Chi'ch dau. Mewn.'

Arweiniodd hi nhw i mewn i'r bwthyn gyda'i ddrws isel a'i lawr pren, a gwnaeth baned o de iddyn nhw wrth iddi greu sosbannaid o gawl. Llenwodd arogl perlysiau a garlleg yr ystafell.

'Beth yw'r gwir reswm rwyt ti yma, Mair?' gofynnodd.

'Dw i ddim yn gwybod,' meddai Mair. 'Dw i ddim eisiau aros yn yr Arch. Dylen i fynd i chwilio am fy rhieni, am wn i. Rhoddodd Ben eu siartiau'u cynlluniau nhw i fi. Ond mae'r rheini i gyd 'nôl yn yr Arch.'

'Pa na est ti flwyddyn yn ôl?'

Teimlai Mair ei bochau'n gwrido. 'O'n i'n rhedeg ysgolion, dysgu iaith i blant. Roedden ni'n cynllunio gwrthryfel. Roedd y Crewyr eisiau dymchwel Anwen ac —'

'Ni dal eisiau gwneud,' torrodd Math ar ei thraws.

Edrychodd Ceridwen ar Mair. 'Ond nid dyna beth yw dy ddyhead di?' meddai'n ofalus.

'Na,' meddai Mair. 'Nid fi yw'r person iawn. Dw i … dw i'n gwneud cawlach o bethau. Dw i'n gwneud pethau'n waeth, Ceridwen.'

Amneidiodd Ceridwen. 'Bydd y lle yma'n rhoi cyfle i ti feddwl. Dyna beth sydd ei angen arnat ti. Amser i wneud cynllun. Nawr, Math, wnei di 'nôl pren? Wnaiff Mair helpu fi fan hyn.'

Aeth Math allan wrth i Ceridwen gasglu bowlenni a llwyau cawl. Roedd Mair yn ysu i newid trywydd y sgwrs a siarad am rywbeth heblaw amdani hithau.

'Ti wedi byw fan hyn am amser hir, yn dwyt ti, Ceridwen?' gofynnodd.

'Digon hir,' atebodd Ceridwen. 'Fi ddim yn hoffi byw gyda llawer o bobl, wedyn fi wedi creu cartref fan hyn. Jyst fi a fy mab. Tomos fi. Ti wedi clywed ei stori e'r tro diwetha roeddet ti yma.'

Ceisiodd Mair gael gwared ar y darlun ddaeth i'w meddwl. Roedd Tomos wedi lladd ei hun ar ôl i Noa dorri ei dafod allan mewn ymdrech i atal iaith. Ni allai hi ond dychmygu'r erchyllltra y teimlai Ceridwen bob tro y meddyliai am hynny.

Cydiodd Ceridwen mewn ceffyl bach pren oedd wedi ei gerfio'n berffaith. 'Gwnaeth e hwn i fi pan oedd e'n ddim ond deg. Tomos yn caru coed a charu cerddoriaeth. Ei ffliwt e sydd draw fan'na.'

Edrychodd Mair a gweld ffliwt bren hardd ar silff ar ochr bella'r ystafell.

'Laddais i blismon, Ceridwen.' Llifodd y geiriau o'i cheg. 'Wnes i ddim ei wneud e ar bwrpas. O'n i'n meddwl y bydden i'n ei niweidio fe, ddim ei ladd e.'

'A nawr maen nhw'n chwilio amdanat ti?' holodd Ceridwen.

Amneidiodd Mair.

'Druan â ti. Nid dyma'r bywyd roeddet ti eisiau.'

'Dw i'n gweld eisiau Ben,' llwyddodd Mair i'w ddweud. 'Dw i ddim eisiau bod y person mae pawb yn dibynnu arno fe. Dw i ddim eisiau bod yn arwres. Dw i ddim yn hyd yn oed yn siŵr a ydw i eisiau bod yn grefftwr geiriau.'

'Fi'n gwybod,' meddai Ceridwen. 'Ond ti'n arwres yn barod. Byddi di'n dangos hyder ac arweiniad. Y pethau hynny wnaeth dy wneud di'n arwres i lawer o bobl.'

'Wnes i gamgymeriadau, Ceridwen. Camgymeriadau oedd bron â gwneud i Math golli ei fywyd ac i'w ffrindiau golli eu rhyddid.'

'Ond mae Math yn dal yn fyw.'

'Nid i fi mae'r diolch am hynny.'

Cododd Ceridwen yn araf a chynnau cannwyll.

'Beth fyddai Ben yn dweud wrthot ti pe byddai e yma nawr?'

'Dw i ddim yn gwybod,' meddai Mair. 'Mae e'n teimlo mor bell i ffwrdd.'

Hedfanodd pilipala gwyn mewn trwy'r ffenest agored a hofran am eiliad uwch ben y ceffyl pren. Gwyliodd Ceridwen y pilipala a chwythu arno. 'Mae rhai'n dweud mai eneidiau'r meirw yw pilipalod gwyn,' meddai.

'Wir?' meddai Mair, gan wylio'r adenydd yn mynd a dod yn y golau.

Dylyfodd Ceridwen ei gên ac ymestyn ei chorff yn y gadair. Agorodd y drws a daeth Math i mewn.

'Dw i wedi cynnau'r ffaglau tra 'mod i tu allan,' meddai.

Cofiodd Mair sut yr oedd Ceridwen yn cynnau cylch o dân o gwmpas y bwthyn bob nos i gadw anifeiliaid gwyllt i ffwrdd.

'Diolch,' meddai Ceridwen. 'Fi'n mynd i'r gwely. Mair, gei di gysgu yn y llofft. Geith Math fynd i'r atig. Nos da.'

Gwyliodd Mair Ceridwen yn mynd yn fan ac yn fuan tuag at yr ystafell fach oddi ar y brif ystafell. Hedfanai'r pilipala o gwmpas ei phen a brwsiodd hi'r pryfyn i ffwrdd.

Wedi iddi fynd, trodd Mair at Math. 'Pilipalod gwyn yw eneidiau'r meirw. Wyt ti'n credu hynny?' sibrydodd.

'Pe bai'n wir, byddai'r blaned hon yn llawn ohonyn nhw,' meddai Math.

'Roedd hi'n caru ei mab gymaint,' meddai Mair, wrth edrych ar y ceffyl pren. 'Rhaid ei bod yn gweld ei eisiau'n ofnadwy.'

Ymestynnodd tawelwch rhyngddyn nhw wrth i'r ddau gofio eu hanwyliaid eu hunain. Pan edrychodd Mair i fyny roedd llygaid Math yn syllu yn ôl arni ac unwaith yn rhagor rhyfeddodd at eu harddwch. Estynnodd ei law ati a chydiodd hi ynddi. Rhwbiodd ei llaw gyda'i fawd. Teimlai Mair fel pe byddai ei hesgyrn yn toddi.

'Mae digon gan Ceridwen i'w ddweud,' meddai gan wenu.

'Oes,' meddai Mair. 'Dw i'n hoffi hynny amdani.'

'A fi,' cytunodd Math, gan edrych i ffwrdd. 'Dw i wastad wedi hoffi'r ffordd ti'n siarad hefyd.'

Llamodd calon Mair. 'Wyt ti?' meddai'n swil.

Roedd yn edrych arni, a'i lygaid yn sgleinio'n feddal yng ngolau'r gannwyll. 'Ydw,' atebodd. 'Wastad.'

Tro Mair oedd hi i edrych i ffwrdd. Gallai deimlo gwres ei lygaid arni er na allai ei weld. 'Diolch,' meddai, ac roedd ei llwnc yn llosgi oherwydd yr holl eiriau yr oedd hi eisiau eu dweud ond yn methu.

'Ni'n mynd i fod yn iawn, Mair,' meddai Math yn dawel. 'Dw i'n gwybod ein bod ni.' Gwenodd arni a chyflymodd ei chalon. Cyffyrddodd â'i boch hi'n ysgafn. 'Mae eisiau cwsg arnat ti,' meddai.

Cododd Mair yn araf. Byddai hi wedi gallu aros yna drwy'r nos, yn siarad gyda fe ac yn ei gofleidio. 'Nos da,' meddai.

'Nos da,' meddai Math, a theimlodd Mair ei lygaid yn ei gwylio hi wrth iddi fynd yn ofalus ar draws yr ystafell at y grisiau bychain a dechrau eu dringo.

Roedd yr ystafell yn fach ac yn dywyll ac yn wag oni bai am

gadair a gwely o wellt wedi ei orchuddio â blanced denau yn y gornel. Eisteddodd Mair ar y gwely a meddwl am yr hyn ddigwyddodd lawr llawr. Roedd ei phen hi'n troi. Doedd hi ddim yn gwybod beth i'w feddwl am Math. Roedd yn ffrind iddi, ond a oedd yn fwy na hynny? Beth oedd e'n meddwl ohoni hi?

Tynnodd ei haenen uchaf o ddillad a'u gosod yn daclus ar y gadair. Yna ciciodd ei hesgidiau i ffwrdd, yn falch o gael ei thraed yn rhydd. Gorweddodd ar y gwely. Roedd arogl lafant ysgafn yn yr ystafell ac roedd hynny'n gysur iddi. Lafant oedd arogl ei mam. Caeodd ei llygaid a syrthio i drwmgwsg.

Bedair awr yn ddiweddarach, roedd hi'n dywyll fel y fagddu a'r lleuad yn fawr yn yr awyr. Roedd Mair yn breuddwydio am ei chartref pan gafodd ei deffro gan sŵn. Cododd ar ei heistedd yn gyflym. Roedd rhywun wedi agor drws ei hystafell wely. Arhosodd yn hollol lonydd, ei chalon yn curo'n drom. Arhosodd.

'Mair!' Sŵn rhywun yn sibrwd. Math.

Mewn eiliad, roedd wrth ei hochr.

'Mae'n rhaid i ni adael,' meddai mewn llais mor dawel nes bod rhaid i Mair glustfeinio er mwyn ei glywed. Rhewodd. Gallai synhwyro ei ofn. 'Plismyn. Lawr llawr.'

Gallai Mair eu clywed. Dynion gyda lleisiau uchel a dwfn oddi tani hi'n rhywle. Roedd hi'n methu credu'r peth. Roedden nhw wedi dod o hyd iddyn nhw'n barod. Ac roedd hi wedi eu harwain nhw at Ceridwen. Neidiodd allan o'r gwely a'i osod fel ei fod yn edrych fel yr oedd pan ddaeth hi mewn yn gynharach. Teimlai'n oer drosti. Gwisgodd ei hesgidiau a'r dillad roedd hi wedi eu taflu dros y gadair. Cymerodd ei bag ac edrych ar Math. Edrychai hwnnw o gwmpas yr ystafell. Doedd unman i guddio.

Rhedodd Mair at y ffenest ac edrych allan. Mewn eiliad, roedd Math gyda hi. Ysgydwodd y ffenest nes ei bod hi'n agor. Dim ond modfedd wnaeth hi agor. Ysgydwodd Math hi eto ac agorodd yn lletach gan wichian. Daeth awel oer, oer i lenwi'r ystafell. Tynnodd Math gyllell o'i felt a thorri ychydig o'r eiddew oedd o amgylch y ffenest. Lawr llawr, roedd y lleisiau'n cryfhau. Edrychodd hi allan o'r ffenest eto, â chledrau ei dwylo'n chwysu, ei phen yn ysgafn. Doedd ganddi ddim dewis, meddai wrthi hi ei hun.

Caeodd ei llygaid a cheisio anadlu. Teimlodd Math yn gafael yn ei llaw. Dringodd i'r silff ffenest gan ddal yn y ffrâm â'i dwylo oer. Edrychodd trwy'r ffenest ac i lawr i'r tywyllwch oddi tani. Gallai ddychmygu ei hun yn colli gafael ac yn plymio i'r düwch. Rhywle yn y pellter udodd ci at y lleuad a theimlodd Mair y byd yn symud oddi tani.

Daliodd Math ynddi'n dynn. Rhoddodd hi un droed allan â'i stumog yn troi. Edrychodd i lawr. Yng ngolau'r lleuad, gallai weld y ddaear islaw. Cydiodd ym mhrif gangen yr eiddew a chodi ei throed arall allan o'r ffenest. Clywodd ergyd uchel yn y tŷ a bu bron iddi neidio oddi ar y wal.

'Symuda,' hisiodd Math. 'Maen nhw'n dod!'

Rhoddodd Mair un droed i lawr ar y gangen a dod o hyd i rywle oedd yn dal ei throed. Swingiodd Math allan o'r ffenest, a'i esgid bron â chwalu ei llaw. Caeodd y ffenest y tu ôl iddo a chostiodd hynny ragor o eiliadau gwerthfawr iddyn nhw. O'r tu mewn, gallai Mair glywed pobl yn stompio i fyny'r grisiau. Credai iddi glywed Ceridwen yn sgrechian.

Dringodd i lawr a dod o hyd i rywle arall i roi ei throed ac yna rhywle i ddal. Roedd chwys wedi dechrau rhedeg lawr ei thalcen a llifo i'w llygaid fel na allai weld yn glir mwyach. Cymerodd gam arall. Llithrodd ei throed ar y gangen wlyb ac yna dechreuodd lithro, ei breichiau a'i choesau yn cael eu rhwygo gan y drain o dan yr eiddew. Roedd hi eisiau sgrechian ond gwyddai na allai. I lawr ac i lawr yr aeth hi, ei choesau'n rhwygo a'i dwylo'n sgathru. Ceisiodd ei gorau glas i beidio â gadael fynd. Yn y diwedd daeth y gangen o eiddew i ben a syrthiodd hi ar y llawr. Saethodd poen trwy ei chlun. Ataliodd y sgrech o'i cheg gan wylo'n dawel. Roedd hi wedi glanio mewn ffos o wair o dan y ffenest flaen. Edrychodd hi fyny. Roedd Math wedi rhoi'r gorau i ddringo hanner ffordd i lawr ac roedd yn hongian yna, ei gorff wedi ei wasgu yn erbyn y wal, yn llonydd, llonydd yng ngolau'r lleuad.

Uwch ei ben gallai Mair weld siâp dyn yn pwyso allan o'r ffenest mor bell ag y gallai. Cyrcydodd yn is gan wthio ei chorff i'r ffos, gan obeithio y byddai'r gwair hir yn ei chuddio hi oddi wrthyn nhw.

'Dim byd!' meddai llais y dyn, gan boeri'r gair i'r nos. Roedd ofn anadlu ar Mair. Doedd dim sôn am Ceridwen. Oedden nhw wedi ei lladd hi? Roedd hi'n anghyfreithlon i warchod troseddwyr. Gallen nhw ei saethu hi ac ni fyddai unrhyw un yn eu beio nhw. Beth oedd hi wedi ei wneud? Pe bydden nhw'n lladd Ceridwen, byddai'r gwaed ar ei dwylo hi. Rhagor o waed. Hi oedd yr un oedd wedi eu tynnu nhw at dŷ yr hen fenyw.

Roedd y poen yng nghlun Mair yn waeth nawr ond doedd dim ots ganddi. Ni allai dynnu ei llygaid oddi ar Math.

Eiliadau'n ddiweddarach, chwalodd drws y bwthyn ar agor a daeth dau blismon allan.

'Dewch!' meddai'r un tal dros ei ysgwydd. Roedd o fewn troedfeddi iddi. *Os wnaiff e droi fe wnaiff e fy ngweld i*, meddyliodd Mair. *Os wnawn nhw chwilio'r ardd, fe ddown nhw o hyd i ni. Os edrychan nhw i fyny* ... Caeodd ei llygaid. Roedden nhw wedi oedi wrth y giât ac yn siarad. Roedd eu lleisiau'n rhy isel i Mair ddal yr hyn roedden nhw'n ei ddweud. Pam na fydden nhw'n mynd? Teimlodd yr ysfa i sgrechian er mwyn cael gwared ar y tensiwn. Yna fe'u clywodd nhw'n symud i ffwrdd i lawr yr heol. Ni symudodd hi. Rhywle uwch ei phen sgrechiodd tylluan gan roi braw iddi. Yna, dim byd. Dim son am Ceridwen. Cododd ofn mor oer â'r lleuad o'r tu mewn iddi yn rhywle. Gwyliodd Mair wrth i Math ddod i lawr ochr y tŷ. O fewn eiliadau, roedd e gyda hi.

'Wyt ti wedi brifo?' gofynnodd iddi, gan gymryd ei llaw rhwng ei ddwylo.

'Dw i'n iawn,' llwyddodd hi i'w ddweud. 'Ceridwen! Cer i weld ...'

Amneidiodd Math. Gwyliodd Mair e'n mynd, ei chalon yn curo'n wyllt. Roedd rhaid iddi godi. Safodd yn araf a phoenus. Roedd ei dwylo'n gwaedu a gallai deimlo'r gwaed cynnes ar ei chluniau. Ymddangosodd ffigwr yn y drws o'i blaen. Ceridwen! Am eiliad, anghofiodd ei phoen a brysiodd at y ddynes hŷn. 'Ti'n iawn!' meddai.

Roedd wyneb Ceridwen yn galed.

'Yn wahanol i ti,' meddai, gan gydio ym mraich Mair a'i harwain i'r tŷ. 'Berwa ddŵr!' meddai wrth Math. 'Angen glanhau'r briwiau yna. Dim llawer o amser. Nhw'n gwybod bod dim pobl yma. Nhw dod i ddwyn – neu waeth. Wna i bacio bwyd.'

Roedd yr hanner awr nesaf yn niwlog i Mair. Golchodd Ceridwen ei dwylo a'i choesau gyda pherlysiau a dŵr cynnes, a rhoi rhwymau o fwsog meddal ar y clwyfau. Yna, gan gymryd gymaint o fwyd a dŵr ag y gallen nhw eu cario, fe adawon nhw'r tŷ.

'Dyna ni! Cerdded,' meddai Ceridwen gan gerdded yn gyflym o'u blaenau. Doedd gan Math a Mair ddim dewis ond dilyn.

'Pa ffordd?' gofynnodd Ceridwen.

'Ffordd yna,' meddai Mair, gan bwyntio i'r cyfeiriad y gwelodd hi nhw'n mynd.

'Gogledd – da iawn,' oedd yr unig beth ddywedodd Ceridwen ac aeth i'r cyfeiriad arall.

Ceisiodd Mair holi i ble'r oedden nhw'n mynd, ond doedd Ceridwen ddim yn fodlon cael ei pherswadio. 'Lleia chi'n gwybod, lleia allwch chi ddweud,' oedd y cwbl ddywedodd hi, a gwyddai Mair o dôn ei llais nad oedd pwrpas dadlau.

Roedd hi'n noson dywyll ac roedd Mair yn ei chael hi'n anodd cadw i fyny â'r ddau arall. Roedd pob rhan o'i chorff yn brifo ac roedd cerdded yn boenus tu hwnt.

'Beth oedden nhw eisiau?' gofynnodd i Ceridwen.

'Bachgen a merch. Merch wedi lladd plismon.'

'Wnaethon nhw frifo ti?' gofynnodd Mair gan ddal ei hanadl.

'Na,' meddai Ceridwen. 'Ddim fy nghorff.'

Ceisiodd Mair ddychmygu beth roedd hi'n ei feddwl. Doedd hi ddim eisiau gofyn. Cofiodd y ceffyl bach pren a'r ffliwt hardd ac roedd hi'n gwybod bod pethau gwaeth na chlwyfau a chleisiau. Cerddon nhw drwy'r nos tan doriad gwawr. Aeth Ceridwen â nhw ar hyd ffyrdd anghysbell o fewn y goedwig, lleoedd unig â'r drain wedi tyfu drostynt, ond hyd yn oed wedyn, roedden nhw'n dal i fod yn wyliadwrus o'r heddlu. Ar ôl amser hir iawn, fe wawriodd hi, yn oriog i ddechrau, ac yna ymddangosodd yr haul gan gynhesu Mair drwyddi.

O'u blaenau, gallai Mair weld pentre bach o dai tlodaidd yr olwg wedi eu gwasgu gyda'i gilydd. Roedd y rhain i gyd yn bodoli cyn y Toddi Mawr, wedi eu creu o flociau a phren. Y dyddiau hyn, roedd tai'n cael eu hadeiladu o bridd a gwrysg, a'u hinsiwleiddio â gwlân dafad. Wrth iddyn nhw agosáu, gallai Mair weld y bu gan y tai hyn unwaith erddi bach, ac roedd blodau'n dal i dyfu yna fel pe baent yno er cof am yr amser cyn y Toddi Mawr. Rhaid bod gwenyn yma, meddyliodd Mair. Roedd gwenyn bron wedi diflannu flynyddoedd cyn y Toddi Mawr, wedi eu lladd gan bryfleiddiaid a gwenwynau eraill. Heb wenyn ni fu unrhyw beillio ac felly dim blodau. Roedd gwyddonwyr John Noa wedi llwyddo i ailgyflwyno gwenyn cyn i'r Ddaear gael ei tharo gan y trychinebau olaf. Roedd y rhywogaeth yn brin iawn ond roedd rhai o'r creaduriaid bach yn llwyddo i fyw yn yr Arch.

Edrychodd Mair ar yr ardd eto. Roedd y blodau ar eu gorau, rhai fioled, pinc a gwyn. Doedd hi ddim yn gwybod eu henwau ond ni allai beidio eu hedmygu. Roedd hi wedi dysgu enwau deuddeg blodyn un tro. Roedd Ben wedi dod o hyd i focs o becynnau hadau gwag yn llofft rhyw hen dŷ. Roedd wedi casglu'r enwau i gyd.

*Tiwlip, briallen, llysiau'r ehedydd.*

Doedd ganddi ddim syniad bod lleoedd fel hyn yn y goedwig. Roedd hi wedi cael ei magu i gredu bod y goedwig yn lle brawychus; ddywedodd neb wrthi fod mannau fel hyn yn y coed.

Brysiodd i ddal i fyny gyda Ceridwen. 'Nag oes unrhyw un yn byw yn y tai yna?' gofynnodd.

'Neb,' meddai Ceridwen. 'Wedi hen fynd.'

Daethon nhw at bont fach. Roedd hanner ohoni yn yr afon ond gyda pheth ymdrech llwyddodd Mair i ddringo at y lan. O'u blaenau roedd adeilad carreg uchel gyda thŵr.

'Eglwys,' meddai Ceridwen heb aros am y cwestiwn. 'Cyn y Toddi, roedd pobl yn credu mewn duwiau. Mae hon yn gysegrfa i un ohonyn nhw.'

*Duw: eilun, duwdod, penarglwydd.*

Meddyliodd Mair am yr holl bobl oedd yn addoli cerflun y Dduwies yn yr Arch yn y dirgel. 'Gawn ni fynd i mewn?' gofynnodd.

'Dim llawer i'w weld,' meddai Ceridwen.

'Plis?' ymbiliodd Mair. Wyddai hi ddim pam ond roedd hi wir eisiau mynd i mewn.

Gwgodd Math. 'Does dim amser i oedi,' meddai wrth Ceridwen.

'Mae Math yn iawn,' cytunodd Ceridwen gan wgu. 'Dylen ni gadw i symud.'

'Plis,' meddai Mair. 'Dw i ddim wedi bod tu mewn i un ond dywedodd Ben wrtha i amdanyn nhw.'

Oedodd Ceridwen am eiliad gan godi ei hysgwyddau. 'Munud,' meddai. 'Math, cer gyda hi.'

Doedd Mair ddim am glywed mwy. Rhedodd tuag at ddrws yr adeilad a mynd drwodd. Dim ond dwy wal oedd yn sefyll ac roedd gofod gwag yn dangos lle bu'r ffenestri, llawr pridd a tho'n llawn tyllau. Roedd y llawr wedi ei orchuddio gan sbwriel a'r awyr yn llawn llwch. Cerddodd Mair yn ofalus i ben draw'r ystafell enfawr. Roedd y waliau oedd ar ôl wedi eu haddurno â lluniau wedi pylu mewn sialc lliw pinc a glas golau. Lluniau creaduriaid ag adenydd gyda chylchoedd o oleuni o gwmpas eu pennau a oedd yn edrych fel pe baent yn syrthio o'r awyr. Roedd allor, darn mawr o farmor ac uwch ei ben roedd gweddillion ffenest.

Ddim ffenest gyffredin. Ebychodd Mair ac edrych ar Math. Roedd e'r un mor syfrdan. Roedd y ffenest wedi ei chreu o wydr lliw. Roedd llun colomen yn y gwydr ac oddi tani, tair deilen yn syrthio. Tywynnai'r haul drwyddyn nhw a gwneud iddyn nhw edrych yn hudolus. Tasgai'r lliwiau ar yr allor, yn las, coch ac oren. Doedd Mair ddim wedi gweld unrhyw beth tebyg erioed.

'Mae … mae mor hardd,' meddai'n dawel. Saethai geiriau eraill o gwmpas ei meddwl.

*Godidog, disglair, ardderchog.*

Roedd teimlad o heddwch i'r adeilad. Teimlai Mair ei bod yn gallu teimlo ysbrydion gweddïau pobl wedi glynu at y waliau cerrig. Ceisiodd ddychmygu sut deimlad fyddai credu mewn duw. I gael rhywun i weddïo arno, rhywbeth i gredu ynddo. Roedd yn ei hatgoffa o Dduwies yr Arch. Credai pobl ynddi hithau hefyd, ond doedd Mair ddim yn un ohonyn nhw.

'Well i ni fynd.' Roedd llais Math yn dyner.

Amneidiodd, ond yn ei chalon doedd hi ddim eisiau gadael.

'Byddai Carmina'n hoffi'r lle hyn,' meddai Math a gwelodd Mair ei lygaid yn cymylu. 'Wnes i freuddwydio amdani neithiwr. Breuddwydiais i ei bod hi'n canu mewn cawell euraid.'

'Wnest ti ddim dweud wrtha i un tro bod gwirionedd mewn breuddwydion?' meddai Mair.

'Os wyt ti'n gwybod ble i edrych.'

Edrychai'n drist. Roedd Mair yn ei chael hi'n anodd dod o hyd i eiriau fyddai'n ei gysuro. 'Wnaiff Llew edrych ar ei hôl hi,' meddai hi o'r diwedd.

Beth oedd Llew'n gwneud nawr? Oedd e'n unig mewn cell neu oedden nhw wedi ei alltudio? Neu ei ladd?

'Dw i'n gwybod y bydd e. Mae wedi bod yn dad i fi ers 'mod i'n saith oed,' meddai Math. 'Roedd fy nhad a fe'n ffrindiau gorau. Pan aeth Dad ar goll ...' Oedodd, yna edrychodd ar Mair a gwenu. 'Mae'n fy neall i,' meddai. 'Neu o leia mae'n ceisio fy neall i. Wnes i freuddwydio amdano fe hefyd. Gobeithio ei fod yn ddiogel.'

Roedd yr aer rhyngddyn nhw ar dân gan emosiwn.

'Dylen ni fynd,' meddai Math yn dawel. Trodd a cherdded ar hyd canol yr eglwys. Fel pe bai mewn breuddwyd, dilynodd Mair Math allan i'r heulwen.

\*

Am hanner dydd, safodd Ceridwen yn stond wrth groesffordd ac edrych o'i chwmpas gyda gwg ar draws ei thalcen. 'Ddim yn cofio hwn,' meddai. 'Credu ni'n mynd ffordd hyn.' Trodd i'r chwith ar hyd llwybr garw. Ymhen rhai munudau, roedden nhw yng nghanol coed a gweiriau. Safodd Ceridwen yn stond eto a ffroeni'r awyr. 'Ti'n gwynto hwnna?' meddai wrth Mair.

'Gwynto beth?'

Ffroenodd yr hen fenyw eto. 'Y pridd,' meddai. 'Dw i'n arogli mwsog a phridd a brigau. Mae'n mynd i fwrw glaw.'

'Wir?' meddai Mair. 'Ti'n siŵr?'

Pwyntiodd yr hen fenyw at yr awyr yn y gorllewin a gwelodd Mair enfys, ei lliwiau'n llachar ac yn llawn golau.

'Storm,' meddai Ceridwen. 'Enfys yn y gorllewin yn arwydd o storm. Fel yna fuodd hi a fel yna fydd hi.'

Brysiodd Ceridwen yn ei blaen a dilynodd Mair hi gan hanner baglu ar y ddaear arw, a bu bron iddi syrthio sawl gwaith. Roedd ei chefn yn wlyb gan bwysau'r bagiau ar ei chefn ac roedd ei chlun yn dal i frifo ar ôl syrthio'r noson flaenorol.

Yn sydyn daethon nhw at fwlch arall ac o'u blaenau roedd tŷ, un llwyd sgwâr gyda tho tun. Y cwbl oedd y drws oedd cyfres o ystyllod pren wedi eu hoelio at ei gilydd. Oedodd Mair.

Ysgydwodd Ceridwen ei phen. 'Dylen ni fod wedi mynd y ffordd arall wrth y groesffordd. Heb weld hwn o'r blaen.'

Cerddodd Mair at y tŷ a sbecian trwy ffenest gymylog. Doedd neb yn y tŷ. 'Awn ni mewn i weld?'

Roedd Ceridwen eisoes wedi tynnu'r bagiau trwm oddi ar ei chefn. 'Ni angen bwyta rhywbeth,' meddai. 'Cer i weld beth alli di ffeindio, Math.'

Rhoddodd Math ei fagiau ei hun i lawr a dilyn cyfarwyddiadau Ceridwen.

Roedd y demtasiwn yn ormod i Mair. Triodd agor y drws. Agorodd gyda gwich. Yn ofalus, aeth i mewn. Roedd yn ystafell agored fawr, eithaf tywyll gyda chysgodion ym mhob cornel. Roedd y waliau wedi eu gorchuddio â rhywbeth melyn pwl. Aeth hi'n agosach.

'Ceridwen!' Torrodd sgrech Mair ar draws y tawelwch. Rhedodd Ceridwen i mewn gyda Math tu ôl iddi. Safon nhw'n stond pan welon nhw Mair.

'Beth?' meddai Math. 'Beth?'

Yn grynedig, pwyntiodd Mair at y wal. Symudodd Ceridwen a Math yn agosach ati.

'Beth yw e?' gofynnodd Math, gan gyffwrdd â'r wal yn ysgafn gyda'i fysedd.

'*Geiriau*,' meddai Mair. 'Geiriau.'

'Dw i dal ddim yn deall,' meddai Math. 'Beth yw e?'

'Papur newydd,' meddai Mair. 'Roedden nhw'n bodoli cyn y Toddi fel bod crefftwyr geiriau'n gallu dweud wrth bobl beth oedd yn digwydd yn y byd.'

Rhwbiodd ei llaw ar hyd y papur oedd wedi ei ludo i'r wal, yn dal yn methu credu'r peth. Roedd hwn yn drysor. Cydiodd yn ei bag ac estyn am ei phapur, ei hinc a'i hysgrifbin.

Torrodd llais Ceridwen ar ei thraws. 'Mair!' meddai. 'Rhaid i ni adael fan hyn nawr. Ni ddim yn gwybod pa fath o bobl allai fod yn byw yma.'

Dechreuodd Mair deimlo panig. 'Ond ... mae'n rhaid i fi gofnodi hwn. Bydd geiriau fan hyn sydd ddim gyda ni rhagor.'

Ysgydwodd Ceridwen ei phen. 'Sori,' meddai. 'Rhaid i ni fynd.'

'Falle alla i ei helpu,' meddai Math. 'Jyst deg munud, plis.'

Tawelwch. Yn y diwedd, siaradodd Ceridwen. 'Falle fi ddim yn gallu ysgrifennu'n dda iawn ond fe helpa i hefyd os galla i. Rhaid i ni fod yn gyflym.'

Safodd Ceridwen a Math o flaen y wal. Rhododd Mair ysgrifbin yr un iddyn nhw a dechreuon nhw ysgrifennu beth roedden nhw'n ei weld. Daeth Mair o hyd i hysbyseb am ffilm a chopïo'r geiriau. Daliodd rhywbeth ei llygad yn uwch i fyny ar y wal.

*John Noa.*

Cyflymodd ei chalon. Erthygl am John Noa oedd hi, wedi ei hysgrifennu cyn y Toddi Mawr. Pwysodd hi ei llaw yn erbyn y wal a dechrau darllen.

Mae uchelgais gwallgo y ffanatig newid hinsawdd ac aelod seneddol John Noa wedi mynd gam yn rhy bell. Mae'r uchelgais yn berygl difrifol i oroesiad dyn, sef y peth y maent yn honni eu bod yn ymladd drosto. Ymysg y cynigion rhyfedd diweddaraf mae 'llongau cwmwl' i gynhyrchu mwy o gymylau a gwyro pelydrau'r haul. Mae'r cynllun yn rhagweld y bydd miloedd o longau wedi eu pweru gan y gwynt yn hwylio drwy'r moroedd gan greu tywydd gwael.

Nid yw'r syniad hwn mor radical â'i gynllun enwog arall i lansio drychau i'r gofod er mwyn gwyro pelydrau'r haul. Dylen ni ystyried ein hunain yn lwcus bod y syniad rhyfedd yma o ddiffodd y golau sy'n cynnal bywyd ar y Ddaear yn rhy ddrud i gael ei weithredu.

Mae cynhesu byd-eang gan ddyn yn ffantasi. Mae newid hinsawdd yn rhywbeth parhaus ac nid yw'n rhywbeth newydd. Ni ellir dweud yr un peth am gynlluniau anghyfrifol Mr Noa, sydd wedi gadael i'w ego drechu ei wybodaeth gyfyng. Ai'r dyn gwallgo yma fydd yn gyfrifol am ladd y byd?

Yn fyr, ni fydd cynhesu byd-eang yn ein lladd, ond fe allai ffanatics fel Noa a'i ddilynwyr wneud.

Roedd rhai o'r geiriau yn yr erthygl yn newydd i Mair, geiriau fel *radical* a *ffanatig*, ond fe ddeallodd hi'r neges gyffredinol. Doedd Noa ddim wedi bod yn ddyn poblogaidd cyn y Toddi. O'i ddarllen eto, rhyfeddodd Mair at haerllugrwydd y gohebydd oedd yn honni bod cynhesu byd-eang yn ffantasi. Ffantasi? Roedd Noa wedi bod yn iawn am gynhesu byd-eang, hyd yn oed os oedd wedi bod yn anghywir am gymaint o bethau eraill. Roedd hi'n awyddus i rannu'r wybodaeth newydd hon gyda Math ond roedd hi'n poeni nad oedd llawer o amser i gofnodi'r holl eiriau oedd ar y wal. Byddai'n rhaid aros cyn siarad gyda Math. Roedd ei meddwl yn llawn o'r wybodaeth newydd wrth iddi barhau â'i gwaith.

'Beth yw hyn?' Roedd cyffro yn llais Math. Pwyntiodd at dudalennau oedd yn gorchuddio'r grisiau.

Cerddodd Mair draw a sefyll mewn sioc wrth edrych arnyn nhw. Rhestrau a rhestrau o eiriau a'u diffiniadau. Gwyddai beth oedd hwn. Geiriadur oedd y gair amdano. Rhyw fath o lyfr geiriau. Rhedodd ei llaw ar hyd y dudalen. Roedd gan yr adran hon eiriau yn dechrau gyda'r llythyren P.

*Parablu (berf): siarad am amser hir.*
*'Roedd Gwion yn parablu am y wlad cyn y rhyfel.'*
  *Geiriau tebyg: sgwrsio, siarad, clebran, lapan, prepian*

Ar wahân i 'siarad' doedd ganddyn nhw ddim yr un o'r geiriau yna. Roedd Mair yn siŵr o hynny. Curai ei chalon yn drwm. Roedd rhaid iddi eu cofnodi ar unwaith.

Daeth Ceridwen ati.

'Amser i ni fynd,' meddai. 'Dw i ddim yn hoffi sŵn y gwynt yna.'

Ysgydwodd Mair ei phen. Allen nhw ddim gadael nawr. Clywodd Ceridwen yn mynd at y drws a'i agor, wrth i'w phensil hedfan ar draws y dudalen.

'Mair!' gwaeddodd Ceridwen arni.

Trodd Mair. Daeth pwff o wynt â chwmwl o ddail i mewn i'r tŷ. Plygodd Ceridwen i godi un. Gwyliodd Mair hi'n edrych arni'n ofalus, yn ei throi drosodd a throsodd rhwng ei bysedd, gan ei dal at ei thrwyn ac arogli ei harogl. Yna, clywodd Mair sŵn uchel. Taran. Saethodd mellten a tharo'r tir y tu allan gan yrru gwreichion i hedfan ym mhob cyfeiriad. 'Storm neu beidio, well i ni fynd o fan hyn. Does dim dal pwy sy'n byw yma na beth fyddan nhw'n ei wneud os down nhw 'nôl a dod o hyd i bobl ddiarth yn eu tŷ nhw. Dere!'

Trodd Mair at y drws. Sut allai hi adael nawr? Roedd y tŷ'n drysorfa o eiriau. Pe na byddai hi'n eu cofnodi nhw gallen nhw gael eu colli am byth.

'Mair!' Deffrodd llais Math hi o'i synfyfyrdod. 'Allwn ni ddod 'nôl ryw dro arall. Ti'n gwybod ble mae'r lle hyn nawr. Paid edrych mor drist.'

'Iawn,' meddai, ond roedd ei phen hi'n troi. Sut allai hi ddod yn ôl yma? Roedd rhaid iddi gofnodi'r geiriau. Dyna oedd ei dyletswydd hi. Efallai nad oedd hi'n gallu gwneud llawer o ddim byd arall ond roedd hi'n gallu gwneud hyn. I Ben ac iddi hi ei hun.

Roedd y gwynt yn codi. Safai Ceridwen yn llonydd, yn gwrando. Heb rybudd, trodd yn ei hunfan a bu bron iddi fwrw Mair. 'Cuddiwch!' meddai. ' Rhywun yn dod.'

Edrychodd Mair o'i chwmpas mewn panig.

'Draw fan'na,' sibrydodd Math. 'Cer 'nôl i'r coed.'

Cydiodd Ceridwen yn llaw Mair a dilynon nhw Math i mewn i dywyllwch y goedwig. Cadwon nhw yn y cysgodion, yn barod i redeg pe bai angen. Pwyntiodd Ceridwen at y tŷ. 'Dyna fe,' meddai. 'Dyn.'

Edrychodd Mair drwy'r bwlch yn y coed. Gallai ei weld yn aneglur. Roedd yn ddyn trwm ag ysgwyddau crwn gyda gwallt hir blêr. Roedd yn gwisgo cot hir ac roedd ei het wedi ei thynnu lawr dros ei glustiau. Yn ei law daliai gwningen fyw. Roedd y gwningen yn troi a throsi, yn ceisio torri'n rhydd, ond daliai'r dyn hi wrth ei choesau heb roi cyfle iddi ddianc. Wrth i Mair wylio tynnodd ei fraich yn ôl a tharo'r gwningen ar gornel y tŷ. Ebychodd Mair a cheisio mynd ato i'w rwystro ond daliai Ceridwen yn dynn ynddi.

'Aros!' hisiodd at y ferch. 'Aros!'

Gorfododd Mair ei hun i dawelu. Tynnodd y dyn ei fraich yn ôl a tharo'r gwningen eto ac eto nes i'r creadur lonyddu. Taflodd y corff i'r bwced wrth y drws cyn mynd i mewn.

'Symud!' meddai Ceridwen, gan wthio Mair o'i blaen hi. 'Mae angen i ni fynd o fan hyn cyn iddo fe ein gweld ni.'

Gwrandawodd Mair y tro hwn. Gyda'i gilydd, sleifion nhw allan o'u cuddfan a mynd tuag at yr heol.

'Mae angen i ni fynd yn ôl at y groes yna,' meddai Ceridwen. 'Allwn ni gerdded trwy'r prynhawn a gwersylla yn y nos. Dw i'n gwybod am le. Yna, yn y bore, bydd hi'n hanner diwrnod o siwrne at ble sydd angen i ni fynd.'

Doedd Mair braidd yn gallu clywed uwch ben y gwynt. 'Ble,

Ceridwen? Ble ydyn ni'n mynd?'

'Gwersyll gwrthryfelwyr. Mae'r criw yn symud o gwmpas ond maen nhw wedi bod yn lle yma am fisoedd.'

'Wir?' meddai Mair gyda chyffro yn ei stumog.

'Dw i ddim yn gwybod pa mor hir fyddan nhw yna. Allwn ni ddim oedi.'

Treulion nhw weddill y diwrnod yn cerdded, yn ymladd y gwynt a'r glaw. Gwibiodd cysgodion rhwng y coed. Roedd Mair yn meddwl iddi weld moch daear, llygod mawr, ceirw. Roedd y coed yn chwipio brigau i'w wynebau ac roedd drain a danadl poethion yn llygru pob cam. Clywodd adar yn gweiddi rhybuddion at ei gilydd a theimlai hi biti nad oedden nhw'n gallu eu rhybuddio nhw hefyd pe bai angen. Erbyn diwedd y prynhawn, roedd y gwynt wedi gostegu a'r glaw wedi troi'n niwl llaith ond roedd yr aer yn felys a chlaear.

Roedd cerdded yn haws nawr. Ar un pwynt, edrychodd Mair draw at ei chwith a gweld mynwent o gerbydau o'r gorffennol cyn y Toddi – ceir, bysiau, tryciau. Gorweddent mewn rhesi taclus, yn syrthio'n ddarnau rhydlyd. Ni allai Mair lai na meddwl eu bod hefyd wedi chwarae eu rhan yn dinistrio'r blaned. Roedd hi'n anodd credu bod pobl wedi bod yn berchen arnyn nhw ar un adeg, eu gyrru a'u bwydo â phetrol, gan wybod bod y tanwydd roedden nhw'n ei losgi yn ychwanegu at yr argyfwng cynhesu byd-eang. Ochneidiodd. Teimlai'r blaned yn unig iawn yn sydyn. Roedd cymaint wedi marw. Roedd cymaint wedi mynd.

Aeth meddwl Mair yn ôl at y geiriau oedd yn papuro waliau'r tŷ. Geiriadur. Neu ran o un. Crair o'r gorffennol. Rhywbeth nad oedd modd ei gael yn ôl.

Rhai munudau'n ddiweddarach, daethon nhw at ddarn o dir heb goed.

'Wnawn ni greu gwersyll fan hyn?' gofynnodd Math i'r fenyw hŷn.

'Man a man,' meddai Ceridwen, gan daflu'r bagiau ar y llawr. 'Mor saff ag unrhyw le arall.'

Taflodd Mair ei bag ar y llawr, ond roedd ei meddwl yn rhywle arall. Gwnaeth benderfyniad. Roedd hi'n mynd i fynd yn ôl. 'Nôl i'r tŷ i gofnodi'r geiriau. A doedd neb yn mynd i'w rhwystro hi.

# PENNOD 12

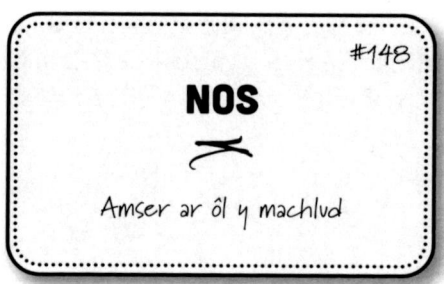

Trodd Mair ac edrych yn ôl ar y ffordd yr oedd hi wedi dod. Taith gerdded hanner diwrnod i ffwrdd.

Dechreuodd Ceridwen gasglu prennau i wneud tân. Gosododd Math a Mair weddillion y bwyd oedd ganddyn nhw a chreu'r gwelyau erbyn y nos.

Yn ddiweddarach, ar ôl i Ceridwen greu tân bychan ac wedi iddyn nhw rannu sosbannaid fach o gawl, eisteddon nhw i wylio'r machlud a'r cysgodion yn tyfu o'u cwmpas. Doedd dim llawer o sgwrs. Cyn gynted ag y gallai, dywedodd Mair wrth y ddau arall ei bod am fynd i gysgu, ond roedd ei meddyliau'n rasio yn ei phen. Sut allai hi fyw gyda hi ei hun pe byddai'n gyfrifol am adael i'r byd golli gafael ar yr ychydig iaith oedd ar ôl? Roedd rhaid iddi fynd yn ôl i orffen beth roedd hi wedi ei ddechrau. Roedd rhaid bod ffordd o gael Wil i'w wely.

Teimlai ryddhad mawr gan ei bod wedi gwneud ei phenderfyniad. Doedd dim diben cynnwys Math na Ceridwen. Bydden nhw byth yn cytuno. Byddai'n rhaid iddi aros tan eu bod yn cysgu a mynd wedyn. Pan fyddai hi wedi cofnodi'r geiriau i gyd, byddai'n eu dilyn i'r gwersyll.

Gorweddai yna'n gwrando ar synau'r adar ac anifeiliaid yn tawelu am y nos. Siaradai Math a Ceridwen yn dawel. Gallai Mair glywed darnau o'u sgwrs ond ni allai ganolbwyntio. Yn y diwedd, ar ôl rhyw awr fe'u clywodd yn dweud nos da wrth ei gilydd.

Arhosodd tan iddi glywed Ceridwen yn chwyrnu, ei hanadl yn codi a disgyn fel tonnau'r môr. Gwyddai wedyn ei bod yn amser.

Cododd. Arhosodd am eiliad i weld a oedd y gweddill wedi eu styrbio. Dim byd. Trodd i wynebu'r gorllewin a mynd yn ôl ar hyd y ffordd yr oedden nhw newydd deithio arni. Roedd Ceridwen wedi gosod cylch o lampau o gwmpas eu gwersyll, ac wrth iddi adael, cymerodd Mair un gyda hi. Efallai y byddai'n ddefnyddiol pe byddai'n cwrdd ag anifail gwyllt.

Roedd lleuad lawn yn goleuo'r ffordd. Dywedodd Ceridwen wrthi fod y lleuad lawn yn yr ail fis wedi ei enwi'n *lleuad eira* yn yr amser cyn y Toddi. Roedd Mair yn hoffi hyn ac yn falch o gwmni llachar y lleuad wrth iddi gerdded. O'i chwmpas roedd synau rhyfedd, arogleuon dieithr a'r bygythiad cyson y gallai rhywun neu rywbeth ymosod arni.

Daeth llwynog ar draws ei llwybr ar un adeg, ei got goch ynghyn gan y lleuad a'i lygaid yn sgleinio gan chwilfrydedd. Chwifiodd Mair y ffagl a throdd yn ddiog, gan sleifio i ffwrdd â chamau urddasol. Yn ddiweddarach, daeth hi ar draws praidd cyfan o geirw'n sefyll yng ngolau'r lleuad. Edrychen nhw fel pe baent yn aros am rywbeth, ysgwydd wrth ysgwydd mewn tawelwch. Ond roedd direidi yna hefyd. Clywai Mair chwyrnu isel a sgrechfeydd uchel wrth iddi fynd yn ei blaen. Rhedai anifeiliaid bychain rhwng ei thraed a brasgamai creaduriaid trymach drwy'r coed y tu hwnt i'w golwg.

Gwibiodd ei meddyliau at Math a Ceridwen. Sylweddolodd faint yr oedd wedi dod i ddibynnu arnyn nhw. Yn enwedig Math. Ond ddim mwyach. Roedd hwn yn rhywbeth yr oedd rhaid iddi ei wneud drosti hi ei hun. Am y rhan fwyaf o'r daith roedd hi'n bryderus iawn, ond roedd pob ofn a deimlai'n ddim o'i gymharu â'r ysfa gref oedd ganddi i gofnodi'r geiriau.

Wrth i'r bore wawrio gwyddai Mair ei bod o fewn dwy neu dair awr o'r tŷ papur newydd. Taflodd ei ffagl i ffwrdd. Roedd hi'n flinedig tu hwnt ac yn wan gyda diffyg bwyd ond doedd dim ots ganddi. Roedd ar bigau'r drain i gyrraedd a chael gafael ar y geiriau.

Cyrhaeddodd hi'r tŷ ymhell cyn hanner dydd. Llamodd ei chalon o'i weld, yn union fel yr oedden nhw wedi ei adael. Cuddiodd Mair yn y coed a gwylio. Dim byd. Roedd y tŷ i'w weld yn wag ond sut allai hi fynd i mewn? Beth os oedd y dyn yn y tŷ? Dylai hi aros tan iddi dywyllu? Doedd hi ddim yn meddwl y gallai. Roedd hi am fynd i mewn ac os oedd e yna, byddai'n rhaid iddi esgus mai teithiwr oedd hi yn chwilio am ddiod. Yn ofalus, aeth at y drws.

Rhedodd o'r coed ar draws yr iard garegog ac at y drws ffrynt. Heb gysgod, teimlai'n fregus. *Mae'n rhaid mai dyma sut mae creadur gwyllt yn teimlo*, meddyliodd, *pan mae'n torri oddi wrth ei gynefin naturiol. Yn hollol agored i gael ei frifo.* Roedd y bwced yn dal yna. Syllodd Mair arno. Roedd yn wag oni bai am smotyn o waed ger y ddolen. Cymerodd anadl ddofn a churo ar y drws. Tawelwch. Ni symudodd unrhyw beth y tu mewn. Gallai arogli arogl melys garlleg. Arhosodd. Rhaid bod y dyn allan – yn hela, siŵr o fod. Trodd y ddolen ac agorodd y drws yn swnllyd. Edrychodd Mair i mewn. Edrychodd y waliau papurau newydd yn ôl arni. Camodd dros y trothwy a chyflymodd ei chalon. Roedd am weithio'n gyflym cyn i'r dyn ddod yn ôl. Tynnodd y drws led y pen ar agor ac aeth i mewn.

# PENNOD 13

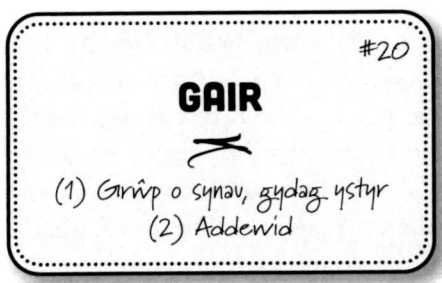

#20
**GAIR**
(1) Grŵp o synau, gydag ystyr
(2) Addewid

Agorodd Mair ei bag a thynnu ei phapur a'i hysgrifbin a photel o inc allan. Arogl llwydni a lleithder oedd prif arogl y tŷ a gwyddai Mair na fyddai'r papur yn parhau am byth. Roedd wedi rhwygo mewn mannau ac yn dod yn rhydd, a byddai'n cymryd amser i ddeall beth oedd wedi ei ysgrifennu ar y darnau yna. Roedd rhaid iddi gydio mewn cymaint o eiriau ag y gallai. Cyn hir roedd hi ar goll yn ei byd bach ei hunan – yn edrych, ysgrifennu, edrych eto.

Yn sydyn teimlodd law ar draws ei cheg a thynnwyd ei gwddf mor galed nes y bu bron iddi lewygu gyda'r poen. Ceisiodd sgrechian ond ni allai wneud unrhyw sŵn. Tu ôl iddi, clywodd y dyn yn grintach, sŵn isel a dwfn, yna llusgodd e hi tuag at y drws ar ochr draw'r ystafell. Gyda throed ag esgid anferth, ciciodd e'r drws ar agor.

Gwthiodd Mair yn ei erbyn, gan geisio symud ei phen oddi wrth ei law drom, ond roedd e'n llawer cryfach. Fflachiodd delweddau o'r dyn yn lladd y gwningen drwy ei meddwl a cheisiodd eu hanwybyddu. Rhoddodd hi'r gorau i ymladd yn ei erbyn. Gallai ei glywed e'n anadlu. Anadliadau araf, cyson. Llenwodd arogl hen chwys ei thrwyn, yn llym a sur. Roedd hi mewn ystafell wely fechan. Yn y stribed o olau o'r drws agored, gwelodd bentwr o wellt ar y llawr, a blancedi brwnt yr olwg drosto. Roedd un ffenest fach ag ystyllod pren drosti. Roedd yr ystafell yn wag heblaw am gadair. Taflodd hi arni. Nawr gallai hi ei weld e'n iawn.

Syrthiai ei wallt brown brwnt dros un llygad. Roedd ei lygaid, pan lwyddodd Mair i edrych arnyn nhw, yn wyrdd ac yn llawn rhyw wallgofrwydd, yn fyw ac yn siarp. Roedd un o'i aeliau yn troi am i fyny drwy'r amser fel pe bai'n gofyn cwestiwn yn barhaus. Roedd rhyw arlliw o wên ar ei wefusau. *Na*, meddyliodd Mair, *nid gwên, ond crechwen*. Roedd mor agos ati nawr gallai hi deimlo ei anadl ar ei hwyneb. Cydiodd yn nwy fraich y gadair a dod â'i wyneb yn agos iawn at ei un hi.

'Pwy ti?' meddai mewn llais rhydlyd, a phoer yn taro boch Mair wrth iddo siarad. Gwyddai'n syth nad oedd ganddo lawer o iaith.

'Mair,' meddai. 'Dim drwg. Ga i ddiod?' Gwnaeth hi ymdrech i siarad yn araf iawn ac yn glir. Roedd hi'n gwybod o brofiad fod pobl oedd yn siaradwyr gwan yn dal yn deall iaith yn dda iawn. 'Plis.'

Syllodd arno, a dweud dim byd. Yna, sythodd ei gefn a chwifio ei law ati. 'Aros!' meddai.

Dyna pryd sylwodd Mair ar fachyn ar y wal a rhaff yn hongian oddi wrtho. Tynnodd y dyn y rhaff a dod yn ôl ati. Roedd ei ddwylo'n arw, sylwodd hi, dwylo gweithiwr. Taflodd y rhaff o'i chwmpas, yn ysgafn bron, ac o fewn eiliadau roedd hi wedi ei chlymu'n dynn i'r gadair. Camodd e 'nôl i edrych arni. Gwnaeth sŵn clicio gyda'i dafod. Clywodd Mair sŵn ewinedd yn crafu ar lawr pren. Ci? Edrychodd tuag at y drws. Ac yn sydyn roedd e yna. Blaidd. Ffwr llwyd trwchus. Trwyn hir. Roedd ei wefusau wedi eu tynnu yn ôl gan ddatgelu dannedd byr, melyn. Roedd yn anferth a gallai hi arogli ffwr gwlyb. Cliciodd y dyn eto a daeth y blaidd ato ac eistedd wrth ei draed. Gwenodd y dyn.

'Aros!' meddai a throdd y blaidd ei lygaid melyn at Mair a

chwyrnu'n isel yn ei wddf. Roedd tafod yr anifail yn hongian o'i geg. Syllai ei lygaid craff arni fel pe bai'n gallu darllen ei meddwl. Crynodd Mair. Roedd y dannedd melyn i'w gweld tu ôl i'r gwefusau trwm. Ceisiodd hi beidio symud gewyn.

Safodd y dyn yn ôl ac edrych ar y sefyllfa o'i flaen. Chwarddodd. Sain garw, sych. 'Da,' meddai. 'Da iawn.'

Yna trodd a gadael gan gau'r drws ar ei ôl. Tywyllodd yr ystafell yn llwyr. Ni allai hi weld yr anifail bellach ond gallai ei deimlo a'i glywed yn anadlu.

Am yr awr gyntaf, ni symudodd hi. Roedd ei chyhyrau'n llosgi gan densiwn. Roedd y rhaff wedi dechrau cnoi i mewn i dop ei breichiau ond doedd ei phoen yn ddim o'i gymharu â'r ofn a deimlai. Wrth i'w llygaid gyfarwyddo â'r tywyllwch, gallai weld ffwr llwyd a llygaid llachar y blaidd. *Mae'n rhaid i fi wneud rhywbeth*, meddai ei hymennydd wrthi. *Dim ond anifail yw e.* Doedd e braidd wedi symud ers i'r dyn adael. Penderfynodd Mair siarad gydag e.

'Dyna fachgen da,' meddai, a'i llais yn gryg.

Cododd y blaidd ei glustiau a chwyrnu'n dawel gan ddangos ei ddannedd. Tynnodd Mair ei chadair yn ôl gan geisio rhoi mwy o bellter rhyngddyn nhw. Roedd ei phen yn llawn lluniau o'r blaidd yn ei rhwygo'n ddarnau. *Mae'n rhaid i fi wneud hyn*, meddai wrthi hi ei hun. *Dyma fy unig gyfle i.* Roedd angen iddi siarad gyda fe mewn llais pwyllog. Allai hi ddim gadael iddo weld bod ofn arni.

'Bachgen da,' meddai eto, ei llais yn gryfach nawr. 'Da iawn. Aros.'

Syllodd y blaidd yn ôl arni heb symud ond ni chwyrnodd.

'Da iawn,' meddai Mair eto. 'Stedda!'

Ni symudodd y blaidd. Safodd yna'n edrych arni, ond rywsut roedd ganddo lai o ddiddordeb ynddi. Roedd rhaid iddi feddwl am ffordd o ddianc. Byddai rhaid i'r dyn ei thynnu'n rhydd ar ryw bwynt ac yna fe allai redeg. Roedd ei meddwl yn llawn cynlluniau ond doedd hi ddim yn gwybod sut byddai'r dyn yn ymateb na beth roedd e eisiau ganddi. Ceisiodd Mair ryddhau ei hunan o'r rhaffau. Cododd y blaidd ei glustiau wrth iddi symud. Pan oedd Mair ar fin siarad â'r anifail eto clywodd leisiau tu allan.

Agorodd y drws ffrynt a nawr gallai glywed dau ddyn yn siarad yn glir. Roedd hi'n adnabod un llais, llais y dyn oedd wedi ei chaethiwo. 'Fi dod fory,' meddai.

'Ti'n gwybod beth sydd angen arnom ni?' meddai'r dyn arall ac roedd Mair yn gwybod yn syth ei fod yn berson oedd yn meddu ar iaith.

'Ydw,' atebodd y dyn cyntaf. 'I'r babis ...'

'Ie. Perlysiau i'r babis. Yr arferol. Cer i'r giât. Aros yna. Paid mynd mewn.'

'Ie. Deall. Ddim mynd mewn.'

'Heno 'te?'

'Heno.'

Agorodd y drws a chau eto. Roedd yr ymwelydd wedi mynd. Stryffagloddd Mair â'r rhaff gan geisio ei llacio cyn i'r dyn ddod 'nôl. Chwyrnodd y blaidd. Rhybudd. Anwybyddodd hi'r anifail a chwyrnodd eto. Tynnodd Mair ei braich dde mor galed ag y gallai. Llaciodd y cwlwm ryw ychydig. Chwyrnodd y blaidd yn uwch, yn ddwfn yn ei wddf. Gwnaeth Mair ymdrech arall i ryddhau ei braich wrth i'r chwys lifo i'w llygaid. Cymerodd y blaidd gam yn ôl. Daliodd Mair ei sylw ac yna fe neidiodd ati.

# PENNOD 14

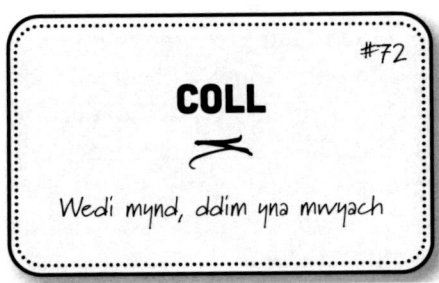

Teimlodd ei grafangau yn gyntaf, ewinedd bach miniog yn gwasgu i mewn i groen ei hysgwydd. Trawodd ergyd ei bwysau'r gadair drosodd ac yn sydyn roedd Mair yn edrych ar y nenfwd. Roedd y gwres o'r blaidd yn anferthol. Gallai arogli ei anadl sur a theimlo ei galon yn rasio. Ceisiodd sgrechian ond ni allai ddod o hyd i lais. Roedd ei phen yn llawn geiriau ond ni allai wneud unrhyw sŵn.

*Dieflig, sychedig am waed.*

Ciciodd hi'r anifail. Ei choesau oedd yr unig ran o'i chorff yr oedd ganddi unrhyw reolaeth drosti. Ni sylwodd y blaidd. Teimlodd ei grafangau eto ar ei hasennau. Udodd a chwyrnodd yr anifail a chlecian ei ddannedd yn ei hwyneb, ei boer yn hedfan i'w llygaid.

Sgrechiodd Mair. Cododd ei sgrech wrychyn y blaidd hyd yn oed yn fwy. Gan udo a chwyrnu, taflodd ei hun arni eto. Clywodd hi ei ffrog yn rhwygo a gwaed cynnes yn llifo i lawr ei braich. Roedd y chwyrnu'n uchel tu hwnt. Gwnai gymaint o sŵn nes i Mair fethu clywed y dyn i ddechrau.

'Stop!' gwaeddodd. 'Stop, boi!'

Trodd y blaidd i edrych o ble roedd y gorchymyn wedi dod. Y peth nesaf roedd Mair yn ei wybod oedd bod yr anifail yn cael ei dynnu oddi arni.

'Gorwedd!' meddai'r dyn wrth y blaidd. 'Lawr!'

Roedd Mair yn credu iddi glywed y blaidd yn griddfan. Yna teimlodd y dyn yn ei thynnu hi a'r gadair yn ôl i'w safle gwreiddiol. Teimlodd Mair ei stumog yn troi. Cyfogodd ond doedd dim bwyd i'w daflu i fyny. Pan edrychodd hi eto, roedd y dyn yn ei gwylio hi, a'r blaidd yn sleifio allan drwy'r drws ac i mewn i'r gegin. Plygodd hi ei phen ymlaen, wedi llwyr ymlâdd.

Daeth y dyn ati. Neidiodd hi. Beth oedd e'n mynd i'w wneud nawr? Dechreuodd ddatod y rhaff. 'Cysgu!' meddai, gan bwyntio at y pentwr o wellt. 'Cysgu!'

Sylwodd ei fod yn defnyddio'r un tôn gyda hi ag y gwnaeth gyda'r blaidd. Doedd hi braidd yn gallu sefyll. Crynai ei phengliniau wrth iddi geisio cerdded. Roedd hi'n siŵr y byddai'n cwympo ond llwyddodd hi i gerdded at y gwely. Eisteddodd ar y fatras ac edrych i fyny at y dyn. 'Beth wyt ti'n mynd i wneud gyda fi?' gofynnodd. 'Pam wyt ti'n cadw fi?'

Dim ateb. Trodd y dyn a gadael yr ystafell. Funudau'n ddiweddarach daeth yn ôl gyda thun o ddŵr, cwpan a sleisen o fara tywyll. Clywodd Mair ef yn troi'r allwedd yn nrws yr ystafell wely ar ôl iddo adael.

Yfodd yn awchus o'r cwpan. Roedd y dŵr yn glir ac yn oer. Blasai'r bara o ryg ac amser. Cnodd Mair ef yn ofalus. Archwiliodd ei chlwyfau – crafiadau dwfn oedden nhw ar ei breichiau a'i hasennau. Glanhaodd hi nhw gystal ag y gallai gyda'r dŵr oedd ar ôl yn y tun. Gorweddodd yn ôl ar y gwellt, ei phen yn troi. Roedd ei hasennau'n brifo ar ôl crafangau'r blaidd. Roedd ganddi ben tost.

Doedd gan Mair ddim syniad beth roedd hi'n mynd i'w wneud. Yn y bore, efallai byddai'r dyn yn ei throsglwyddo i'r plismyn. Oedd y plismyn wedi bod yma'n barod yn chwilio amdani? Dechreuodd deimlo panig yn ei gwddf. Roedd rhaid iddi ddianc. Roedd rhaid iddi. Ond sut? Doedd dim dwywaith ganddi fod y blaidd a'i feistr ar ochr arall y drws. Roedd meddwl am yr ymosodiad ddigwyddodd yn gynharach yn gwneud iddi chwysu. Crynodd. Safodd ac archwilio'r ffenest. Roedd ystyllod yn ei gorchuddio i gyd. Ceisiodd wthio yn erbyn y pren ond doedd dim pwynt. Oedd hi wedi bod trwy gymaint er mwyn diweddu ei hoes fel hyn? Gorweddodd a cheisio cysgu ond ni allai ymlacio. Roedd hi wedi tywyllu hyd yn oed yn fwy yn yr ystafell ac roedd yr holl synau wedi tawelu tu allan. Yn sydyn, cofiodd y darn bach o sgwrs glywodd hi rhwng y dyn a'i ymwelydd. Siaradodd y dieithryn am fabis – *perlysiau i'r babis*. Beth allai hynny olygu? Pa fabis oedd allan fan hyn yng nghanol y goedwig? Oedd ganddyn nhw rywbeth i'w wneud gyda'r babis o'r Arch? Trodd ar ei hochr, gan geisio dod o hyd i fan cyffyrddus. Wrth iddi droi clywodd sŵn crafu ysgafn. I ddechrau, roedd hi'n credu iddi ddychmygu'r peth. Yna clywodd hi'r crafu eto, yn uwch. Ai'r blaidd oedd wrthi? Cododd. Edrychodd i ganol y tywyllwch. Dim byd.

Dyna fe eto. Roedd fel pe bai'n dod o gyfeiriad y ffenest. Cerddodd Mair ati. Roedd rhywbeth yn crafu yn erbyn y pren. Arth? Ddylai hi weiddi? A fyddai'r dyn yn dod i'w helpu hi? Oedd e yn y tŷ o gwbl? Roedd ei llygaid wedi dechrau cyfarwyddo â'r tywyllwch. Roedd hi'n siŵr bod un o'r ystyllod ar y ffenest wedi symud. Dyna hi – symudodd eto! Beth oedd hi'n mynd i'w wneud? Wrth iddi wylio, yn sydyn daeth y pren oddi ar ffrâm y ffenest yn gyfan gwbl. Ebychodd.

'Mair?'

Cymerodd hi eiliad i brosesu beth oedd yn digwydd.

'Math?'

Teimlai fel pe bai mewn breuddwyd. Sut allai Math fod yma?

'Mair!' meddai eto. 'Wna i dynnu ystyllen arall. Dylet ti allu dod drwodd wedyn, dw i'n meddwl ...'

Llifodd golau'r lleuad i mewn trwy'r agoriad newydd. Pwysodd Mair ar y silff ffenest a thynnu ei hunan i fyny. O fewn eiliadau, roedd hi'n sefyll ar y gwair.

Tynnodd Math ei braich. 'Dere,' meddai, 'awn ni!'

'Alla i ddim,' meddai Mair. 'Mae fy mag i'n dal yna.'

'Dy fag di? Wyt ti o ddifri?'

'Mae'r geiriau ynddo fe, Math. Y geiriau des i 'nôl i'w casglu. Ddim y bag yn unig – mae rhywbeth arall. Wna i egluro wedyn.'

Gwgodd Math. 'Mae rhaid i ni fynd o fan hyn. Ti'n lwcus wnaeth e ddim dy ladd di. Ble mae'r bag?'

'Stafell ffrynt,' meddai Mair. 'Mae blaidd yna.'

Cododd Math ei aeliau. Roedd yn edrych fel pe bai bron yn gwenu. 'Wrth gwrs,' meddai. 'Blaidd.'

'Dere,' meddai Mair. 'Awn ni at ddrws y ffrynt.'

Rhedodd y ddau i flaen y tŷ. Eiliadau'n ddiweddarach dyna lle'r oedden nhw ar eu cwrcwd yn y llwyni o flaen y bwthyn, yn cadw llygad ar y drws.

'Dywedaist ti fod rhywbeth arall?' sibrydodd Math.

'Mae e'n rhan o ryw gynllun. Rhywbeth i'w wneud gyda'r babis coll yn yr Arch. Dw i jyst eisiau gweld beth mae'n ei wneud.'

Arhoson nhw yn y llwyni trwchus yn yr ardd ffrynt a gwylio.

Agorodd y drws. Cymerodd y dyn fwndeli o berlysiau o'r gris y tu allan a'u gwasgu nhw i sach frethyn, gyda'r blaidd wrth ei ochr.

*Perlysiau i'r babis.*

Cododd y blaidd ei ben a ffroeni'r aer. Edrychodd y dyn o'i gwmpas a chwyrnodd y blaidd eto. Sylwodd Mair fod y dyn wedi ei roi ar ryw fath o dennyn. Roedd y blaidd yn edrych i'w cyfeiriad nhw erbyn hyn. Chwyrnodd eto, rhoi ei drwyn yn yr awyr ac udo. Roedd yn tynnu ar y tennyn ac yn ceisio mynd atyn nhw.

Edrychodd y dyn tuag at y tir yng ngolau'r lleuad. 'Beth? Beth, boi?' Plygodd er mwyn rhyddhau'r anifail o'i dennyn.

Cydiodd Mair yn llaw Math. 'Rhaid i ni redeg,' meddai.

'Mae'n gwybod ein bod ni yma.'

Wrth iddi ddweud y geiriau, ymddangosodd cwningen a rhedeg ar draws llwybr y blaidd. Aeth y blaidd am y gwningen gan lusgo'r dyn gydag ef. Tynnodd y dyn ar y rhaff gan dynnu'r blaidd mor galed nes i ddwy bawen yr anifail godi oddi ar y ddaear.

'Dere!' rhuodd y dyn ato a chan dynnu'r blaidd ar ei ôl, aeth tuag at y gogledd, yn ôl tuag at y gwersyll. Ond lle'r oedd Mair wedi dilyn yr heol, roedd y dyn yn mynd ar draws gwlad. Arhosodd Mair yn ei hunfan, yn rhy ofnus i symud.

Cyffyrddodd Math yn ei law. 'Af i nôl dy fag di,' meddai. 'Ac wedyn mae'n rhaid i ni fynd.'

Daeth yn ôl mewn eiliadau, gyda'r bag yn ei law.

'Barod?' meddai.

Roedd Mair eisiau mynd gyda fe, ond roedd rhywbeth yn ei dal hi yn ôl.

'Beth sy'n bod?' gofynnodd Math, o'i gweld yn oedi.

'Dw i'n meddwl y dylen i ei ddilyn e,' meddai, gan roi'r bag ar ei hysgwydd.

'Dilyn e? Wyt ti'n gall? Mae rhaid i ni fynd yn ôl. Dyw Ceridwen ddim yn gwybod pa mor hir bydd y gwrthryfelwyr yn y gwersyll rydyn ni fod i fynd iddo fe. Mae hi wedi mynd ymlaen i geisio'u hatal nhw rhag gadael.'

Teimlai Mair fel pe bai ei chalon yn cael ei rhwygo o'i chorff. Roedd hi bron â thorri ei bol eisiau mynd gyda Math, ac eto ...

'Mae rhywbeth rhyfedd yn mynd ymlaen fan hyn,' meddai. 'Cofio Marta yn dweud wrth Llew am y babis coll? A stori Thaddeus am fabi coll y cymydog? Dywedodd Mrs Pupur o'r Gegin Ganolog wrtha i fod y plismyn wedi mynd ag ŵyr y cyweiriwr crwyn. Yna soniodd Rua a Danu am blant bach wedi cael eu dwyn. A nawr mae'r dyn gwallgo hyn yn siarad am fabis yng nghanol y goedwig. Dw i eisiau gweld beth sy'n mynd ymlaen. Mae wir angen i fi wybod, Math.'

Gwgodd Math. 'Wyt ti'n gwybod ble mae e'n mynd?'

Ysgydwodd Mair ei phen. 'Mae'n mynd â pherlysiau i'r babis. Falle bydd e'n bell.'

'A' i gyda ti, ond os fydd e'n fwy nag awr o daith dylen ni droi yn ôl.'

'Iawn,' meddai Mair a gwenu arno.

Gwenodd yn ôl. 'Bant â ni.'

Roedden nhw'n gallu gweld siâp y dyn yn croesi'r caeau gyda'r blaidd wrth ei sodlau.

'Well i ni beidio mynd yn rhy agos atyn nhw,' meddai Mair. 'Bydd y blaidd yn siŵr o allu'n harogli ni.'

Aethon nhw yn eu blaenau heb siarad, rhag ofn i'w lleisiau gario, ond roedd Mair mor hapus i fod gyda Math doedd hi ddim eisiau siarad. Daethon nhw at wal gerrig isel. Dringodd Math drosti, yna trodd a gafael yn llaw Mair i'w helpu. Wrth iddyn nhw barhau i gerdded ni ollyngodd ei llaw ac roedd Mair yn falch o'r cynhesrwydd.

Oedodd Math. O'u blaenau, sylwodd Mair fod y dyn wedi arafu.

'Arhoswn ni funud,' meddai wrth Math. Eisteddodd y ddau ymysg y rhedyn yn syth. Gyda'i gilydd, gwylion nhw'r dyn. Roedden nhw'n gallu ei weld yn well nawr gan ei bod yn dechrau goleuo. Roedd wedi rhoi'r gorau i gerdded ac yn edrych o'i gwmpas fel ci oedd yn chwilio am rywle i orwedd.

'Beth mae'n ei wneud?' gofynnodd Math, a'i lais bron â bod mor wan â sibrydiad.

Cododd Mair ei hysgwyddau a diflannodd y dyn.

'Beth ddigwyddodd?' meddai gan wgu. 'Ble aeth e?'

Roedd Math ar ei draed yn barod. 'Mae wedi mynd,' meddai, gan gerdded at y fan lle'r oedd y dyn yn sefyll.

Aeth Mair ato. Roedd hi'n gwawrio. Cerddon nhw at ddiwedd y cae a dyna pryd gwelodd Mair rywbeth. Cyffyrddodd â braich Math.

'Edrych!' meddai.

O'u blaenau, wedi ei gloddio yn ochr y mynydd, roedd mynediad i dwnnel.

Edrychodd Math i mewn ac yna edrychodd yn ôl at Mair. 'Dydyn ni ddim yn gwybod beth sydd mewn yna,' meddai. 'Falle taw trap yw e. Falle 'i fod e'n aros amdanom ni.'

'Na,' meddai Mair. 'Dw i ddim yn meddwl iddo fe ein gweld ni. Byddai e wedi aros amdanom ni, dw i'n siŵr. Dw i'n meddwl dylen ni weld beth sydd yn y twnnel.'

Gobeithiai ei bod yn swnio'n hyderus. Y tu mewn iddi, roedd hi'n crynu wrth feddwl beth allai fod yn eu disgwyl nhw yn y twnnel.

Edrychodd Math i lawr arni. 'Ti'n siŵr?' gofynnodd.

'Dw i'n siŵr,' meddai a phlygu ei phen er mwyn mynd i mewn i'r twnnel gweiriog.

# PENNOD 15

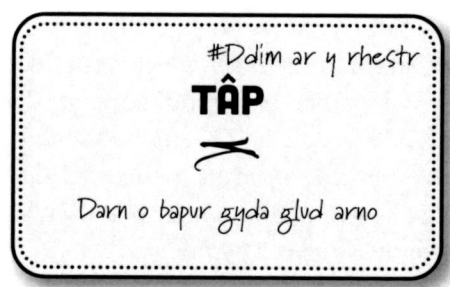

Ar ôl y camau cyntaf, doedd hi ddim yn gallu gweld unrhyw beth. Roedd y cwbl yn arogli o fwsog llaith. Doedd y twnnel ddim yn ddigon uchel i sefyll ynddo, felly roedden nhw'n gorfod cerdded yn eu crwman, yn hanner baglu ar y tir anwastad ac yn craffu i weld beth oedd o'u blaenau drwy'r tywyllwch. Wedi iddyn nhw droi un cornel gallai Mair weld golau yn y pellter. Aethon nhw yn eu blaenau tan i'r twnnel agor eto i'r awyr agored. Yno roedd giatiau uchel a ffens weiren bigog. Roedd y wawr wedi torri a haul y bore bach yn arllwys golau tameidiog ar bopeth ac yn sgleinio dros y giatiau metel. Tu hwnt i'r giatiau roedd adeilad hir ac isel wedi ei baentio'n lliw llwydaidd oedd yn amsugno'r golau i gyd. Roedd y to wedi ei orchuddio â llechi. Doedd dim pobl i'w gweld. Roedd rhywbeth o'i le. Edrychodd Mair o'i chwmpas gan geisio gweld pam roedd y lle'n teimlo mor sinistr. Ac yna sylweddolodd. Roedd y lle'n hollol dawel. Dim anifeiliaid, dim adar. Dim byd.

'Beth yw'r lle hyn?' meddai Math yn dawel.

Ysgydwodd Mair ei phen.

Tynnodd Math ei braich. 'Awn ni 'nôl i mewn i'r twnnel,' meddai. 'Allen nhw'n gweld ni fan hyn.'

O'r twnnel gwyliodd y ddau y giatiau. Yn sydyn daeth rhywun ar draws y buarth y tu hwnt i'r ffens. Plismon. Gallai

Mair weld ei wisg. Ym mhob llaw daliai flwch gwyn, plastig. Gwasgodd hi law Math.

'Dyw e ddim yn gallu'n gweld ni.' Sibrydodd Math y geiriau yn ei chlust. Amneidiodd hi. Agorodd y plismon y giât a cherdded tuag atyn nhw. Ni allai Mair anadlu. Roedd hi ar fin troi a rhedeg pan newidiodd y plismon gyfeiriad a diflannu i'r llwyni cyfagos. Munudau'n ddiweddarach daeth y dyn allan eto ac roedd y blychau'n edrych yn drymach.

'Dŵr,' meddai Mair. Roedd y dyn yn amlwg wedi mynd at biben yn rhywle i lenwi'r blychau. Wrth iddyn nhw wylio, caeodd y giatiau y tu ôl iddo.

'Allwn ni ddim mynd dros y ffens yna,' meddai Math.

Gwyddai Mair ei fod yn iawn. Ai dyma fyddai'r diwedd iddyn nhw? Fydden nhw'n ffôl i aros yn hirach? Gallai'r dyn a'r blaidd ymddangos unrhyw eiliad.

Agorodd y giât eto a daeth yr un plismon allan yn cario dau flwch gwag arall. Ni chaeodd y giât y tu ôl iddo. Unwaith iddo ddiflannu i'r llwyni, cydiodd Mair yn llaw Math. 'Rheda!' meddai, a heb feddwl ymhellach roedd hi allan o'r twnnel, yn rhedeg ar draws y gwair a thrwy'r giatiau. Unwaith roedd hi tu mewn, oedodd am eiliad i gael ei hanadl ac yna rhedodd at ochr yr adeilad gyda Math yn dilyn y tu ôl iddi.

'Nawr beth?' meddai gan edrych lawr ati.

'Rownd y cefn,' meddai Mair a rhedodd at y talcen. Pan aeth o gwmpas y gornel, oedodd. 'Mae ffenestri,' meddai. 'Lawr fan'na. Wna i fynd i edrych. Cadwa di i wylio.'

Arhosodd Mair yn agos at y wal ac aeth yn araf tuag at y ffenestri. Cyrhaeddodd yr un gyntaf a gostwng ei phen o dan y silff. Edrychodd o'i chwmpas yn wyliadwrus. Dim byd. Yna tynnodd ei hun i fyny ac edrych drwy'r gwydr.

Gwelodd ystafell hir a chul. Ar hyd bob wal roedd rhesi o grudiau gwyn. Plygai menyw mewn gwisg wen dros un crud gyda'i chefn at y ffenest. Roedd menyw arall yn gwthio troli ac arno resi a rhesi o boteli. Aeth Mair at y ffenest nesaf. Eto, gwelodd ystafell hir a'r un crudiau mewn rhesi ar hyd y waliau. Roedd dwy fenyw arall yn gweithio fan hyn, yn mynd o grud i grud gyda'u cefnau at y ffenest. Plygodd un ohonyn nhw a chodi plentyn. Trodd yn araf gyda'r plentyn yn ei breichiau a bu bron i galon Mair roi'r gorau i guro. Roedd tâp trwchus llwyd yn dynn dros geg y fenyw. Sylwodd hi ar Mair.

'Leyla!' ebychodd.

# PENNOD 16

**ERLID** #327

Rhedeg ar ôl, dilyn

Leyla – modryb Mair! Y fodryb annwyl yr oedd hi wedi dod o hyd iddi yng nghanol y Crewyr. Chwaer Anwen a'r gwrthwyneb iddi ym mhob ffordd.

Ond roedd Leyla wedi marw.

Syllodd Mair arni mewn anghrediniaeth. Leyla *oedd* hi, â'i gwallt hir du wedi ei glymu yn ôl. Ei llygaid mawr brown, hardd. Wrth i Mair wylio, symudodd Leyla i ffwrdd a gwneud ystum at y fenyw arall, ei llygaid yn fawr mewn ofn. Daeth yr ail fenyw at y gwydr. Roedd hi'n llai na Leyla, a bron â bod yn hollol foel. Agorodd Mair ei cheg i siarad ond gwnaeth y fenyw ystum iddi adael, ei llygaid yn fawr ac ymbilgar. Ysgydwodd Mair ei phen. Doedd hi ddim am fynd nawr. Gallai weld yr ofn mawr yn wyneb Leyla. Daliodd y fenyw arall ei llaw i fyny – *Aros*, meddai. Aeth Mair i lawr o dan y silff ffenest. Sut allai Leyla fod yma ar ôl i'r plismyn ei lladd hi? Aeth ei meddwl hi at Llew yn syth. Roedd e wedi caru Leyla â'i holl galon. Roedd rhaid iddi ddweud wrtho fod Leyla yn dal yn fyw – a'i bod yma.

Teimlai'n amser hir cyn i'r fenyw foel ymddangos wrth ochr yr adeilad. Gwyliodd Mair hi'n rhedeg ar hyd y gwair, yn edrych dros ei hysgwydd wrth fynd. Unwaith daeth y fenyw'n agos, gafaelodd Mair ynddi a'i thynnu i lawr wrth ei hochr. Tynnodd y fenyw'r tâp oddi ar ei cheg. Roedd y croen oddi tano yn goch, goch.

'Pwy ti?' hisiodd y fenyw, a'i llygaid du yn fflachio. 'Beth wyt ti'n wneud fan hyn? Wnawn nhw dy ladd di.'

'Beth yw'r lle hyn?' meddai Mair.

'Fferm babis,' meddai'r fenyw. 'Pum deg babi fan hyn. Dw i ddim yn gwybod o ble maen nhw'n dod. Neb yn cael siarad. Neb.' Edrychodd o'i chwmpas yn bryderus. 'Gall y babis ddim clywed geiriau neu byddan nhw'n cael eu lladd. Ni hefyd. Gorchymyn Anwen. Tâp dros bob ceg—' daliodd y tâp i fyny i Mair ei weld – 'i atgoffa ni.'

'Ond pam?' meddai Mair. 'I beth?'

Ochneidiodd y fenyw. 'Os yw babis ddim yn clywed geiriau dydyn nhw ddim yn mynd i siarad. Os chi'n trio'u dysgu nhw ar ôl y tair blynedd gyntaf byddan nhw ddim ond yn gallu dysgu cwpl o gannoedd o eiriau. Does dim byd allwn ni wneud. Daethon ni o'r carchar i ofalu am y babis. Dw i ddim yn gwybod pam ti yma ond plis, cer! Cyn iddyn nhw weld ti. Rhaid i fi fynd yn ôl.'

'Na,' meddai Mair, gan dynnu braich y fenyw. 'Dw i angen siarad â Leyla.'

'Leyla?'

'Y fenyw oedd gyda ti mewn fan'na.'

'Nid dyna yw ei henw hi. Yvette yw hi.'

'Gwranda arna i!' meddai Mair. 'Dw i'n nabod hi. Mae'n fodryb i fi. Ei henw hi yw Leyla. Roedden ni'n meddwl ei bod hi wedi marw.'

Ysgydwodd y fenyw ei phen. 'Daeth y plismyn o hyd iddi ar y traeth ddim yn bell o fan hyn a dod a hi atom ni. Dyw hi ddim yn cofio llawer. Mae hi wedi bod trwy amser caled. Maen nhw'n dweud taw ei henw hi yw Yvette.'

'Mae'n rhaid i ti ddweud wrthi am ddod allan, a dod gyda ni. A ti hefyd. Dere gyda ni nawr.'

Llenwodd llygaid y fenyw â dagrau. 'Na,' meddai. 'Alla i ddim gadael y babis. Na.'

Cyn i Mair allu dweud gair arall, rhoddodd y fenyw foel y tâp yn ôl dros ei cheg a brysio i ffwrdd.

Brysiodd Mair yn ôl at Math. 'Leyla,' meddai. 'Mae Leyla yna, Math.'

Syllodd Math arni'n syn. 'Leyla? Mae Leyla wedi marw, Mair. Dere. Mae rhaid i ni fynd.' Edrychodd arni'n rhyfedd, yna cydiodd yn ei llaw.

Tynnodd hi ei llaw i ffwrdd. 'Mae hi mewn fan'na, Math! Allwn ni ddim jyst gadael.'

'Mae'n rhaid i ni. Dere. Wnawn ni siarad tu allan.'

Aeth Mair allan gydag e, ei meddwl yn llawn cwestiynau. Sut allai Leyla fod yna? Roedd yn rhaid iddi ddweud wrth Llew. Daeth Math at dalcen yr adeilad. Roedden nhw'n gallu gweld bod y giât ar gau a neb yna. Trodd Math at Mair.

'Rhedwn ni. Gobeithio gallwn ni agor y giât pan ddown ni ati.'

Amneidiodd Mair. Doedd unman i guddio. Wrth redeg ar draws yr iard, ceisiodd hi beidio meddwl am bwy allai fod yn eu gwylio nhw. Edrychodd dros ei hysgwydd. Dim byd. Roedd y giât o'u blaenau nhw. Daliodd i redeg y tu ôl i Math. Pan ddaethon nhw at y giât, cydiodd Math yn y follt a thynnu. Symudodd yn hawdd. Edrychodd Mair yn ôl tuag at yr adeilad. Dim byd o hyd. Cydiodd Math yn yr ail follt ond ni symudodd honno. Tynnodd eto a'i tharo gyda'i ddwrn.

Edrychodd Mair dros ei hysgwydd wrth i Math ei tharo eto. Y blaidd! Roedd e'n sefyll yno. Tu ôl iddo roedd ei feistr a phlismon. Am eiliad, syllodd y ddau ar ei gilydd, yr un mor syn â'i gilydd. Sgrechiodd Mair i rybuddio Math. Cododd y plismon chwiban at ei wefusau.

Tynnodd Math eto. Neidiodd y follt a llithro ar agor.

'Gyflym!' Rhuodd Math ati a rhedodd y ddau gyda'i gilydd.

Roedd yr aer yn llosgi ei llwnc, roedd poen miniog yn brifo ei hochr ond prin y sylwodd hi. Ceisiodd gyflymu ond roedd ofn yn ei thynnu yn ôl ac yn gwneud i'w choesau deimlo fel plwm. Y tu ôl iddi, clywodd sŵn y chwiban. Tasgodd llwyth o feddyliau o gwmpas ei phen fel llygod. Roedd rhaid iddyn nhw guddio. Ond ble? Doedd dim byd ond prysgoed bob ochr iddyn nhw a'r twnnel o'u blaenau. Rhedon nhw i mewn i'r twnnel. Rhedon nhw er nad oedden nhw'n gallu sefyll i fyny'n iawn. Ar ôl cyrraedd yr ochr arall, taflodd Mair gipolwg y tu ôl iddi mewn pryd i weld dau blismon yn dod i mewn i'r twnnel. Roedd gan bob dyn gi, ac o'u blaenau nhw roedd y dyn a'i flaidd. Roedd y blaidd yn glafoerio ac yn tynnu ar ei dennyn. Rhedon nhw'n gyflymach. Dros gaeau, heibio'r tŷ ac yn ôl ar hyd y ffordd roedden nhw wedi dod. Roedd ar Mair ofn edrych yn ôl, y poen yn ei hochr yn brifo ac yn brifo. Unwaith eto, clywodd sŵn y chwiban. Unwaith eto, roedd hi'n rhedeg yn gyflymach nag yr oedd hi wedi rhedeg yn ei bywyd, trwy lwybr tyllog trwy'r goedwig. Roedd y llwybr gwreiddiol yr oedden nhw wedi ei gymryd gyda Ceridwen ar y dde iddyn nhw. Gallai Mair glywed yr helwyr yn nesáu.

O fewn eiliadau, dechreuodd y tir fynd yn fwy meddal. Teimlai Mair ei hesgidiau'n suddo iddo. Tynnodd ei throed allan a rhoi'r gorau i redeg.

'Beth yw e?' ebychodd.

'Mwd!' atebodd Math. 'Mae dŵr o'n blaenau ni.'

Gwthion nhw eu ffordd drwy'r llwyni a dod i ganol brwyn. Tu hwnt i'r brwyn gallai Mair glywed sŵn dŵr. Yna clywodd frigau'n torri y tu ôl iddi a sŵn cyfarth. Roedd rhaid iddyn nhw ddianc. O fewn eiliadau roedd ei hesgidiau'n llawn mwd gwlyb a rhewllyd. Tynnodd ei bag yn uwch.

Oddi tanynt, gwelodd Mair yr afon. Roedd y llethr yn serth. Aeth Math i lawr heb oedi. Trodd ac edrych ar Mair am eiliad a dechreuodd fynd ar ei ôl. Eisteddodd hi ar y llethr gwlyb a hanner llithro, hanner gwthio ei hunan at y gwaelod, gan ddal ei bag yn uchel uwch ei phen. Glynai'r mwd at ei dillad a'i gwallt. Aeth yr oerfel i'w hesgyrn. Roedd hi ar fin siarad pan ddaliodd Math ei law i fyny, i'w rhybuddio i fod yn dawel. Gwrandawodd Mair. Roedd yr helwyr yn dod yn agosach – gallai glywed y blaidd a'r cŵn yn udo rhwng sŵn gweiddi'r dynion. Aethon nhw drwy'r dŵr rhewllyd wrth i'r coed tywyll uwch eu pennau edrych i lawr arnyn nhw. Ar unrhyw eiliad, gallai'r anifeiliaid dorri'n rhydd drwy'r coed ac yna …

Wrth iddyn nhw fynd o gwmpas tro yn yr afon, gwelodd Mair yr hyn roedd Math wedi ei glywed. Rhaeadr. Efallai y byddai sŵn y dŵr yn drysu'r cŵn. Brysion nhw yn eu blaenau. Clywodd Mair gyfarth a chwyrnu uwch ei phen. Edrychodd i fyny a'i weld. Dim ci, ond y blaidd yn dangos ei ddannedd a'i lygaid yn llosgi gan gyffro. Trodd ei stumog gan fraw.

'Y blaidd,' ebychodd. 'Mae e wedi ein gweld ni.'

Trodd Math yn sydyn. Gwelodd y ddau anifail anferth yn ceisio dod i lawr atyn nhw. Agorodd Mair ei cheg i sgrechian, wrth i law oer gydio yn ei phigwrn a'i thynnu hi lawr. Teimlodd ei hun yn syrthio i mewn i dwll du oddi tani.

# PENNOD 17

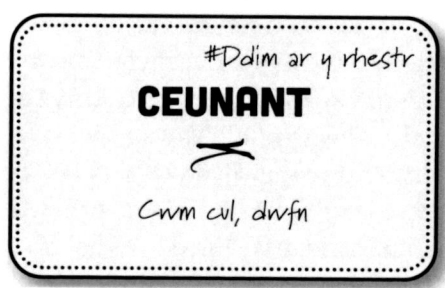

Roedd hi'n dywyll – yn rhy dywyll i ddychmygu ei fod yn lle go iawn. Ciledrychodd Mair i'r düwch a theimlo rhywbeth trwm yn syrthio ar ei phen gan riddfan, yna teimlodd bengliniau a phenelinau, tan i Mair ddeall bod Math wrth ei hochr. Teimlodd law dros ei cheg a llais yn ei chlust. 'Paid gwneud unrhyw sŵn.'

Ceridwen! Pam oedd hi yma?

Cymerodd Mair anadl ddofn, ac un arall, a chlywed arogl pridd a dŵr a mwsog. Roedd ei llygaid yn dechrau ymgyfarwyddo. Gallai glywed y blaidd a lleisiau uchel. Ond ble oedd hi? Roedd sŵn dŵr wrth ei hymyl.

'Aros yn llonydd.' Llais Ceridwen eto. 'Chi mewn ogof tu ôl i'r rhaeadrau. Mae'r plismyn uwch ein pennau ni.'

Teimlodd Mair rywun yn gafael yn ei llaw. Math. Safodd yn hollol lonydd. A fyddai'r plismyn yn sylweddoli lle roedden nhw? Wrth ei hochr gallai glywed Ceridwen yn anadlu. Arhoson nhw.

Aeth munud yn ddwy funud wrth i'r plismyn a'r cŵn chwilio tu allan i'r ogof. Roedd ar bawb ofn symud, er bod sŵn y dŵr yn uwch na phob sŵn arall. Aeth y munudau'n oriau ac yna'n awr arall cyn iddyn nhw glywed y plismyn yn symud ymhellach i lawr glan yr afon.

Yn y diwedd, siaradodd Ceridwen. 'Aros fan hyn,' meddai.

'A' i i weld a ydyn nhw wedi mynd.'

Cyn i unrhyw un ei stopio, roedd yr hen fenyw wedi cerdded allan trwy'r rhaeadrau. Doedd Mair prin yn gallu gweld unrhyw beth yn y gwyll oedd o'i chwmpas, ond gallai glywed y gwynt yn mynd yn fwyfwy gwyllt. Roedd sŵn taranau yn y pellter ac yna daeth y mellt, a gwelodd Mair lle'r oedd hi am y tro cyntaf. O'i chwmpas, roedd cerrig tywyll, gwlyb yn pwyso yn erbyn ei gilydd. Sylwodd Mair ar gymaint ag y gallai cyn i'r golau ddiflannu. Roedd y tamprwydd oer yn cydio ym mhopeth. Crynodd Mair.

Yn sydyn, clywodd rywbeth y tu ôl iddi. Trodd yn gyflym. Dŵr. Roedd dŵr yn llifo tuag ati. O fewn munudau, roedd wedi gorchuddio'i phigyrnau ac roedd ei thraed o dan y dŵr yn llwyr. O ble oedd e'n dod? Aeth rhagor o eiliadau heibio. Roedd y dŵr i fyny at ei phengliniau erbyn hyn ac yn symud yn gyflym. Gallai Mair glywed y llif yn eu gwthio nhw tuag at y rhaeadrau. Cydiodd yn llaw Math a daeth y ddau at ei gilydd, gan wasgu eu cyrff yn erbyn wal oer yr ogof, ond roedd y dŵr yn parhau i lifo i mewn. Oedden nhw'n mynd i farw fan hyn? Tynnodd Math hi'n agosach, a gyda'i gilydd ceision nhw gerdded o'r rhaeadr gan wthio yn erbyn y llif gwyllt. Roedden nhw mewn twnnel carreg oedd yn arwain o'r rhaeadr i'r tu allan.

Ac roedd y dŵr yn dal i lifo. Roedd fel bwled yn saethu tuag at y rhaeadr, ei bŵer yn gryf iawn. Roedd Mair bron â syrthio. Dringodd ar y creigiau ar ei hochr dde gan geisio aros uwch ben y llif. Roedd rhaid iddyn nhw ddod allan, neu byddai'n eu taflu nhw i mewn i'r rhaeadr ei hun! Ceisiodd ddweud wrth Math ond roedd hi'n gwybod nad oedd yn gallu ei chlywed hi. Gydag un llaw, llwyddodd i gael gafael ar graig a thynnu ei hun ymlaen. Yna un arall. Roedd yn waith araf ac arteithiol ond daliodd ati. Dilynodd Math hi. Roedd y dŵr yn rhewi a chrynai ei dannedd gan oerfel. Roedd rhaid iddi ddal i fynd. Bu bron iddi faglu a llwyddodd i ddal ei gafael ar y wal wlyb. Roedd hi'n goleuo rhywfaint. Oedd llif y dŵr yn lleihau rywfaint? Gwelodd siâp yn dod ati. Person. Yr heddlu? Oedodd. Daeth y siâp yn agosach.

'Mair!'

Ceridwen oedd yna. Estynnodd hi ei llaw a gafael yn Mair. Dilynodd Mair hi'n ddall drwy'r dŵr. Roedd pwysau'r dŵr wedi gostwng. Gallai deimlo Math wrth ei hochr. Aethon nhw yn eu blaenau tan eu bod o'r diwedd yn gweld golau yn y pellter.

'Ble ydyn ni?' gofynnodd Mair.

Gwgodd Ceridwen. 'Ddim yn unman eto. Lle diogel ymhellach ymlaen.'

Ddeg munud yn ddiweddarach roedden nhw'n dringo allan o'r ddaear ac ar lwybr creigiog, sef hen wely afon wedi sychu. Roedd creigiau mawr wedi eu gwasgaru'n flêr ar bob ochr a defnyddiodd Ceridwen nhw fel cysgod wrth iddyn nhw fynd yn eu blaenau. Dilynodd Mair hi gyda Math y tu ôl iddyn nhw. Roedd pob cyhyr yng nghorff Mair yn dynn, yn barod i ddianc. Cerddodd y tri yn eu blaenau, gan basio nifer o nentydd bach wedi chwyddo gan ddŵr ar ôl y glaw trwm diweddar. Edrychodd Mair y tu ôl iddi. Dim sôn am blismyn na chŵn. Dim sôn am y blaidd.

Galwodd Ceridwen arnyn nhw. 'Ffordd hyn,' meddai.

Roedd Mair eisiau seibiant, ond gyrrodd Ceridwen nhw yn eu blaenau.

Cerddon nhw drwy'r dydd, eu dillad a'u hesgidiau yn socian a'u coesau yn flinedig. O'r diwedd, daethon nhw at gae ac oedodd Ceridwen. Roedd coed o'u blaenau. Symudodd Ceridwen eto gan gyflymu – roedd hi'n amlwg ei bod yn awyddus i'w cael dan gysgod diogel y coed.

'Ddim llawer ymhellach,' meddai wrth iddyn nhw fynd yn eu blaenau. 'Ni'n agos at wersyll y gwrthryfelwyr nawr. Dewch!'

Cerddodd Mair yn ei blaen, ei chorff yn flinedig tu hwnt ac yn rhewllyd. Ond nid ei chorff oedd yn ei phoeni. Roedd ei phen yn troi. *Leyla*. Drosodd a throsodd, dywedodd Mair ei henw yn ei phen. Roedd rhaid iddyn nhw fynd yn ôl ati. Gallen nhw ddim ei gadael hi. Trodd i weld lle'r oedd Math a gwnaeth yntau ystum iddi fynd yn ei blaen. O fewn munudau, daethon nhw at lannerch a gallai Mair weld perth o goed bedw o'u blaenau nhw. Wrth agosáu, roedd hi'n amlwg fod ceunant anferth y tu ôl i'r llannerch a'i ymyl yn arwain at y gwaelod diffaith. Roedd coedwigoedd du bob ochr ar hyd y ceunant yn plygu tuag at ei gilydd yng ngolau'r lleuad. Islaw, rhwng y coed, gallai Mair weld amlinell bŵl pebyll wedi eu gwasgu at ei gilydd, yn llwyd a bregus.

Ceisiodd Mair ddychmygu'r grym naturiol a greodd y lle hwn. Rhywle yn y pellter, rhuodd anifail gwyllt a chrynodd hi. Edrychodd yn ôl a gweld Math wrth ymyl y dibyn yn edrych arni. Gyda'i gilydd, dringon nhw i lawr yn ofalus gan greu cawodydd o gerrig mân, llwyd o dan eu traed. Ar hyd yr ymylon roedd rhwydwaith o fieri a chloddiau drain ar draws y llwybr. Wrth iddyn nhw agosáu at y gwaelod, gallai Mair weld y pebyll – yn stribedi hir o gynfas llwyd wedi eu tynnu dros brennau a'u gorchuddio eto gan fwsog a deiliach eraill. Wedi eu gwasgaru ar hyd y lle'r oedd gweddillion tanau bach, a gallai arogli mwg tân coed yn yr aer. O'r cysgodion, ymddangosodd dyn ifanc yn sydyn.

'Ceridwen?' meddai gan wenu.

Cofleidiodd Ceridwen y dyn. 'Rosco,' meddai.

*Roedd e eisiau ei chasáu hi. Dyna beth roedd hi'n ei haeddu. Ond gwyddai y bu gan ei galon dwyllodrus deimladau amdani erioed. Ai cariad oedd e? Doedd e ddim yn siŵr. Doedd e ddim yn gwybod sut roedd cariad yn teimlo. Pan fyddai'n gorwedd yn effro yng nghanol nos, doedd e'n meddwl am ddim byd ond amdani hi. Yr holl ddyddiau yna pan oedd wedi ei gweld hi yn siop Ben, pan oedd e wedi rhoi dŵr iddi yn y sgwâr. Roedd hi wedi bod yn chwarae gemau ag e. Roedd yr holl dre'n gwybod ei fod e eisiau hi fel partner ond roedd hi wedi ei wthio i ffwrdd a chwarae gemau gyda fe. Ond roedd hynny i gyd wedi newid. Byddai byth yn anghofio'r olwg yn ei llygaid hi pan helpodd e hi i ddianc o'r tŵr dŵr. Dyna pryd y sylweddolodd fod ganddi hi hefyd deimladau ato fe.*

*Cydiodd yn yr ysgrifbin a dechrau chwerthin. Teimlai'n drwm a lletchwith yn ei law.*

*'Annwyl Mair,' ysgrifennodd, yna oedodd. Beth ddylai ddweud wrthi? Pa eiriau ddylai eu defnyddio? Hi oedd meistres y geiriau. Doedd e ddim eisiau ymddangos yn ffôl neu'n llai hyddysg yn yr heniaith nag yr oedd hi. Triodd eto.*

> *Annwyl Mair,*
> *Dw i'n meddwl amdanat drwy'r amser. Dw i'n meddwl am dy wallt coch hardd a'r ffordd wnaeth y golau ddisgleirio arno wrth i ti gerdded ar draws y sgwâr. Dw i'n meddwl am dy lais yn yr ysgol pan oeddet ti'n siarad iaith Rhestr ond yn ei siarad yn glyfar a hardd. Roedd hyd yn oed Mrs Jones wedi ei phlesio.*
>
> *Roedden ni'n dau i fod gyda'n gilydd. Roedd pobl yn dweud hynny wrtha i. Dw i'n siŵr dy fod yn teimlo'r un fath. Ond roeddet ti wastad mor brysur yn gwneud dy waith gyda Ben. Bydd hynny i gyd yn newid nawr, cariad. Pan ddoi di 'nôl ata i fydd dim angen crefftwyr geiriau. Bydd dim angen llawer o eiriau chwaith.*

*Rhoddodd ei ysgrifbin i lawr. O'r diwedd roedd ei fywyd yn gwella.*

*Roedd yn cael ei barchu yn yr Arch a chyn hir, pan fyddai Mair wrth ei ochr, byddai popeth yn berffaith.*

# PENNOD 18

Nodiodd y dyn ifanc ei ben a'u galw ymlaen. Wrth iddyn nhw agosáu gallai Mair weld pobl yn symud yn sydyn rhwng y tanau, ond roedd tawelwch ym mhob man fel pe bai pobl yn aros i rywbeth ddigwydd.

Dilynon nhw'r dyn yr oedd Ceridwen yn ei alw'n Rosco i safle'r tân oedd wedi diffodd a dechreuodd chwythu ar y cols. O fewn eiliadau roedd tân wedi ei gynnau. Daeth merch ifanc â dillad sych iddyn nhw a newidiodd Mair yn gyflym, yn falch o gael gwared ar y carpiau gwlyb oedd amdani. Yn ddiweddarach, daeth y ferch yn ôl gyda chawl poeth a blancedi. Bwytaon nhw'n awchus, gan anghofio am bopeth arall am rai munudau.

Cyn gynted ag y gallai, tynnodd Mair Math i un ochr. 'Rhaid i ni fynd 'nôl,' meddai. 'Roedd Leyla yn y lle yna'n edrych ar ôl y plant yna. Mae hi wedi cael damwain a dyw hi ddim yn cofio unrhyw beth. Dywedodd y fenyw wnes i siarad â hi fod y plismyn wedi dod o hyd iddi ar y traeth. Mae'n rhaid i ni ei hachub hi, Math.' Syrthiai'r geiriau o'i cheg gan faglu dros ei gilydd wrth iddi frysio i ddweud y stori.

Edrychodd Math arni, ei lygaid yn gadarn. 'Dw i ddim yn gwybod pwy welest ti, Mair, ond ddim Leyla oedd hi. Mae Leyla wedi marw. Ni'n gwybod hynny.'

Teimlodd Mair ei hunan yn colli ei thymer. 'Ti ddim yn

gwybod unrhyw beth,' meddai, gyda dagrau yn llosgi ei llygaid. 'Wnes i weld hi. Weles i Leyla. Ti'n meddwl 'mod i'n dweud celwydd? Ai dyna beth ti'n feddwl?'

'Dw i'n credu bo' ti wedi gwneud camgymeriad,' meddai Math.

Triodd hi eto. 'Gwranda arna i, Math. Wnaethon ni byth ddod o hyd i gorff. Ti ddim yn cofio pa mor ypset roedd Llew? Pan glywodd e eu bod nhw wedi ei lladd hi, y cwbl roedd e eisiau ei wneud oedd dod o hyd i'w chorff, ond wnaeth e byth.'

'Dw i'n cofio, Mair,' meddai Math, 'a doedd e ddim yn anarferol. Roedd llawer o bobl wedi marw ac yn cael eu taflu i'r goedwig. Wnaethon ni byth ddod o hyd i'w cyrff. Dyw e ddim yn profi unrhyw beth. Roedd pobl gyda ni ar y tu fewn. Welon nhw hi'n marw. Dywedon nhw wrthon ni ei bod hi'n canu wrth farw.' Torrodd ei lais. 'A beth am Anwen?'

'Beth amdani?' gofynnodd Mair.

'Fyddai Anwen ddim yn gwybod? Trodd hi yn erbyn Noa am iddo ladd ei chwaer hi. Doedd hi ddim yn gallu ei hachub hi. Dywedaist ti hynny wrtha i dy hunan.'

Roedd Mair yn cofio. Roedd hi'n cofio cerdded ar y traeth cyn y frwydr yn siarad gydag Anwen. Ceisiodd Mair ddweud wrthi fod ganddi bŵer ac roedd Anwen wedi dweud, 'Pa bŵer? O'n i methu achub fy chwaer fy hunan.'

'Twyllodd Noa hi,' meddai Mair. 'Twyllodd e Anwen. Twyllodd e ni gyd. Wnaeth e ddim ei lladd hi.'

Ochneidiodd Math. 'Pam fyddai e'n dweud ei fod wedi ei lladd hi os nad oedd e wedi gwneud? Wnaeth e olygu ei fod yn colli Anwen. Y fenyw roedd e'n ei charu.'

'Efallai fod Noa eisiau i Leyla fod yn wers i eraill, hyd yn oed Anwen. Ond yn y pendraw cafodd e draed oer. Dw i'n gwybod ei fod e'n gymhleth, Math, ond wnes i weld hi. Wnes i weld hi. Mae rhaid i ti gredu fi.'

'Dw i'n gwybod bod ti eisiau credu hynny, Mair. Dw i wedi

colli pobl. Dw i'n gwybod sut deimlad yw eisiau eu cael nhw 'nôl. I droi'r cloc yn ôl a dychmygu sut fyddai bywyd pe bydden nhw'n dal yma. Wnes i golli fy mam, fy nhad, fy mrodyr, fy chwaer. Gollais i nhw i gyd a does dim byd yn mynd i ddod â nhw 'nôl.'

Roedd Mair eisiau gweiddi arno a'i gosbi. 'Wnes i golli fy rhieni hefyd, Math, a wnes i golli Ben, a wnes i erioed ddychmygu fy mod i wedi eu gweld nhw. Meddwl eu bod wedi ymddangos o fy mlaen i. Gei di gredu beth ti eisiau, Math. Dw i'n gwybod beth welais i, dw i'n addo.'

'A dw i'n addo i ti, Mair, mae Leyla wedi marw.'

Heb air arall, cerddodd i ffwrdd.

Yn ôl yn ei phabell, ni allai Mair beidio â meddwl am y babis yn y lle yna. Bydden nhw'n tyfu i fyny heb eiriau. Yn gaeth yn eu pennau eu hunain, yn methu cyfathrebu. Sut allai Anwen fod mor greulon? Oedd hi'n gwybod bod Leyla yna – ei chwaer ei hun? Beth fyddai Llew yn ei feddwl pan glywai? Roedd hi wedi gweld ei wewyr; llamai ei chalon nawr o feddwl amdano'n gweld Leyla eto. Roedden nhw'n caru ei gilydd gymaint. Ceisiodd ddychmygu cariad fel yna.

Roedd geiriau Math yn brifo ei chlustiau. Roedd hi wedi gweld y ffordd roedd e wedi edrych arni. Doedd e ddim yn ei chredu hi. Doedd e ddim yn ei thrystio hi. Doedd hi ddim yn gallu diodde' meddwl amdanyn nhw ar ochrau gwahanol. Roedd hi'n gyfarwydd â bod gydag e. Gwnâi iddi deimlo'n ddewr a chryf. Roedd e wastad yn gweld y gorau ynddi. Allai hi fod wedi dychmygu'r peth? Meddyliodd am y fenyw'n troi a hithau'n sylweddoli mai Leyla *oedd* yna. Doedd hi ddim wedi dychmygu'r peth. Roedd llygaid Leyla'n fawr ac yn ofnus. Leyla oedd hi. Roedd Mair yn siŵr o hynny. Doedd dim ots beth fyddai'n digwydd, roedd hi am ei hachub hi a'r plant. Roedd y syniad wedi ffurfio fel carreg, yn galed a disymud. Alla i hi ddim troi ei chefn arnyn nhw. Byddai'n rhaid i bopeth arall aros. Estynnodd am ei bag. Yn ofalus, tynnodd allan y cerdyn yr oedd hi wedi dod o hyd iddo yn siop y crefftwr geiriau.

*Gobaith: credu y gall rhywbeth ddigwydd.*

Ailadroddodd y gair i'w hunan fel mantra, tan iddi syrthio i gysgu.

Yn hwyrach y noson honno, yn ei breuddwydion, clywodd hi lais Leyla'n canu'n ysgafn, yn union fel yr oedd hi wedi ei glywed yn y gell.

*Lawr yn y dyffryn*
*clyw'r nant a'i chân*
*a'r bore mor dawel*
*â'r alarch lân.*

# PENNOD 19

Y bore wedyn, deffrodd Mair yn gynnar. Roedd golau'r bore'n tywynnu oddi ar y potiau a'r sosbannau oedd wrth ochr y tân. Roedd pobl yn symud o gwmpas yn araf a phenderfynol. Yn gwneud bwyd. Yn casglu pren. Yn siarad gyda'i gilydd mewn clymau bach o gymdeithas. Cafodd hi a Math eu galw i siarad â Rosco. Dywedon nhw am y dyn a'r blaidd. Dywedon nhw am y babis a'r menywod oedd yn gofalu amdanyn nhw. Drwy'r cwbl, gwrandawodd Rosco'n ofalus, gan ofyn cwestiynau nawr ac yn y man ond heb ddangos beth roedd e'n ei deimlo. Gwyliodd Mair ef yn ofalus. Roedd tua phedwar deg oed, siŵr o fod, yn dal ac yn solet gydag chroen sgleiniog a llygaid glas llachar. Roedd ei wallt yn llwyd ac yn sefyll i fyny ar ei ben nes gwneud iddo edrych fel bod golwg o fraw parhaol arno. Ond ei lais wnaeth y mwyaf o argraff. Roedd yn dywyll ac yn ddiflas, fel pe bai'n gwybod cyfrinachau na ellid eu dweud byth.

'Wnawn ni anfon rhai o'n pobl yna mewn cwpl o ddyddiau i weld beth sy'n digwydd,' meddai. 'Os yw beth rydych chi'n ei ddweud yn wir, allwn ni eu hachub nhw. Rydyn ni wedi clywed sibrydion am fabis yn cael eu dwyn.'

'Alli di ddim anfon pobl heddiw?' Gwyddai Mair ei bod yn swnio'n ddiamynedd ond doedd dim ots ganddi.

'Na,' meddai Rosco. 'Mae ein criw gorau allan ar genhadaeth. Dyw hi ddim yn gyfleus nawr.'

'Mae fy modryb yn un o'r carcharorion,' mynnodd Mair. 'Ei henw yw Leyla. Mae'n rhaid i ni ei chael hi allan.'

'Un peth ar y tro,' meddai Rosco'n ofalus.' 'Mae'n rhaid i ni gael nhw i gyd allan.'

Ar ôl siarad gyda Rosco, aeth Mair i helpu Ceridwen, oedd yn paratoi'r bwyd. Roedd yr hen wraig yn ei phlyg dros y tân, yn defnyddio pren wedi ei naddu i droi'r gymysgedd yn y crochan. Gallai Mair arogli teim.

'Mae'n gwynto'n dda,' meddai Mair.

'Mae'r gwanwyn yn dod,' meddai Ceridwen. 'Mwy o wyrddni. Mwy o fywyd.'

'Pwy yw'r bobl hyn, Ceridwen? Dw i'n gwybod ddywedaist ti mai gwrthryfelwyr ydyn nhw, ond beth maen nhw'n ei wneud?'

'Maen nhw'n symud o gwmpas. Byddan nhw'n gwneud ymosodiadau yn yr Arch. Hyd yn oed nawr …'

'Ydyn nhw'n nabod Llew a'r Crewyr?'

'Maen nhw'n eu nabod nhw. Wnaeth Rosco a Llew ddadlau. Roedden nhw'n methu cytuno ar gynlluniau. Aeth Llew ei ffordd ei hun a daeth Rosco i'r goedwig. Yr holl amser hyn roedd yn paratoi. Hyfforddi milwyr. Gwneud cynlluniau. Nawr mae'n gweithredu.'

Dyma'r araith hiraf i Mair glywed yr hen wraig yn ei gwneud erioed. 'Wnes i ddweud wrth Rosco am y babis.'

Ochneidiodd Ceridwen. 'Bydd Anwen yn parhau gyda gwaith Noa.'

'Os na fydd y babis yna'n clywed iaith,' meddai Mair, 'dw i ddim yn meddwl y byddan nhw byth yn gallu siarad.'

Amneidiodd Ceridwen. 'Pobl ofn geiriau. Ofn eu pŵer. Ond

mae pobl yn gryfach na hynny. Byddan nhw'n ennill yn y diwedd.'

'Mae'n rhaid i ni achub y plant yna,' mynnodd Mair.

'Yr holl blant,' meddai Ceridwen. 'Yr holl blant, Mair. Bydd plant yn yr Arch hefyd y bydd angen eu hachub.'

Meddyliodd Mair am Thaddeus. Ei wyneb bach yn edrych i fyny arni. Ni allai gerdded i ffwrdd nawr. Roedd rhaid rhwystro Anwen. Roedd rhaid i bethau newid.

'Ti'n berson da, Mair. Arweinydd da. Mae angen arweinwyr ar yr Arch.'

'Hyd yn oed rhai sy'n gwneud camgymeriadau?'

'Ni i gyd yn gwneud camgymeriadau,' meddai Ceridwen. 'Ond y camgymeriad mwya yw peidio trio.'

\*

Osgôdd Mair Math am ddyddiau. Ni allai ddioddef gweld y siom yn ei lygaid.

Doedd hi ddim yn anodd ei osgoi. Roedd wastad gwaith i'w wneud a chadwodd Mair yn brysur yn casglu pren o'r goedwig a chadw'r tanau ynghyn. Rhoddodd amser iddi feddwl. Roedd hi wedi bod mor siŵr nad oedd hi am arwain unrhyw un eto. Doedd hi ddim eisiau bod yn grefftwr geiriau. Roedd hi eisiau bywyd tawel. Gadael i rywun arall newid pethau, a gwneud y penderfyniadau anodd. Ond nawr roedd hi'n sylweddoli na allai fyw gyda hynny. Ni allai hi adael y babis yna, na gadael Leyla. Roedd hi am wneud beth bynnag y gallai er mwyn dod â theyrnasiad Anwen i ben.

Un bore, rhyw wythnos ar ôl iddyn nhw gyrraedd, aeth Mair gyda rhai merched o'r un oed â hi i drin y ceffylau – deg creadur hardd wedi eu clymu i goed ar ochr ddeheuol y gwersyll. Wnaethon nhw weryru'n uchel wrth i'r merched fynd atyn nhw, gan fwyta ac yfed yn awchus. Arhosodd Mair am dipyn gan fwytho'r ceffylau a mwynhau teimlo'u gwres a sgwrsio gyda nhw'n dawel. Doedd hi ddim wedi trin ceffyl o'r blaen. Erioed wedi bod mor agos â hyn at un. Nawr roedd hi'n rhyfeddu at eu cryfder a'r pŵer oedd yn eu cyrff llyfn. Byddai hi wedi hoffi treulio mwy o amser gyda nhw ond dilynodd hi'r merched yn ôl i'r gwersyll a pharhau gyda'i dyletswyddau.

Sylweddolodd Mair ei fod yn ddiwrnod pwysig i'r gwrthryfelwyr. Roedd gwaith da wedi ei wneud yn yr Arch ac roedd y milwyr ar eu ffordd yn ôl. Doedd hi ddim yn gallu cael rhagor o wybodaeth. Roedd y merched yn gyndyn i siarad â hi, yn ddrwgdybus ohoni. Meddyliodd am Carl a doedd hi ddim yn eu beio nhw. Roedd gwelyau wedi cael eu paratoi. Roedd ysbyty dros dro wedi ei baratoi dan ofal Ceridwen. Pan ddeuai'r milwyr yn ôl byddai popeth yn ei le.

Cymerodd Rosco Mair i un ochr ar ôl canol dydd.

'Glywais i dy fod ti wedi lladd plismon,' meddai.

Amneidiodd Mair.

'Deuddydd yn ôl wnaeth fy nynion i ymosod ar bencadlys y plismyn yn yr Arch a chwythu'r ardal lle o'n nhw'n byw i fyny.'

Dychmygodd Mair y difrod. Cyrff dan rwbel.

'Laddon ni dros ugain ohonyn nhw.'

Ni allai Mair yngan gair. Ni allai feddwl am unrhyw eiriau addas.

'Mae'n rhyfel allan yna nawr,' meddai Rosco. 'Wnawn ni gynnal ymgyrch derfysgol tan i ni eu trechu nhw. Gyda'r arweinydd iawn bydd pobl yr Arch yn gorchfygu.'

'Pam wyt ti'n dweud hyn wrtha i?'

'Hoffen ni i ti ymuno â ni. Ein helpu ni.'

'Wyt ti wedi clywed unrhyw beth am Llew a'r gweddill oedd wedi eu cymryd o'r tŷ dŵr?'

'Roedden nhw wedi cael eu carcharu ym mhencadlys y plismyn. Lwyddon ni i'w rhyddhau nhw,' esboniodd Rosco.

Teimlai Mair ei chalon yn llamu. 'Maen nhw'n rhydd? Ydyn nhw'n dod fan hyn?'

Gwenodd Rosco. 'Maen nhw'n rhydd ac maen nhw'n dod fan hyn. Dwyt ti ddim wedi rhoi ateb i fi. Wnei di aros gyda ni?'

'Wrth gwrs,' atebodd Mair. 'Nawr bod Llew yn rhydd, gallwn ni i gyd weithio gyda'n gilydd, yn gallwn ni?'

Gwgodd Rosco. 'Dw i ddim yn gwybod. Mae hynny'n dibynnu ar Llew. Beth am i ni beidio gwneud unrhyw benderfyniad byrbwyll. Dylai fod yma erbyn iddi nosi.'

'Ydy Math yn gwybod?'

'Na. Dwed wrtho os wyt ti eisiau.'

Doedd dim angen dweud ddwywaith wrth Mair.

Daeth hi o hyd iddo ger nant fechan i'r gogledd i'r gwersyll, yn golchi dillad. 'Math!' meddai. 'Newyddion da.'

Ar ôl iddi ddweud popeth wrtho, eisteddon nhw gyda'i gilydd ar garreg fawr ger y gwersyll.

'Sori ein bod ni wedi dadlau,' meddai Math. 'Do'n i ddim yn meddwl dy frifo di. Dw i'n gwybod dy fod ti'n credu dy fod wedi gweld Leyla. Dw i'n gwybod.'

Nid dyna beth roedd Mair eisiau ei glywed ond teimlai mor hapus ei fod yn gwenu arni eto nes ei bod yn gallu teimlo ei wres. Ond roedd rhaid iddi ofyn iddo. 'Ond ti ddim yn credu wnes i?'

'Beth am beidio trafod y peth ragor?' meddai Math. 'Mae heddiw yn ddiwrnod gwell nag oeddwn i wedi ei ddychmygu. Ni'n mynd i weld Llew.'

Estynnodd am ei llaw ac am eiliad ni ddywedon nhw yr un gair. Edrychodd Mair ar ei wyneb. Sut allai unrhyw un fod mor hardd, mor berffaith? Ac nid ar y tu allan yn unig. Roedd nerth y tu mewn iddo, nerth yr oedd hi'n ei deimlo'n gryf a phur.

'Felly wnaeth Rosco achub Llew a'r gweddill?' holodd Math.

'Do. Neu o leia dyna wnaeth ei ddynion. Oeddet ti'n nabod Rosco fel plentyn, Math?' gofynnodd, gan gofio beth roedd

Ceridwen wedi ei ddweud.

'Na,' meddai Math. 'Dw i ddim yn meddwl.'

'Roedd e'n nabod Llew,' meddai Mair. 'Dw i'n cael y teimlad nad oedden nhw'n ffrindiau. Mae Rosco'n cynllunio ymgyrch derfysgol. Dyw chwythu pencadlys y plismyn i fyny ddim yn ddigon iddo.'

'Efallai mai dyna pam doedd e a Llew ddim yn ffrindiau,' meddai Math yn araf. 'Mae Llew yn credu mewn bod yn amyneddgar ac argyhoeddi pobl y gallen nhw newid pethau. Dyw e ddim yn ddyn treisgar.'

'Fydd Llew yn fodlon helpu gyda'r babis, ti'n meddwl? Mae'n rhaid i ni eu cael nhw allan, Math.'

'Felly ti ddim yn rhoi'r gorau iddi eto?' gofynnodd Math, a gwelodd Mair y wên ar ei wefus ac yn ei lygaid.

'Na,' meddai. 'Ddim eto.'

'Plis paid sôn am Leyla wrtho, Mair,' meddai Math yn dawel.

'Peidio dweud wrth Llew?'

Edrychodd Math arni. 'Dw i ddim yn credu y gallai e ymdopi gyda'r peth. Ddim ar ôl popeth mae e wedi ei ddiodde'.'

'Ti ddim yn credu ei fod e'n haeddu gwybod?'

'Aros tan fod Rosco'n anfon ei sgowtiaid. Awn ni gyda nhw. Alli di ddod o hyd i Leyla i mi – jyst paid sôn wrth Llew tan ein bod yn siŵr. Plis.'

'Iawn,' meddai Mair yn araf. 'Ddyweda i ddim byd.'

'Addo?'

'Addo.'

Ddywedodd Mair ddim byd arall, ond roedd geiriau Math yn seinio yn ei phen drwy'r nos.

Wedi iddi dywyllu, eisteddodd Mair wrth ochr Math wrth y tân yn bwyta'r cawl trwchus oedd wedi ei wneud yn gynharach yn y diwrnod. Uwch eu pennau, roedd pobl yn cynnau'r cylch o ffaglau ar ben y ceunant a fyddai'n cadw'r anifeiliaid i ffwrdd. Teimlodd Mair ei chorff yn ymlacio oherwydd gwres y tân ac anadliadau llyfn Math, ac am y tro cyntaf ers dyddiau teimlai ei bod bron â bod yn hapus. Gyferbyn â nhw, ochr arall y tân, dechreuodd merch ifanc ganu cân dawel a thrist, ei llais fel mêl ac roedd y nos yn pylu wrth iddi ganu. Wrth i'r nodyn olaf doddi i'r awyr teimlai Mair fel pe bai'r byd wedi rhoi'r gorau i droi.

'Aros!' torrodd llais Ceridwen ar draws y tawelwch. 'Dw i'n clywed rhywbeth.'

Pellhaodd Mair oddi wrth Math. Ceffylau. Roedd hi'n gallu eu clywed nhw ei hun erbyn hyn. Oedd y plismyn wedi dod o hyd iddyn nhw? Ceisiodd weld ymyl y ceunant ond roedd e'n rhy bell i ffwrdd a'r tywyllwch yn ei guddio'n llwyr. Clustfeiniodd i geisio clywed y cŵn yn cyfarth. Dim byd. Symudodd Rosco'n syth, gan ddringo'r ochrau serth. Gwyliodd Mair ef â chroen gŵydd, yn barod i redeg. Gwasgodd law Math. Ar ôl yr hyn a deimlai fel oes, ymddangosodd Rosco, ei wallt llwyd yn wlyb gan chwys, a'i lygaid yn ddu yng ngolau'r tân.

'Popeth yn iawn – maen nhw wedi mynd,' meddai.

# PENNOD 20

> #Ddim ar y rhestr
> 
> **MEDDWL**
> 
>
> 
> (1) Defnyddio pŵer yr ymennydd i ddod i gasgliad neu benderfyniad
> (2) Y rhan o berson sy'n gwybod, sy'n cael syniadau, sy'n profi emosiynau

Ni allai Mair gredu ei bod ar fin gweld Llew, Eithne, Carmina a'r lleill i gyd eto. Cofiai yn glir eu gweld ar y noson y cawson nhw eu gorfodi i orymdeithio i fyny ac i lawr y stryd. Carmina'n cwympo. Llew yn ei charo. Ar nosweithiau tywyll, roedd hi wedi caniatáu i'w hunan feddwl y gwaethaf, a dychmygu na fyddai hi'n eu gweld nhw byth eto.

Ceisiodd Mair eu gweld nawr wrth i'r ceffylau agosáu. Roedd hi wedi ei gorfodi ei hun rhag gweiddi mewn rhyddhad pan ymddangoson nhw o'r diwedd. Daeth dau geffyl yn gyntaf wedi eu dilyn gan bedwar arall. Wrth iddyn nhw agosáu, gallai hi arogli chwys yr anifeiliaid a gweld eu hanadl yn cymylu o gwmpas eu hwynebau. Daeth dyn mawr oddi ar y ceffyl cyntaf, a'i wyneb wedi ei orchuddio â chysgodion, a'i gorff yn drwm a thrwsgl.

'Math!' gwaeddodd y dyn.

Roedd Mair bron â chael ei tharo wrth i'r dyn redeg tuag at Math.

'Llew!' torrodd llais cryg Math ar draws y nos. Cofleidiodd y ddau ei gilydd.

Cyrhaeddodd rhagor o geffylau dros yr awr nesaf, y rhan fwyaf ohonyn nhw'n cario milwyr Rosco. Roedd rhai o'r milwyr wedi brifo a helpodd Mair Ceridwen i lanhau clwyfau a gosod balm a chadachau arnyn nhw. Roedd y milwyr yn dawel ac amyneddgar ac yn fodlon ildio i'w sefyllfa. Chwiliai Mair am bobl o'r tŵr dŵr. Doedd Carmina ddim yna ond fe gwrddodd ag eraill, gan gynnwys Eithne. Roedd yn welw a llygaid dwfn a'i dillad yn hongian o'i hesgyrn. Ceisiodd Mair siarad gyda hi ond rhwystrodd Ceridwen hi.

'Gad iddi gael seibiant,' meddai. 'Bydd digon o amser i siarad. Bydd hi wedi ymlâdd.'

Helpodd Mair Ceridwen i dynnu dillad Eithne a rhoi eli ar y cleisiau a'r clwyfau oedd dros ei chorff i gyd. Ar hyd yr amser, roedd llygaid tywyll, dagreuol Eithne'n syllu arni, yn flinedig a choll. Llygaid rhywun oedd wedi gweld gormod, meddyliodd Mair.

Dywedodd un o ddynion Rosco fod rhai o'r Crewyr yn teithio ar droed. Doedd dim digon o geffylau i bawb. Roedd y rhai iachaf wedi cerdded. Cymerodd rhai o'r dynion geffylau newydd a mynd yn ôl i edrych am y cerddwyr. O ystyried faint oedd wedi cael niwed, roedd Mair yn ceisio dyfalu pa mor hir y gallen nhw aros yn y goedwig. Doedd ganddi, fodd bynnag, ddim llawer o amser i feddwl gan fod Ceridwen yn ei chadw'n brysur.

'Cymera'r rhisgl derw a'i gymysgu gyda'r mêl,' meddai. 'Bydd yn lladd unrhyw haint. Mae angen i fi ferwi dail melfed ar gyfer y poen. Mae'n mynd i fod yn noson hir.'

Dilynodd Mair ei chyfarwyddiadau. Wrth iddi guro'r rhisgl derw mewn powlen bren roedd ei meddwl ar Ben. Cofiodd yr arogl mêl oedd o'i gwmpas wrth iddo orwedd yna'n marw. Cofiodd am gariad a sylw Ceridwen. Roedd hi'n falch bod yr hen fenyw yna i ofalu am y bobl hyn ac yn falch o helpu ym mha bynnag ffordd y gallai.

Roedd hi bron â gwawrio cyn i Mair gael cyfle i siarad â Llew. Roedd wedi dod i'r ysbyty dros dro yr oedd Ceridwen wedi ei greu er mwyn helpu'r cleifion. Gwyliodd Mair ef yn mynd o wely i wely, yn siarad gyda'r dynion a'r menywod oedd wedi cael eu brifo a chodi eu calonnau drwy chwerthin gyda nhw.

Eisteddodd Mair ar fainc ger y fynedfa er mwyn aros amdano. Pan orffennodd Llew fynd o gwmpas, eisteddodd wrth ei hymyl.

'Mae hi mor dda dy weld di,' meddai hi. 'Ni wedi bod yn poeni gymaint.'

Credai Mair fod ei lygaid wedi mynd yn fwy ers iddi ei weld ddiwethaf, ond yna sylweddolodd mai ei wyneb oedd wedi teneuo.

'Mae'n dda bod yma,' atebodd Llew, gan wasgu ei llaw. 'Roedden ni'n poeni amdanat ti hefyd.'

'Welon ni chi'r noson yna. Y noson wnaethon nhw eich cymryd chi.'

'Oeddet ti yn yr Arch?'

'Ges i ddim cyfle i ymddiheuro,' meddai Mair yn gyflym. 'Dw i'n gwybod mai fi oedd yr un roddodd fywyd Math mewn perygl. Dilynodd e fi'r noson honno. Roedd yn ceisio fy amddiffyn i.' Llifai'r geiriau o'i cheg a doedd hi ddim yn gallu eu rhwystro. 'Ac nid dyna'r cwbl. Dywedais i wrth Carl lle o'n i'n mynd y noson yna. Wnes i ymddiried ynddo fe. Fy mai i oedd e ei fod e yn y tŷ dŵr, Llew. Ti ddim yn cofio? Wnes i dy berswadio di i adael iddo fe ddod—'

Cydiodd Llew yn ei dwylo.

'Paid nawr, Mair,' meddai. 'Mae hwnna i gyd yn y gorffennol. Taset ti ddim wedi mynd i'r Arch y noson honno byddet ti a Math wedi cael eich arestio. A fy nghamgymeriad i oedd Carl.'

Gwelodd Mair ei wyneb yn caledu wrth iddo siarad. Roedd hi wir eisiau dweud wrtho am Leyla. Roedd y geiriau'n sownd yn ei chalon, fel cyllyll, ond roedd hi wedi addo i Math na fyddai hi'n dweud unrhyw beth.

Siaradodd Llew am Carmina a'r lleill a sut roedden nhw wedi dioddef gymaint. Roedd yn poeni na fydden nhw, o bosib, yn cyrraedd yn ôl i'r gwersyll yn ddiogel. Roedd Mair yn ceisio gwrando arno ond gwelai Leyla o flaen ei llygaid. Ceisiai ddychmygu wyneb Llew pan fyddai'n clywed y newyddion. Ceisiai ddychmygu sut y byddai ei fywyd yn newid am byth.

'Sut mae pethau yn yr Arch?' gofynnodd.

'Ofnadwy,' atebodd Llew, gan edrych ar ei ddwylo. 'Mae pawb ofn. Ar ôl i ni gael ein harestio, chwilion nhw drwy bob tŷ, pob ystafell. Roedd pobl yn llosgi tystiolaeth neu'n ei chuddio ond daeth y plismyn o hyd i ddigon. Mae'r carchardai'n orlawn ac mae nifer o bobl wedi cael eu halltudio.'

'Beth nesa?' gofynnodd Mair. 'Sut ydyn ni'n mynd i ddatrys hyn?'

'Mae'r holl waith caled wnaethon ni fel pe bai e wedi cael ei golli,' meddai Llew. 'Roedd y bobl yn dechrau ennill hyder. Dw i'n meddwl eu bod nhw'n gweld bod ganddyn nhw ddyfodol. Dw i wir yn credu y bydden nhw wedi mynnu newid, ond nawr ...'

'Mae gan Rosco gynllun gwahanol,' meddai Mair. 'Ti'n ei gofio, yn dwyt ti?'

'Ydw,' meddai Llew. 'Mae'n ddyn da, ond mae ganddo weledigaeth wahanol.'

'Wyt ti'n credu y galli di weithio gyda fe?'

'Dw i ddim yn gwybod,' meddai Llew. 'Ond fe wna i wrando ar beth sydd ganddo i'w ddweud. Mae arna i gymaint â hynny iddo.'

'I bwy mae arnat ti rywbeth?' Torrodd llais Rosco ar eu traws gan roi ei law ar ysgwydd Llew.

Gwenodd Llew. 'Ti, fel mae'n digwydd!' meddai. 'Oni bai amdanat ti, fydden i'n dal yn y gell ddrewllyd yna, lle ddaeth dy ddynion di o hyd i fi.'

Gwenodd Rosco. 'O't ti yn edrych yn hapus i'w gweld nhw, dw i wedi clywed.'

'Allen i ddim fod wedi bod yn hapusach.'

'Ydy Mair wedi dweud y newyddion diweddaraf wrthot ti?' Roedd wyneb Rosco'n ddifrifol eto, a'i lygaid glas llachar yn effro.

'Beth?' gofynnodd Llew, a theimlodd Mair ei chalon yn cyflymu.

'Y lle babis hyn,' meddai Rosco. 'Mae gan y plismyn grŵp o fabis mewn adeilad lle na fyddan nhw byth yn clywed unrhyw siarad.'

'Mae tâp dros gegau'r rhai sy'n gofalu amdanyn nhw,' meddai Mair.

'Arbrawf iaith arall?' gofynnodd Llew.

'Edrych yn debyg,' meddai Rosco. 'Wnawn ni anfon tîm yna cyn hir a gweld beth allan nhw ei ddarganfod.'

Gwgodd Llew. 'Glywon ni sibrydion am blant yn cael eu cymryd o'r Arch. Wnes i ddim cymryd llawer o sylw,' meddai.

'Does dim diwedd i greulondeb y fenyw yna,' meddai Rosco. 'Dychmygwch ddwyn plant bach o freichiau eu mamau. Pwy sy'n gwneud y fath beth?'

Cododd Llew ei ysgwyddau. 'Rhywun sydd wedi anghofio sut beth yw bod yn ddynol. Falle ei bod hi'n credu os yw pobl yn methu siarad drostyn nhw eu hunain yna fyddan nhw methu meddwl drostyn nhw'u hunain chwaith,' meddai. 'Tra oedden ni yn y carchar, gwrthodon ni siarad iaith Rhestr i ddechrau.'

'I ddechrau?' gofynnodd Rosco gan godi un o'i aeliau.'

'Am ychydig,' meddai Llew. 'Dros amser doedden ni ddim yn gallu cynnal y peth. Mae'r plismyn yna yn greulon.'

Roedd tawelwch am funud tra bod Mair yn dychmygu beth fydden nhw wedi ei ddiodde' am fod yn styfnig. Cofiai sut roedden nhw wedi arteithio Ben.

'Mae llai ohonyn nhw nawr,' meddai Rosco a chymerodd

Mair eiliad i sylweddoli ei fod yn siarad am y plismyn. Y plismyn roedden nhw wedi chwythu i fyny. 'A llwyddodd Mair fan hyn i ladd un ar ei phen ei hun,' meddai.

'Curon,' meddai Llew. Edrychodd arni, ei lygaid yn syllu i mewn i'w henaid.

'Ie,' meddai Mair. 'Ond do'n i ddim wedi bwriadu ei ladd e.'

'Paid ymddiheuro,' meddai Rosco. 'Roedd e'n haeddu'r cwbl.'

'O'n i'n meddwl fy mod wedi ei saethu gydag Angel Du.'

Ddywedodd Llew ddim byd.

'Wna i adael chi,' meddai Rosco wrth sefyll. 'Dw i'n siŵr dy fod wedi blino, Llew. Paid poeni am y babis, Mair,' meddai. 'Unwaith mae'r bois wedi cael seibiant fe anfonwn ni griw yna. Byddi di'n gweld dy fodryb yn gynt na ti'n ei feddwl.'

*Dy fodryb.*

Roedd Mair bron â bod yn gallu gweld y geiriau yn syrthio o geg Rosco. Roedd amser yn symud yn arafach. Trodd ei phen tuag at Llew. Arhosodd iddo sylweddoli beth ddywedwyd. Aros i weld newid ynddo. Edrychodd Llew i fyny'n sydyn. 'Modryb?' meddai, ei wyneb a'i gorff wedi rhewi. Ni symudodd unrhyw un.

Llyncodd Mair ei phoer. Roedd y geiriau yn trefnu eu hunain yn ei phen. Agorodd ei cheg. 'Leyla,' meddai. 'Mae Leyla'n fyw, Llew.'

# PENNOD 21

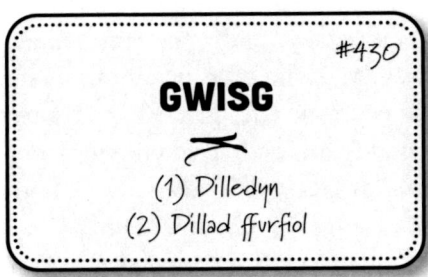

Doedd Mair ddim wedi adrodd y stori fel y dychmygodd y byddai'n gwneud. Roedd Llew wedi mynd â hi tu allan i fan tawel tu ôl i un o'r pebyll mwy o faint. Yna, roedd hi wedi dweud popeth wrtho am beth oedd wedi digwydd ar y fferm babis. Dewisodd ei geiriau'n ofalus. Roedd rhaid iddi fod yn fanwl gywir. Ni newidiodd yr olwg ar wyneb Llew, dim ond gwrando, a'i ben wedi plygu a'i ddwylo yn ei gôl. Pan gymerodd hi anadl, dechreuodd y cwestiynau. Cododd Llew a dechrau cerdded 'nôl a 'mlaen. *Disgrifia hi. Beth oedd hi'n wisgo? Ei gwallt? Pwy arall welodd hi? Ble wnaeth y plismyn ddod o hyd iddi?*

Atebodd Mair yn ofalus, yn amyneddgar, ond roedd y cwestiynau'n ddiddiwedd. Wedi i'r cwestiynau orffen, syllodd Llew ar y ddaear.

'Ti'n fy nghredu i?' meddai Mair. Eisteddai'r geiriau yn yr aer rhyngddyn nhw. Am funud roedd hi'n ymddangos fel pe na bai Llew yn mynd i ateb. Pan edrychodd i fyny roedd ei wyneb yn hagr.

'Dw i eisiau dy gredu di,' meddai'n garedig. 'Cawson ni wybod ei bod hi wedi marw. Dywedodd pobl ddibynadwy wrtha i. Doedd dim lle i gamddeall neu i gamgymeriad ddigwydd. Boed i'r Dduwies faddau i mi ond roeddwn i'n ddiolchgar. Doeddwn i ddim eisiau iddi gael ei harteithio, ei llwgu a byw ryw hunllef. Pan ddywedon nhw ei bod yn canu wrth farw o'n i'n falch ohoni. Dim ond wedyn y dechreuais i alaru. Pan sylweddolais i na fydden i'n ei gweld hi byth eto. Byth yn chwerthin gyda hi. Byth yn ei dal yn fy mreichiau. Mae hynny'n dy adael di'n wag. Mae yna ofod na all dim ei lenwi.' Oedodd. Yn araf, cododd ei ben ac edrych ar Mair. 'Ydw i'n dy gredu di? Ydw i'n credu bod fy merch hyfryd yn fyw? Does dim ots beth dw i'n ei gredu – os oes cyfle bach, bach ei bod yn fyw, wna i ddim rhoi'r gorau i chwilio amdani, Mair.'

Daeth golau indigo ysgafn yr haul i dywynnu ar ei ysgwyddau wrth iddo siarad. Cylchai pilipala gwyn uwch ei ben. Roedd Mair yn cofio geiriau Ceridwen – *eneidiau'r meirw yw pilipalod gwyn*.

Crynodd hi. Roedd Llew wedi styrbio rhywbeth ynddi. Rhywbeth oedd wedi bod yn gorwedd yn dawel yn ystod y blynyddoedd diwethaf. Y poen gwag yr oedd hi'n ei deimlo wrth hiraethu am ei rhieni ac yn meddwl am Ben. Yn ei phen, roedd y poen yn anifail gwyllt, ac roedd meddwl am ei rhieni fel ei brocio gyda phren. Roedd yn llosgi ynddi nawr, yn amrwd ac yn greulon, ac roedd y poen a deimlai bron yn annioddefol. Roedd hi'n gweld eu heisiau'n ofnadwy.

Cododd yn grynedig. 'Mae angen i fi gysgu am dipyn,' meddai wrth Llew. 'Allwn ni siarad ragor wedyn.'

Edrychodd arni a gallai hi weld y consyrn yn ei lygaid. 'Mae angen i fi siarad â Rosco,' meddai. 'Mae'n rhaid i fi fynd yn syth i ddod o hyd iddi.'

'Nôl yn ei phabell, ceisiodd Mair gysgu ond roedd y diwrnod yn dechrau deffro. Aeth ochrau'r babell o lwyd tywyll i lwyd goleuach ac yna i felyn golau wrth i'r haul gryfhau. Teimlai fel pe bai'r byd yn dechrau eto. Roedd yr oerfel cas a'r gwynt wedi mynd ac roedd haul llawn gobaith wedi dod â golau a gwres. Efallai bod eu byd wedi cyrraedd trobwynt, meddyliodd Mair. Efallai bod eu dyddiau tywyllaf y tu ôl iddyn nhw. Byrlymodd gobaith y tu mewn iddi. Os gallai Llew gael Leyla yn ôl, yna rhaid bod popeth yn bosibl? Caeodd ei llygaid gan adael i wres yr haul lifo drwy ei hesgyrn.

Doedd hi ddim yn gwybod pa mor hir yr oedd hi wedi cysgu, ond pan ddeffrodd hi roedd y golau wedi newid i liw lelog meddal a gallai glywed yr adar yn canu. Cododd a cherdded tu allan. Roedd yr aer yn gynhesach nag yr oedd wedi bod drwy'r gaeaf ac roedd teimlad gwanwynol. Anadlodd yn ddwfn. O'i blaen, gallai weld grŵp o filwyr yn derbyn cyfarwyddyd gan Rosco. Mewn chwilfrydedd, symudodd ymlaen tan eu bod yn sefyll wrth eu hymyl.

Edrychodd Rosco i fyny a'i gweld hi. 'Ymuna â ni, Mair!' meddai. 'Ni'n gwneud rhywfaint o hyfforddiant. Gei di fod yn bartner i fi.'

Estynodd ei law ati gan wenu. Cymerodd hi ei law a thynnodd Rosco hi tuag ato. Rhoddodd ei ddwylo o gwmpas ei gwddf. Roedd hi bron â cholli ei hanadl. Ciciodd a brwydro i ddianc wrtho ond roedd yn ei dal yn dynn. Cydiodd hi yn un o'i freichiau gyda'i dwy law a cheisio'i thynnu i ffwrdd ond roedd e'n rhy gryf iddi. Gallai deimlo pwysau ei fysedd ar ei llwnc. Roedd ar fin mynd i banig pan ryddhaodd e hi. Syrthiodd hi 'nôl gan beswch a'i llygaid yn llawn dagrau.

'Defnyddia dy fysedd! Dyna beth ddylet ti fod wedi ei wneud,' meddai Llew.

Edrychodd arno'n ddryslyd.

Cododd ei ddau fys cyntaf. 'Cadwa'r bysedd yn syth fel hyn. Wedyn bwra nhw reit mewn i lygaid dy ymosodwr. Ti eisiau trio eto?'

Wnaeth hi ddim sylwi ar Math yn agosáu tan ei fod wrth ei hochr. Roedd hi'n gwybod o'i osgo, o'r camu pwrpasol, fod rhywbeth o'i le. Roedd e'n gandryll.

'Sut allet ti?' Poerodd y geiriau ati. 'Wnest ti addo. Wyt ti'n hapus nawr? Mae Llew wrth ei fodd. Mae'n argyhoeddedig bod Leyla'n fyw a'u bod yn mynd i fyw'n hapus gyda'i gilydd am byth. Sut allet ti? Sut allet ti wneud hyn iddo, Mair?'

Doedd hi erioed wedi gweld y fath ddicter. Roedd ei lygaid ar dân. Roedd gwres ei dymer yn tasgu o'i gorff.

Ceisiodd egluro. 'Math! Wnes i ddim—'

'Paid dweud celwydd wrtha i. Dywedodd e bopeth wrtha i. Ti'n fy ngwneud i'n sâl. Ti'n siarad o hyd am eiriau a'u pwysigrwydd. Ond ti'n eu taflu nhw o gwmpas yn esgeulus, heb boeni pwy ti'n bwrw, heb boeni pwy ti'n niweidio. Ti ddim yn meddwl ei fod e wedi diodde' digon? Sut wyt ti'n meddwl y bydd e'n teimlo pan sylweddolith mai celwydd yw e i gyd? Beth sy'n bod arnat ti? Mae Leyla wedi marw, Mair. A nawr, man a man i Llew fod wedi marw hefyd. Wnaif e byth ddod dros hyn, a ti yw'r un fydd wedi ei ladd. Cofia'r geiriau yna! Beth wnei di gyda nhw?'

Ond nid y geiriau oedd yn ei phoeni. Yr olwg yn ei lygaid. Teimlai hi fel pe bai Math wedi ei thrywanu. Yn waeth na hynny. Roedd hi'n teimlo fel pe bai e'n ei chasáu hi. Teimlodd hi ei hun yn mynd yn llai. Mor fach nes nad oedd hi braidd yn bodoli. Ceisiodd siarad ond doedd dim byd yna. Dim byd i'w ddweud.

Sylwodd yr un ohonyn nhw ar Llew tan ei fod wrth eu hochr. 'Math,' meddai, gan roi ei law ar ysgwydd y bachgen. 'Beth sy'n bod? Pam ydych chi'n dadlau?'

Agorodd Mair ei cheg ond doedd dim geiriau.

Edrychodd Math ar Llew. Roedd ei lygaid llwyd fel gwaelod llyn ar ddiwrnod o aeaf. Pan siaradodd, roedd ei lais yn dawelach ond yn gryg, fel pe bai'n ei frifo i yngan gair. 'Sori, Llew,' meddai. 'Sori dy fod ti wedi gorfod codi dy obeithion. Ond dyw'r stori hyn ddim yn wir. Cawson ni fanylion am sut y bu farw Leyla, manylion y gwnaethon ni eu cadw wrthot ti. Doedden ni ddim eisiau dy frifo di. Roedden ni'n trio dy warchod di. Does dim dwywaith fod Leyla wedi marw.'

'Wel pwy welodd Mair, 'te? Allwn ni ddim gadael pethau fel y maen nhw, Math. Os oes unrhyw siawns bod hwn yn —'

'Does dim siawns!' gwaeddodd Math, a'r dicter yn ôl yn ei lygaid. 'Pam na elli di weld hynny?'

'Dw i'n meddwl y dylet ti ein gadael ni, Math,' meddai Llew, a gallai Mair glywed y caledi yn ei lais. 'Dw i ddim yn gwybod beth sydd wedi achosi i ti ymddwyn fel hyn, ond alla i ddim delio gyda fe ar hyn o bryd. Mae'n rhaid i fi fynd i weld y fenyw yma, ac os taw Leyla yw hi, mae'n rhaid i fi ddod â hi adre.'

Roedd yr holl ddicter fel pe bai wedi llifo allan o Math. Roedd ei wyneb, oedd wedi bod yn goch, wedi troi'n welw. Ni ddywedodd air arall, dim ond troi a gadael.

'Paid â phoeni,' meddai Llew wrth Mair. 'Wna i siarad gyda fe wedyn. Dw i wedi bod yn trafod pethau gyda Rosco. Dyw e ddim eisiau anfon tîm i'r fferm babis eto. Mae'n dweud nad yw'n flaenoriaeth – maen nhw wedi anfon grŵp ar ymgyrch arall yn barod i'r Arch. Mae Rosco wedi cynhyrfu i gyd. Bydd dim modd ei atal e nawr.'

Gallai Mair deimlo ei chalon yn curo. Roedd rhaid iddyn nhw reoli Rosco. Allai hi ddim caniatáu i drais fynd allan o reolaeth. Roedd rhaid bod ffordd arall.

'Dw i'n gadael peth cynta bore fory,' meddai Llew. Am eiliad cofiodd Mair weld y diwrnod yn gwawrio a'r gobaith yr oedd hi wedi ei deimlo. Nawr roedd wedi ei ddiffodd fel cannwyll. Ni allai diodde' meddwl am y geiriau yr oedd Math wedi eu defnyddio, a doedd dim angen iddi. Glynai ei ddicter ati fel gwe.

'O'n i'n gobeithio y byddet ti'n dod gyda fi, Mair,' meddai Llew. 'Dangos y ffordd i fi. Alli di wneud hynny i fi?'

Amneidiodd yn fud.

'Mae Rosco wedi rhoi ceffyl i ni. Dylen ni gyrraedd yna mewn diwrnod.' Rhoddodd bentwr o ddillad iddi. 'Gwisgoedd ffurfiol plismyn. Daeth Rosco â nhw 'nôl gyda fe ar ôl yr ymosodiad diwetha. O leia fyddwn ni'n llai amlwg yn rhain.'

Cymerodd Mair y wisg frown, ddiflas a theimlo'r defnydd garw o dan ei bysedd.

# PENNOD 22

Roedd hi bron yn dywyll pan gyrhaeddodd yr olaf o'r ffoaduriaid o'r Arch. Bu'r criw yn cerdded am ddyddiau ac yn sychedig a blinedig ofnadwy. Roedd Carmina gyda nhw. Helpodd Mair hi drwy ddal potel wrth iddi yfed dŵr, ac ar hyd yr amser braidd y dywedon nhw air wrth ei gilydd. Edrychai Carmina yn hŷn. Dim ond am gyfnod byr yr oedd hi wedi bod dan glo ond roedd hi wedi colli pwysau ac roedd ei chroen yn llwydaidd. Ond doedd y llygaid ddim wedi colli unrhyw dân.

Wedi i Carmina yfed y dŵr a bwyta ychydig o gawl, daeth Ceridwen i drin ei phigwrn oedd wedi chwyddo. Wrth i'r hen fenyw fynd ati, daliodd Carmina lygad Mair.

'Math?' meddai mewn llais cryg a phoenus.

'A' i nôl e,' meddai Mair.

Rhedodd hi ar draws y gwersyll a dod o hyd iddo'n trin y ceffylau. Edrychodd i fyny ac aeth yn ôl i drin yr anifail.

'Mae Carmina yma,' meddai Mair. 'Mae'n chwilio amdanat ti.'

Gollyngodd Math y brwsh a rhedeg heibio Mair at y babell ysbyty. Sut oedd pethau rhyngddyn nhw wedi dirywio gymaint mor gyflym? Roedd Math wedi bod mor siŵr nad Leyla oedd y fenyw yr oedd hi wedi ei gweld. Allai hi fod wedi gwneud camgymeriad? Y gwallt. Y llygaid. Rhaid mai Leyla oedd hi.

Aeth Mair yn ôl yn araf at Ceridwen. Gwyddai pa mor brysur y byddai'r hen wraig gyda'r holl bobl oedd newydd gyrraedd. Sut oedd hi'n cadw i fynd? Doedd ei hegni byth yn pallu. Roedd ei dwylo'n symud o hyd: yn gwneud eli, trin clwyfau, glanhau a sgrwbio. Wrth iddi basio'r fynedfa i'r babell ysbyty, edrychodd Mair i mewn a gweld Math yn eistedd wrth wely Carmina. Roedd eu pennau'n agos at ei gilydd ac roedd e'n dal ei llaw. Roedd y tynerwch yr oedd e'n ei deimlo tuag ati mor amlwg nes i Mair deimlo poen yn ei bron. Roedd hi'n ei golli. Ond a oedd hi erioed wedi bod yn berchen arno? Ni allai ddychmygu bywyd hebddo nawr. Roedd yn ffrind, yn graig ac yn enaid hoff cytûn iddi.

Cyffyrddodd rhywun â'i hysgwydd a throdd i weld Ceridwen yn ei gwylio.

'Mae pethau'n newid, ferch,' meddai. 'Gad e fynd nawr a gweld beth ddaw. Mae'r llanw'n mynd i mewn ac allan. Dyw bywyd ddim yn symud mewn llinell syth, Mair. Mae'n storm fel arfer. Paid trio'i dofi.'

Gwrandawodd Mair ond roedd ei chalon wedi cleisio ac er ei bod am drwsio pethau gyda Math, doedd hi ddim yn meddwl bod hynny'n bosibl.

Gweithiodd am rai oriau eto yn helpu Ceridwen ac yna aeth yn ôl i'w phabell. Aeth y noson yn gyflym a llwyddodd i gysgu er gwaetha popeth. Cyn pen dim, roedd hi'n fore a hithau'n gorfod rhoi gwisg y plismon amdani. Roedd y dillad yn ffitio Llew yn well. Roedd hi wedi troi gwaelodion y trowsus ond roedd y siaced yn dal i deimlo'n drwm ar ei chorff tenau. Roedd Llew wrthi'n brysur yn pacio bag. Fe'i gwelodd yn rhoi bat trwm ynddo. Roedd y pren llyfn brown yn ei hatgoffa o goncyrs yr arferai hi chwarae â nhw pan oedd hi'n blentyn, ond byddai hwn yn cael ei ddefnyddio ar gyfer rhywbeth mwy sinistr o lawer. Aeth dwy raff fawr a chyllell i'r bag ar ôl y bat. Gwyliodd Mair ef yn dawel, gan geisio peidio meddwl am orfod defnyddio cynnwys y bag. Roedd y ceffyl yn frown hardd fel cneuen a deuai tarth o'i ffroenau agored tra safai'n amyneddgar wrth i Llew helpu Mair i eistedd ar ei gefn.

'Dim ond un ceffyl roedd Rosco'n gallu fforddio ei roi i ni,' eglurodd. 'Ond mae'n geffyl mawr a gall y ddau ohonon ni fynd arno.'

Dringodd Llew ar ei gefn a rhoddodd Mair ei breichiau o gwmpas ei ganol a'i ddal yn dynn. Cymerodd hi amser i ddod o hyd i rythm y ceffyl ond ar ôl iddi lwyddo roedd hi'n gallu cadw cydbwysedd, hyd yn oed wrth i'r ceffyl ymlwybro i fyny ac allan o'r ceunant, gan ddanfon cawod o raean ar ei ôl. Gwthiodd Llew'r ceffyl yn ei flaen a threulion nhw'r diwrnod yn mynd i mewn ac allan o'r coed. Roedd teimlad o ddiawlineb yn y goedwig ond teimlai Mair yn fwy diogel wedi ei gwisgo fel plismon, a cheffyl pwerus oddi tani a'i breichiau o gwmpas Llew. Ar un pwynt daethon nhw at heol yn y coed a gadawodd Llew i'r ceffyl garlamu. Rhwygai ei garnau'r pridd meddal gan wneud iddo dasgu tu ôl iddyn nhw. Daliodd Mair yn sownd ynddo gan deimlo'r gwynt yn ei gwallt. Gwasgodd ei hwyneb yn siaced Llew. Cyn hir daeth yr heol i ben ac roedden nhw 'nôl yng nghanol y coed a'r ceffyl yn camu'n ofalus a distaw.

Wnaethon nhw ddim siarad rhyw lawer gan fod Llew yn canolbwyntio ar fynd drwy'r goedwig. Cawsant hoe i gael bwyd a diod am gwpl o oriau. Pan geisiodd Mair sgwrsio gyda Llew, roedd yn gyndyn i ddweud unrhyw beth, ac ar ôl peth amser, rhoddodd hi'r gorau i drio. Bob hyn a hyn clywai sŵn anifail gwyllt ac mewn un man daeth haid o fleiddiaid heibio yn agos iawn atyn nhw wrth hela llwynog. Gyrrodd yr udo iasau ar hyd cefn Mair ond roedden nhw mor daer i ddal eu hysglyfaeth, doedd dim diddordeb ganddyn nhw mewn dau berson ar gefn ceffyl.

O'r diwedd, wrth iddi ddechrau tywyllu, gwelodd Mair y twnnel. Yr un yr oedd hi a Math wedi rhedeg drwyddo. Gwyddai fod y fferm babis ar yr ochr arall.

Daeth y ceffyl i stop a neidiodd Llew i'r ddaear. 'Hwn yw e?'

'Drwy'r twnnel,' eglurodd Mair â'i chalon yn curo wrth feddwl am fod 'nôl yna.

'Wna i glymu'r ceffyl yn y goedwig,' meddai Llew a diflannu 'nôl i'r coed. Safai Mair yn syllu ar y twnnel. Doedd dim sôn am fywyd, dim sŵn. Oedden nhw'n mynd i weld Leyla, a phe bydden nhw, sut fydden nhw'n ei chael hi o'r fferm? Pe bydden nhw'n cael eu dal, doedd dim esgus ganddyn nhw. Beth allen nhw ddweud? Eu bod ar goll? Ac roedd pob posibilrwydd y byddai'r plismyn yn ei hadnabod hi; roedden nhw'n chwilio amdani, wedi'r cwbl. Hi oedd y ferch oedd wedi lladd John Noa. Hi oedd y ferch oedd wedi llofruddio plismon.

Ymddangosodd Llew wrth eu hochr. 'Ydyn ni'n barod?'

Amneidiodd Mair, er nad oedd yn teimlo'n barod o gwbl. Yn y twnnel, cadwodd ei phen i lawr a gallai arogli'r arogl mwsog a gwair eto. Yna'n sydyn roedd hi ar y tu allan. O'u blaenau roedd y wal yr oedd hi'n ei chofio a'r giatiau uchel. I'r dde roedd llwyni a dyna lle aeth Llew. Dilynodd Mair heb dynnu ei llygaid oddi ar y giât.

Eisteddon nhw a gwylio. Doedd Mair ddim wedi cael llawer o gyfle i archwilio'r ardal pan oedd hi yma gyda Math. Nawr gallai weld bod y safle'n eithaf mawr a wal gerrig o'i gwmpas. Roedd y cerrig fel pe baent wedi cael eu dwyn o rywle arall, gyda darnau o sment yn dal yn sownd ynddyn nhw. Roedd y giatiau dwbl wedi eu gwneud o fariau haearn du wedi plygu, fel eu bod yn edrych mor ddigroeso â phosibl. Roedden nhw chwe throedfedd o uchder ac yn hongian ar ddau biler carreg, gan wneud gwaith da o gadw pobl i mewn a chadw pobl allan. O fewn y muriau roedd yr adeilad hir, isel lle'r oedd y babis, a thu ôl i hwnnw roedd cytiau amrywiol lle'r oedd Mair yn dychmygu y cysgai'r staff.

Aeth ar ei chwrcwd gan archwilio'r ddaear yn ofalus rhag

ofn bod nadroedd yna. Wrth ei hymyl, safai Llew yng nghysgod y coed. Gallai deimlo'r tensiwn yn dod ohono. Rhoddodd botel o ddŵr iddi. Wrth edrych ar yr adeilad hir ac isel eto, roedd ei phen yn llawn o'r babis. Cofiai pa mor drist roedd Thaddeus fod plentyn cymydog wedi ei gymryd. Oedd gan y mamau unrhyw syniad ble roedd eu plant? Roedd y babis hyn yn tyfu i fyny mewn tawelwch pur, ddim achos bod rhaid iddyn nhw, ond am fod rhywun wedi penderfynu y dylen nhw. Nid yn unig lleisiau'r mamau oedd wedi eu tawelu ond pob llais. Yr unig sŵn y bydden nhw'n ei glywed oedd eu hwylo eu hunain a'u parablu eu hunain. Byddai eu hymennydd yn colli'r gallu i ddysgu iaith pe bydden nhw'n cael eu cadw yn y cyflwr yna'n llawer hirach – ond wrth gwrs, dyna beth oedd ei modryb, Anwen, ei eisiau. Er bod Mair yn drist yn gwrando ar straeon am y bomio yn yr Arch pan gafodd y plismyn eu lladd, er nad oedd hi'n cytuno â thrais, roedd angen cosbi'r creulondeb hyn. Doedd gan neb yr hawl i ddinistrio gobeithion y plant yma. Neb. A beth am Leyla a'r gofalwyr eraill? Gwyddai pa mor ofnadwy oedd hyn iddyn nhw. Tâp creulon yn gorchuddio eu cegau, yn tagu'r geiriau o gysur yr oedden nhw eisiau eu rhoi ... prin y gallai Mair ymdopi â dychmygu'r peth.

Wrth ei hochr dywedodd Llew, 'Popeth yn dawel.'

Edrychodd Mair o'i chwmpas a gweld rhywbeth yn symud. Estynnodd am law Llew i'w rybuddio. Aeth ar ei gwrcwd yn syth. Pwyntiodd hi. Roedd dau ddyn wedi dod allan o un o'r cytiau ac yn cerdded at y giatiau. Roedd y ddau'n cario bwcedi metel. Stryffaglodd y dynion â'r bolltau am funud ac yna sleifion nhw drwy'r giatiau. Tynnodd Llew'r gyllell o'i fag a charlamodd calon Mair. Roedd y plismyn yn dal i gerdded i'w cyfeiriad. Ni symudodd Mair. Gallai eu clywed yn siarad yn dawel.

'Cysgu heno,' meddai un.

'Na. Gwaith?'

'Na. Dim gwaith heno. Gwaith neithiwr. Cysgu nawr.'

Roedd hi mor rhyfedd i glywed brawddegau toredig iaith Rhestr eto. Yr ymdrech i ffrwyno'r geiriau yr oeddech am eu dweud. Sut oedd hi erioed wedi meddwl bod hynny'n dderbyniol?

Pasiodd y dynion rhyw ugain cam i ffwrdd a gwyliodd Mair nhw'n diflannu tu ôl i ddwy binwydden fawr. Funudau yn ddiweddarach daethon nhw 'nôl gyda bwcedi'n llawn dŵr. Ni symudodd tan eu bod wedi mynd trwy'r giatiau'n ddiogel ac wedi diflannu o'r golwg.

'Roedd hwnna'n agos,' meddai Llew, gan gadw'r gyllell. 'Mae'n rhaid bod ffynnon ddŵr yma.'

Arhoson nhw am awr arall, yn gwylio ac aros, ond ni ddigwyddodd unrhyw beth.

'Beth am i ni edrych o gwmpas y cefn,' meddai Mair, yn falch o godi ar ei thraed. Dilynodd Llew hi. Roedd y golau bron â diflannu, ond teimlai'n rhyfedd i ddod allan o'r cysgodion a rhedeg at y wal. Gan gadw'n agos ati, aethon nhw'n araf at gefn y lloc. Yma roedd y tyfiant yn fwy gwyllt ac roedd hi'n haws cuddio. Yn y cefn roedd giât arall lle roedden nhw'n gallu gweld i mewn i'r iard yr ochr draw. Dyna lle roedd y cytiau, un rhes o adeiladau pren garw, yn wahanol iawn i'r tai yn yr Arch. Codwyd y rhain ar frys er mwyn rhoi lloches a dim byd arall. Roedd gan bob cwt ddrws ond dim ffenest. Roedd y tir o amgylch y cytiau wedi ei droi, a llysiau yn tyfu yno, eu dail gwyrdd yn chwythu yn y gwynt.

Doedd dim rhaid iddyn aros yn hir cyn gweld menyw ifanc â gwallt golau yn dod allan o adeilad y babis. Roedd ei gwallt wedi ei glymu yn ôl, ei cheg wedi ei dapio a cherddai'n rhyfedd, gan lusgo ei thraed drwy'r llwch coch. Roedd popeth am ei hosgo'n dangos nad oedd hi eisiau bod yna. Aeth y fenyw tuag at y cytiau. Trodd a gwelodd Mair fod basged ar ei chefn. Tynnodd hi o'i chorff a'i rhoi ar y llawr. Aeth ar ei gliniau a gallai Mair weld ei bod yn tynnu rhywbeth o'r ddaear. Llenwodd y fenyw'r fasged yn araf a safodd eto pan ymddangosodd y ddau blismon wrth ei hochr. Ni allai Mair glywed beth roedden nhw'n ei ddweud ond gwelodd y fenyw yn crynu o'i blaenau. Pwyntion nhw at adeilad y babis, a cherddodd y fenyw 'nôl y ffordd yr oedd hi wedi dod wrth i'r dynion sefyll yn llonydd a'i gwylio.

Pasiodd awr arall. Doedd hi ddim yn ymddangos bod llawer o blismyn yma. Doedd dim eu hangen, meddyliodd Mair. Hyd yn oed pe gallai'r menywod gerdded o'r safle, i ble fydden nhw'n mynd? Cofiodd hi am y bleiddiaid. Roedd y goedwig yn golygu marwolaeth ac roedden nhw'n gwybod hynny.

Roedd Mair yn oer ac roedd ei chyhyrau'n dynn ar ôl bod yn yr un man mor hir. Roedd hi'n hollol dywyll bellach gydag ewin o leuad yn gorwedd ar ei chefn mewn awyr ddigwmwl. Yr unig synau oedd hwmian y melinau y tu ôl i'r cytiau a chri anifeiliaid dieithr yn rhywle yn y pellter. Gallai Mair deimlo ei llygaid yn cau, a blinder yn llifo drwyddi mewn tonnau.

'Awn ni 'nôl i'r giât flaen,' meddai Llew. 'Does dim byd yn digwydd fan hyn.'

Aethon nhw o gwmpas y ffens a chuddio eto yn y clawdd gyferbyn â'r giât. Yn sydyn teimlodd Mair gorff Llew yn tynhau. Agorodd drws y cwt agosaf iddyn nhw. Cerddodd dau blismon allan.

'Y gwylwyr nos,' sibrydodd Llew wrthi. Tynnodd y bat o'i fag. Gwelodd ef yn tynhau ei afael ar y ddolen sgleiniog. Cerddodd y plismyn tuag atyn nhw, eu pennau'n agos at ei gilydd, yn siarad. Roedd un ohonyn nhw'n dal bwced metel yn ei law.

Cyrcydodd Mair yn isel gan eu gwylio'n croesi'r iard. Roedd un yn dal a thenau a'r llall yn fyrrach. Daethon nhw at y giât a thynnu'r bolltau ar draws. Chwalodd y sŵn y tawelwch. Gwnaeth Llew arwydd i Mair symud i ffwrdd.

Aeth hi yn ei hôl gan sicrhau ei bod yn aros yn y cysgodion. Gwelodd Llew yn symud yn llechwraidd gan fynd tu ôl i dderwen fawr. Cerddodd y plismyn heibio iddi, mor agos nes y gallai hi estyn allan a'u cyffwrdd nhw. Edrychodd draw at Llew. Mewn eiliad, roedd e gyda nhw. Gwelodd hi fe'n codi'r bat. Trawodd yr un tal yn galed a chyflym. Clywodd hi ergyd drom wrth i'r bat daro penglog y dyn. Aeth ei bengliniau oddi tano. Cyn i'r ail ddyn allu ymateb, swingiodd Llew'r bat eto ond y tro hwn, gwelodd Mair y plismon hwn yn ei osgoi. Clywodd ergyd dwrn y plismon yn erbyn gên Llew a gwelodd y ddau yn ymladd am y bat. Yna gwelodd Mair y plismon cyntaf yn symud. Yn araf, llwyddodd i fynd ar ei liniau. Gwelodd Mair rywbeth yn cael ei dynnu o'i wregys. Cyllell? Wnaeth hi ddim aros i ffeindio allan. Neidiodd hi i fyny a rhedeg tuag atyn nhw. Roedd rhaid iddi rybuddio Llew, ei helpu. Cododd y plismon oedd ar y llawr gydag ymdrech. Doedd e ddim wedi ei gweld hi. Rhedodd hi'n gyflymach a thaflu ei hunan ar ei gefn. Lapiodd un fraich o gwmpas ei wddf. Rhuodd e fel arth flin. *Dal dy afael!* meddai hi wrthi hi ei hun. *Jyst dal dy afael.* Gallai hi arogli ei chwys, teimlo'r wisg arw a'r cryfder oddi tani. Trodd e Mair o gwmpas fel anifail gwallgo'n ceisio ei hysgwyd hi i ffwrdd. Ceisiodd hi ddal ei gafael, ond roedd e mor gryf nes ei bod yn sydyn yn yr awyr, yn hedfan tan i'w phen daro'r llawr oer. Roedd y poen yn ofnadwy. Am funud, ni allai hi weld, a'i golwg yn hollol niwlog. Ac yna roedd y plismon uwch ei phen â'r gyllell yn ei law.

Gallai hi ddim gadael i bethau orffen fel hyn. Doedd hi ddim yn mynd i farw yn y lle ofnadwy yma. Neidiodd hi ar ei thraed a chan gofio beth roedd Rosco wedi ei ddysgu iddi, gwthiodd ddau fys yn syth i lygaid y plismon. Sgrechiodd y dyn, ond mewn eiliad, roedd llaw Llew dros ei geg, yn tagu'r sŵn. Roedd yr ail blismon yn gorwedd ar y llawr yn ddiymadferth, y bat wedi gwneud ei waith.

'Cer i nôl y rhaff!' hisiodd Llew ati. Rhedodd hi 'nôl at ble roedd hi wedi gadael y bag ac o fewn munudau roedd y ddau blismon wedi eu clymu'n dynn. Clymodd Llew a Mair gegau'r dynion gyda chadachau garw.

'Awn ni mewn!' sibrydodd Mair yn gyflym. 'Mae'r giatiau ar agor.'

Gyda'i gilydd, aeth hi a Llew 'nôl i ochr y clawdd a mynd ar eu cwrcwd. Roedd y nos ar ei thywyllaf bellach, ond roedd y sêr uwch eu pennau'n llachar a'r tywydd yn llonydd. Clywodd Mair sŵn tawel. Pan edrychodd i fyny, roedd menyw'n cerdded tuag at y giât, ei silwét i'w weld yn erbyn yr awyr dywyll. Roedd ei cheg wedi ei thapio. Safai yno'n edrych i fyny at y sêr heb symud. Roedd rhywbeth cyfarwydd amdani, y ffordd yr oedd yn pwyso'i phen i'r ochr, y ffordd roedd ei breichiau'n lapio'u hunain o gwmpas ei chorff. Gwasgodd Mair fraich Llew ond roedd e eisoes ar ei draed ac yn cerdded tuag at y giât. Dilynodd Mair ef, ei chorff yn grwm, fel pe bai'n osgoi clatsien. Cafodd y fenyw fraw a throdd ar ei sawdl. Sylweddolodd Mair mai gwisg y plismyn oedd wedi codi ofn arni. 'Leyla,' meddai. 'Fi, Mair sydd yma. Paid bod ofn.'

Gallai Mair weld bod llygaid y fenyw yn fawr ac yn llawn braw, fel rhywun yn nofio dan y dŵr. Edrychodd dros ei hysgwydd yn gyflym. Yna syllodd hi arnyn nhw. Roedd ei dwylo'n crynu. Daliodd Llew law allan iddi. Am eiliad, ni symudodd hi. Ac yna, gan edrych am y tro olaf dros ei hysgwydd, cymerodd law Llew a cherdded ato. Yn sydyn roedd y tri'n rhedeg yn ôl at loches y gwair hir.

Daliodd Llew hi o'i flaen, ei ddwylo am ei hysgwyddau. Yn sydyn, rhwygodd y tâp oddi ar ei cheg. Ebychodd y fenyw. Syllodd Mair arni a hyd yn oed cyn i Llew siarad, roedd hi wedi ffurfio'r un geiriau yn ei hymennydd.

'Nid Leyla wyt ti,' meddai Llew, ac adleisiodd y geiriau yn ei phen. *Nid Leyla wyt ti.*

# PENNOD 23

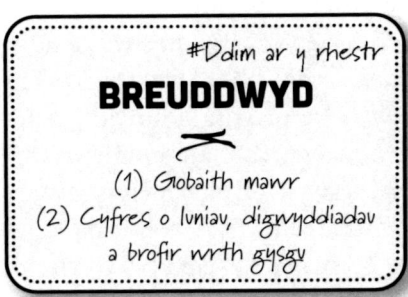

#Ddim ar y rhestr
**BREUDDWYD**

(1) Gobaith mawr
(2) Cyfres o luniau, digwyddiadau a brofir wrth gysgu

Doedd Mair erioed wedi clywed gymaint o boen wedi ei wasgu i bedwar gair bach o'r blaen. Nid Leyla oedd hi. Gallai Mair weld hynny nawr. O'i gweld yn agos, roedd siâp ei hwyneb yn anghywir, ei gwefusau'n llawnach. Ond roedd y tebygrwydd yn rhyfeddol. Trodd y fenyw ati, ei llygaid fel pyllau o ddŵr tywyll.

'Mair?' meddai a gwelodd Mair ddagrau'n llithro i lawr ei bochau.

Edrychodd Mair arni'n ddryslyd. Ac yna, fel pe bai rhywun wedi agor drws yn ei chof, dechreuodd pethau syrthio i'w lle. Roedd hi'n gwybod pwy oedd y fenyw yma. Roedd hi'n gwybod pam roedd hi'n edrych fel Leyla. Roedd tai chwaer – Anwen, Leyla a'i …

Ceisiodd Mair ddweud y gair.

Ceisiodd ei ffurfio gyda'i gwefusau, ond ni allai.

Doedd dim modd ei ddweud.

Ac felly, dewisodd air gwahanol, gan gnoi ei gwefus i ddweud y sill gyntaf. Gadawodd iddo lithro o'i cheg er ei bod yn gwybod y byddai'n newid popeth. 'Freya?'

Cofleidiodd y fenyw Mair, gan wasgu ei breichiau fel pe na bai'n gallu sefyll mwyach. 'Mair,' meddai eto, a dagrau'n llifo i lawr ei hwyneb.

Cydiodd Mair ynddi, gan deimlo ei hesgyrn drwy ddefnydd tenau ei ffrog, gan anadlu ei harogl, a chribo ei bysedd trwy ei gwallt. Roedd hi eisiau aros yn ei breichiau am byth. Gallai hi ddim crio. Roedd hi ofn colli'r emosiwn oedd yn tyfu tu fewn iddi. Roedd fel pe bai rhan ohoni wedi cael ei chymryd i ffwrdd ac wedi ei dychwelyd eto. Yr holl hiraeth, yr holl aros, y cwbl wedi ei wasgu heibio ei hasennau ac i mewn i'w llwnc.

'Dad?' meddai, a gwyliodd ei mam yn ysgwyd ei phen yn araf. Beth oedd hynny'n ei feddwl? Ceisiodd ddarllen wyneb ei mam. Roedd y llinellau fel map a'r llygaid tywyll yn syllu 'nôl arni.

Roedd clywed llais Llew yn rhyddhad mewn ffordd. 'Rhaid i ni fynd,' meddai. 'Rhaid i ni fynd cyn iddyn nhw sylwi dy fod ti wedi gadael.'

Roedd Mair wedi anghofio ei fod yna. Llifodd yr euogrwydd drwyddi. Roedd hi wedi gwneud yr union beth roedd Math wedi ei chyhuddo o wneud. Roedd hi wedi rhoi gobaith iddo ac yna wedi ei gipio oddi arno. Daliodd ei law. 'Sori, Llew. Doedd dim syniad gen i —'

Cofleidiodd Llew hi. 'Dw i'n meddwl 'mod i'n gwybod, tybeth, Mair,' meddai. 'O'n i jyst eisiau credu. Ti wedi cael dy fam yn ôl heno. Beth allai fod yn well na hynny? Byddai Leyla wedi bod mor hapus drosot ti. Dros y ddwy ohonoch chi.'

Daeth sŵn o rywle a gwneud iddyn nhw neidio. Sŵn wylo uchel. Babi.

Doedd Mair ddim wedi clywed sŵn tebyg. Sŵn unigrwydd llwyr, sŵn anobaith. A chyda hynny, cofiodd Mair pam roedden nhw yna. Roedd rhaid iddyn nhw adael y lle yma. Roedd rhaid cael help i achub y plant hyn. Doedd dim ots am unrhyw beth arall.

Symudodd pethau'n eithaf cyflym wedyn. Dangosodd Freya i Llew ble allen nhw gael gafael ar geffyl. Roedd un bach llwyd wedi ei glymu mewn stabl gerllaw. Aeth Llew a Mair ar gefn eu ceffyl eu hunain ac aeth Freya â'r un llwyd, a charlamodd pawb i'r nos. Daliodd Mair yn dynn yn Llew ond ni allai beidio edrych yn ôl o hyd i sicrhau bod ei mam yn dal yna. Carlamon nhw drwy'r nos a chael hoe ar doriad gwawr, yna mynd yn eu blaenau eto, yn flinedig, llwglyd ac oer. O'r diwedd daethon nhw at y gwersyll. Aethon nhw fel cath i gythraul i lawr yr allt wrth i bobl redeg allan i gwrdd â nhw. Neidiodd Mair oddi ar y ceffyl a mynd yn syth at ei mam, oedd yn dal ei cheffyl ac yn edrych o'i chwmpas yn bryderus. Cydiodd Mair yn ei llaw. Safodd Llew gan edrych ar y grŵp bach oedd wedi dod i gwrdd â nhw. Gwelodd Mair Math yn dod atyn nhw ac yn oedi ar ymyl y grŵp. Wrth ei ochr roedd Rosco, yn effro ac yn aros.

'Ffrindiau!' meddai Llew. 'Es i i chwilio am fy ngwraig, Leyla fach, fel mae'r rhai ohonoch chi'n gwybod. Ond dyw Leyla ddim yn fyw. Yn lle hynny daethon ni o hyd i'w chwaer, Freya, mam Mair.'

Aeth sŵn drwy'r dorf, sŵn cyffro a llawenydd. Aeth Llew yn ei flaen. 'Mae Freya wedi bod yn gaeth yn y fferm babis. Gobeithio gwnewch chi roi croeso iddi.'

Cerddodd Rosco drwy'r grŵp. Cydiodd ym mraich Llew. 'Sori wnest ti ddim dod o hyd i Leyla, Llew. Wrth gwrs y gall Freya aros fan hyn. Rhaid i ni beidio anghofio mai chwaer Anwen yw hi. Gallai hynny fod yn ddefnyddiol.'

Teimlai Mair fel pe bai rhywun wedi tynnu'r ocsigen o'r amgylchedd. Beth oedd e'n ei feddwl wrth hynny? Sylwodd na wnaeth e edrych ar Freya o gwbl. Ddim hyd yn oed edrych yn gyflym. Ni chafodd hi gyfle i feddwl rhagor gan i Ceridwen ymddangos wrth ei hochr a'i chofleidio.

Trodd Ceridwen at Freya, chydio yn un llaw a'i chusanu. 'Croeso, Freya,' meddai. 'Dere nawr i ti gael ymlacio.'

Dilynodd Mair Ceridwen a'i mam i lawr yr allt ac i babell Mair. Edrychodd yn ôl am eiliad a gweld Llew a Rosco yn siarad yn dawel. Gwnaeth hyn iddi deimlo'n anghyffyrddus. Doedd dim sôn am Math. Helpodd Ceridwen i wneud gwely i Freya.

Bwytaon nhw bryd bach o fwyd ac yna gadawodd Ceridwen nhw.

'Sut wyt ti'n teimlo?' gofynnodd Mair i Freya unwaith i'r fenyw arall fynd.

Gwenodd Freya. 'Rhyfedd,' meddai. 'Dw i wedi breuddwydio am y foment hon am mor hir, a nawr ei bod yma, alla i ddim credu'r peth.'

'O'n i wastad yn meddwl y bydden i'n dy weld di'n dod dros y môr mewn cwch bach gyda hwyl arian,' meddai Mair. 'Ti a Dad.'

Gadawodd i'r gair *Dad* eistedd rhyngddyn nhw ac aros.

'O, Mair, mae cymaint wedi digwydd.' Eisteddodd Freya ar y gwely.

'Alli di ddweud wrtha i?' Symudodd Mair yn agosach fel ei bod yn eistedd ar y llawr gyda'i dwylo yng nghôl Freya.

Amneidiodd Freya'n araf. 'Roedd dy dad yn forwr,' meddai. 'Fe ddysgodd fi i hwylio. Pan sefydlodd John Noa yr Arch a phan oedd y gwaethaf o'r trychinebau drosodd, cafodd pobl eu hanfon o'r Arch i chwilio am unrhyw rai oedd wedi goroesi. Aeth Jac a fi ar sawl un o'r cyrchoedd yna, ond ddaethon ni ddim o hyd i unrhyw beth nac unrhyw un. Gan ein bod i ffwrdd am gyfnodau mor hir, roedden ni'n sylwi mwy a mwy ar y newidiadau pan fydden ni'n dod adre. Roedd John ac Anwen yn galed, yn fwy obsesiynol. Wnaethon ni ddadlau gyda nhw. Wnaethon ni byth gytuno â'r cyfreithiau iaith, ond wedyn wnaeth John gyfyngu ar y geiriau a gwahardd cerddoriaeth a chelf. Leyla dorrodd i ffwrdd gynta. Doedd hi ddim yn gallu deall pam gwahardd cerddoriaeth. Buodd hi ac Anwen yn dadlau'n ffyrnig am y peth. Ond doedd hynny'n dda i ddim. Doedd John Noa ddim yn hawdd i'w berswadio ac roedd Anwen dan ei fawd yn llwyr. Gadawodd Leyla a chlywon ni ei bod wedi ymuno â'r Difrodwyr.'

'Mae'n well gyda ni alw'n hunain yn Grewyr,' meddai Mair yn syth.

'Mae hwnna'n enw gwell,' meddai Freya. 'Alla i ddychmygu

Leyla ni fel Crëwr.'

Gwenodd Mair, gan gofio'r tro cyntaf iddi weld Leyla ar do sied yn chwarae sacsoffon i'r gweithwyr.

'Glywais i fod John Noa wedi marw?' gofynnodd Freya.

'Ydy,' meddai Mair. Ac yn gyflym, adroddodd stori'r tŵr dŵr wrth ei mam a'r canlyniad.

Gwgodd Freya. 'Dyw hi ddim yn iawn,' meddai, 'bod plant fel ti'n gorfod bod ar y rheng flaen yn ymladd. Cyfrifoldeb fy nghenhedlaeth i yw hynny. Dyma eich amser chi i elwa o'n profiad ni, a mwynhau ein cael ni'n eich gwarchod chi. Ond chi sy'n ein gwarchod ni. Dydy hynny ddim yn iawn, Mair, ddim yn naturiol.' Crychodd ei thalcen. Cymerodd wyneb Mair yn ofalus yn ei dwylo.

'Ond dw i mor falch ohonot ti, Mair, a byddai dy dad wedi bod mor falch.'

'Fy nhad? Dad?'

Eto, doedd hi braidd yn gallu dweud y geiriau, ond roedd angen iddi wybod.

Ochneidiodd Freya.

'Wrth i bethau waethygu fan hyn, roedd Jac a fi eisiau dod o hyd i rywle gwell i ti. Roedd dy dad yn dal i gredu bod cymunedau eraill allan yna. Wnaethon ni ymddiried yn Ben ein bod yn mynd ar un daith olaf, taith heb ganiatâd Noa. Beth wnaethon ni ddim dweud wrtho oedd ein bod yn bwriadu dod yn ôl, dy gasglu di a gadael yr Arch am byth. Roedd Ben yn dal yn ffyddlon i John. Dywedon ni wrtho ei fod yn gyrch olaf i ddod o hyd i ffeithiau. Roedden ni'n meddwl y bydden ni i ffwrdd oddi wrthot ti am fis, deufis ar y mwya. Addawodd Ben edrych ar dy ôl di tan i ni ddod 'nôl.'

'Ac fe wnaeth e,' meddai Mair yn dawel. 'Buodd e farw flwyddyn yn ôl.'

'Cymaint o farwolaethau,' meddai Freya. 'Cymaint o bobl dda wedi mynd.'

'Caria 'mlaen gyda dy stori,' meddai Mair.

Eisteddodd Freya yn sythach. 'Hwylion ni am ryw dair wythnos ac yna trawyd ni gan dywydd drwg a'r amodau gwaetha y gallet ti eu dychmygu. Am ddyddiau, am wythnosau, cawson ni'n cario gan y llanw, heb wybod ble roedden ni'n mynd. Roedd pob map a siart wedi cael eu colli ac roedden ni bron â drysu gan ddiffyg dŵr. Wnes i syrthio'n anymwybodol. Pan ddeffrais i, roedd dy dad wedi mynd.'

Rhoddodd y gorau i siarad a theimlai Mair ei bod wrth ochr ei mam yn y cwch bach yna. Sioc y geiriau yna. Dim troi 'nôl. Roedd e wedi mynd.

'O'n i eisiau marw. O'n i eisiau gadael i fi fy hunan syrthio i mewn i'r dŵr du ac ymuno gyda fe, ble bynnag oedd e. Ond doeddwn i ddim yn gallu. Roedd gen i ferch i ofalu amdani. O'n i'n gwybod y byddai Jac eisiau i fi oroesi er dy fwyn di, Mair. Ac felly gwnes i fy ngorau glas i aros yn fyw.

'Rai oriau wedyn, welais i gwch bach. Daeth hwnnw heibio a'm codi. Roedd dau berson ar y cwch, Tom ac Elen. Des i i'w nabod yn dda. Aethon nhw â fi i ynys fach lle roedden nhw'n byw. Lle o'r enw Llanheddwch.'

'A dyna lle rwyt ti wedi bod?'

Nodiodd Freya ei phen. 'Unwaith i fi ddod dros y galar o'n i eisiau chwilio amdanat ti, cariad. Ond dw i'n fawr o forwr, ddim fel Jac. Wnes i drio. Plis creda fi, wnes i drio. Alla i ddim dweud wrthot ti sawl gwaith wnes i fynd ar daith ac yna rhoi'r gorau iddi. Ers y Toddi Mawr mae'r tywydd wedi bod yn anwadal. A doedd dim syniad gyda ni lle'r oedd yr Arch. Roedd adegau pan o'n i'n teimlo nad oedd fy ffrindiau i ar Llanheddwch yn credu bod lle o'r enw'r Arch yn bod. Roedden nhw'n byw bywyd diogel a hapus ar yr ynys. Roedd ganddyn nhw arweinwyr da, caredig ac roedd gan bobl hawl i fod yn rhan o bob penderfyniad. Roedden nhw'n methu dychmygu lle fel yr Arch. Methu dychmygu rhestr o saith cant o eiriau. Gallen i fod wedi bod yn hapus, ond roeddwn i wedi gadael y rhan fwya o 'nghalon gyda ti, cariad. Allwn i ddim gorffwys. Un diwrnod, cyrhaeddodd ffoadur y traeth. Fel fi, roedd e wedi dod o'r Arch. Roedd siartiau ganddo. Wnes i sawl ymdrech a llynedd, o'r diwedd fe es i ar fy mhen fy hun a llwyddo i gyrraedd fan hyn. Wrth i fi gyrraedd y tir, cododd storm fawr a chwythu'r cwch ar y creigiau. Maen nhw'n dweud bod y plismyn wedi dod o hyd i fi'n anymwybodol ar y traeth. Aethon nhw â fi i'r fferm babis a gwneud i fi weithio yna. Erbyn hynny, ro'n i wedi diodde' ergyd i fy mhen ac wedi colli fy nghof. Gymerodd hi fisoedd i fi allu cofio popeth eto.'

'Y diwrnod wnes i dy weld di yn y fferm babis – doeddet ti ddim yn fy nghofio i?' gofynnodd Mair.

'Nid 'mod i ddim yn dy gofio di. O'n i ddim yn dy nabod di. Wnes i adael merch fach ac roeddet ti bellach yn fenyw ifanc. Sori, cariad. O'n i ddim yn dy nabod di.'

'O'n i ddim yn dy nabod di chwaith. O'n i'n meddwl mai Leyla oeddet ti.'

'Ydy Leyla wedi marw?'

Gallai Mair glywed yr ofn yn llais ei mam. Gwasgodd ei llaw. 'Buodd hi farw llynedd, Mam. Trefnodd John Noa y cwbl.'

Llenwodd llygaid Freya â dagrau. 'A beth am Anwen? Wnaeth hi gytuno â'r peth?'

'Naddo,' meddai Mair. Beth bynnag roedd Anwen wedi ei wneud, doedd hi ddim yn haeddu'r bai am farwolaeth Leyla. 'Wnaeth hi ei gorau i'w hachub, ond laddodd Noa hi beth bynnag.'

Edrychodd Freya ar ei dwylo gyda llaw Mair wedi plethu drwyddyn nhw. 'Beth ddigwyddodd i John? Sut drodd e'n gymaint o fwystfil?'

'Dw i ddim yn gwybod,' meddai Mair. 'Ond nawr mae Anwen yn parhau â'i waith e. Mewn rhai ffyrdd, Mam, mae'n waeth na Noa.'

'Roedd Anwen wastad yn addoli John,' meddai Freya'n dawel. 'Doedd hi ddim yn gweld unrhyw ddrwg ynddo fe. Pan lanion ni fan hyn yr holl flynyddoedd yn ôl, tair chwaer oedden ni heb ddim na neb. Roedden ni wedi ffoi o ddaeargrynfeydd a llifogydd ac wedi dod o hyd i'r Arch. Roedden ni'n meddwl ein bod ni wedi colli dy dad am byth. Roedd hi'n flwyddyn arall cyn iddo fe ddod o hyd i'r Arch. Cymerodd John Noa ni dan ei adain. Gadael i ni fyw yn ei dŷ. Roedd hynny o dy achos di, dw i'n meddwl. O'n i'n dy ddisgwyl di pan lanion ni a mynnodd John fy mod i'n dod i'r tŷ mawr a gweld Brwydrwr Gwyrdd a fyddai'n helpu i eni'r babi. Pan gest ti dy eni, roedd e wrth ei fodd â ti. Roeddet ti'n symbol o ddechrau newydd. Y ddeilen werdd gynta. Wnest ti fyw yn y tŷ yna am dair blynedd. Dros amser, cwympodd John mewn cariad gyda Anwen a ti'n gwybod beth yw gweddill y stori.'

Roedd Mair yn cofio Ben yn dweud yr un stori wrthi. 'Wnaethon nhw wneud i Ben gadw'r gyfrinach,' meddai. 'Doeddwn i ddim fod i wybod mai ti oedd chwaer Anwen, chwaer Leyla.'

'Ond wnest ti ddod i wybod y gwir.'

'Do. Y tro cynta wnes i gwrdd â Leyla roedd hi'n chwarae sacsoffon ac yn canu. Roedd hi'n fy atgoffa i o rywun, ond doeddwn i ddim yn gwybod pwy. Roedd hi'n canu, a phan wnes i edmygu'r gân dywedodd hi wrtha i fod fy mam arfer ei chanu i fi.'

Roedd Freya'n dawel am eiliad a gallai Mair ei chlywed yn anadlu. Yna'n araf a thyner dechreuodd hi ganu:

*Lawr yn y dyffryn*
*clyw'r nant a'i chân*
*a'r bore mor dawel*
*â'r alarch glân.*

# PENNOD 24

Y bore wedyn aeth Mair at Rosco i drafod achub y babis.

'Allwn ni ddim eu gadael nhw yna,' meddai. 'Os na fyddan nhw'n clywed unrhyw iaith cyn hir, fyddan nhw byth yn gallu siarad.'

'Dw i'n deall hynny, Mair,' meddai Rosco. 'Ond mae'n rhaid cynllunio rhywbeth fel hyn. Allwn ni ddim rhuthro i'w canol.'

'Pam lai? Ni'n gwybod ble maen nhw. Mae digon o filwyr gyda ni. Pam na awn ni yna nawr?'

Ochneidiodd Rosco. 'Wna i anfon sgowtiaid mewn cwpl o ddyddiau i asesu'r sefyllfa. Mae'r plismyn yn gwybod bod Freya wedi dianc. Byddan nhw'n wyliadwrus dros ben nawr. Bydd rhaid i ni aros. Gadael i bethau dawelu.'

Sylweddolodd Mair fod rhaid iddi dderbyn hyn. Gallai hi wneud dim ar ei phen ei hun. Ond eto, ni allai stopio meddwl am y babis. Y pethau bach diniwed wedi eu rhwygo o gôl eu mamau, eu teuluoedd. Allai hi ddim dechrau meddwl beth roedd y mamau a'r tadau yna wedi ei ddioddef. A beth fyddai'n digwydd wedyn? Byddai gan y plant yna fywyd o'u blaenau – bywyd lle na allen nhw gyfathrebu â neb. Roedd meddwl am y fath beth fel poen. Y math o boen oedd yn dwyn eich gwynt.

Ceisiodd hi gadw'n brysur. Helpodd Ceridwen a siaradodd gyda Freya. Roedd cymaint yr oedd hi eisiau ei wybod am ei mam ond gallai hi ddim brysio'r peth. Doedd hi ddim yn gyfarwydd â hi eto. Roedd dal lletchwithdod rhyngddyn nhw. Roedd Freya'n dal yn ddieithryn.

Anfonodd Rosco sgowtiaid ar y pumed diwrnod. Fel yr oedd wedi ei ddisgwyl, roedd y system ddiogelwch yn llymach o lawer nag ar y noson y cafodd Freya ei hachub. Roedd mwy o blismyn, mwy o bobl yn goruchwylio o'r fferm babis ac yn y goedwig. Roedd Mair ar ben ei thennyn. Roedd rhaid iddyn nhw wneud rhywbeth. Ymbiliodd â Llew i siarad â Rosco, a rhoi pwysau arno.

'Mae'n rhaid i ti fod yn amyneddgar,' meddai Llew. 'Beth am siarad eto gyda Freya am gynllun y safle? Po fwya rydyn ni'n ei wybod am y lle, mwya tebygol fyddwn ni o lwyddo.'

Ac felly, treuliodd Mair oriau gyda Freya'n tynnu llun manwl o gynllun y fferm babis. Dysgodd fod y gofalwyr yn gweithio deuddeg awr y dydd a'r plismyn yn gwneud yr un peth. Roedd hi'n gwybod ble oedd y ffreutur, lle roedd yr ystafelloedd gwely a bod rhai o'r ffenestri heb eu cloi. Siaradodd Mair gyda Ceridwen ynglŷn â sut y bydden nhw'n mynd â'r babis 'nôl i'r gwersyll a lle fydden nhw'n cysgu. Gwnaeth Ceridwen sachau gan ddefnyddio hen ddillad a fyddai'n dal dau fabi ac y gellid eu rhoi ar gefnau'r milwyr. Roedd pebyll ychwanegol yn cael eu trefnu fel lloches i'r babis.

Ond roedd Rosco'n dal i aros. Ni allai Mair gysgu, a phrin roedd hi'n bwyta wrth iddi aros i Rosco roi gorchymyn.

O'r diwedd, bymtheg diwrnod ar ôl i Freya gael ei hachub, cyhoeddodd Rosco y byddai'n arwain criw i'r fferm babis y bore wedyn.

'Dw i'n dod gyda chi,' meddai Mair cyn gynted ag y clywodd hi.

'Na, Mair,' meddai Freya. 'Dwyt ti ddim yn filwr. Mae hon yn ymgyrch beryglus.'

Ond trodd Mair oddi wrthi a siarad â Rosco. 'Fi ffeindiodd

y fferm. Wnes i helpu Llew i achub Freya. Mae hawl gyda fi fod yna ar y diwedd.'

'Gei di ddod,' meddai Rosco. 'Ond chei di ddim cymryd rhan yn y frwydr. Fy mhobl i fydd wrthi. Arhosa di yng nghefn y grŵp a mynd i guddio pan fyddwn ni'n ymosod. Ydy hynny'n glir?'

Amneidiodd Mair â'i chalon yn rasio. Cofleidiodd Freya hi a dymuno pob lwc iddi.

'Diolch,' sibrydodd Mair a cheisio anwybyddu'r ofn a welai yn llygaid ei mam.

Ymunodd Llew a Math â phobl Rosco, ac wedi iddi wawrio dechreuon nhw ar eu siwrnai. Marchogai Mair yn y cefn. Gallai weld Math yn y blaen rhwng Llew a Rosco. Wyddai hi ddim sut roedd e'n teimlo amdani erbyn hyn. Roedd hi'n gweld ei eisiau. Gweld eisiau siarad gyda fe, ymddiried ynddo. Roedd hi'n gweld eisiau teimlo'i law oer yn ei llaw hithau, ac arogl melys y saets a oedd fel pe bai'n dod ohono.

Arafodd y ceffylau. Roedden nhw'n dod at y twnnel. Gwyliodd Mair wrth i'r gweddill ddod oddi ar gefn eu ceffylau a dangosodd Llew iddyn nhw lle i glymu'r ceffylau. Roedden nhw'n bwriadu mynd gweddill y ffordd ar droed. Roedd cyffro yn y gwynt bellach. Aeth y milwyr y tu ôl i Rosco. Cododd ei law ac aethon nhw i mewn i'r twnnel. Dilynodd Mair. Roedd hi bron â chyrraedd yr ochr arall erbyn iddi weld y ffens. Doedd dim sôn am blismyn.

Gwasgarodd milwyr Rosco i bob ochr o geg y twnnel, gan sleifio am gysgod y cloddiau. Oedodd Mair wrth geg y twnnel. Roedd rhywbeth o'i le. Ni allai egluro'r peth. Teimlad. Gwacter. Edrychodd o'i chwmpas. Roedd y giât ar agor. Ni symudai unrhyw beth. Doedd dim gwarchodwyr, dim sôn am fywyd o gwbl.

'Llew!' gwaeddodd, ac roedd e wrth ei hochr mewn chwinciad. 'Mae rhywbeth o'i le,' meddai.

Rhedodd hi am y giât. Y tu ôl iddi clywodd rywun yn gweiddi ond nid atebodd. Parhaodd i redeg tan iddi gyrraedd yr adeilad lle'r oedd y babis wedi bod yn cysgu. Oedodd wrth y ffenest a syllu i mewn. Dim byd. Roedd y lle'n wag. Ble oedden nhw?

Trodd mewn panig a bu bron iddi daro Math.

'Maen nhw wedi mynd,' meddai Mair. 'Maen nhw wedi mynd â nhw. Beth maen nhw wedi ei wneud gyda nhw?'

Rhedodd eto o gwmpas cefn yr adeilad ar draws yr iard tuag at lle roedd y nyrsys yn cysgu. Roedd yr adeilad hwnnw hefyd yn wag. Oedodd, wedi blino'n lan. Roedden nhw'n rhy hwyr. Byddai hi byth yn maddau wrthi hi ei hun pe byddai'r plismyn wedi brifo'r babis, neu waeth na hynny.

Teimlodd law Math ar ei hysgwydd. 'Ddown ni o hyd iddyn nhw, Mair,' meddai'n dyner. 'Ddown ni o hyd iddyn nhw.'

Trodd tuag ato gan obeithio ei fod yn iawn.

Cymerodd Math law Mair a'i harwain yn ôl at y giât lle'r oedd Rosco'n sefyll. Chwiliai'r milwyr bob twll a chornel, ond yn ei chalon gwyddai Mair na fydden nhw'n dod o hyd i unrhyw beth. Cerddodd o gwmpas yr iard mewn breuddwyd. Ble oedden nhw? Sylwodd ar rywbeth glas. Roedd rhywbeth wedi cael ei daflu o dan silff y ffenest, rhywbeth oedd bron ar goll mewn cwlwm o chwyn. Aeth draw a'i godi. Hosan. Yna sylweddolodd mai pâr o sanau wedi eu plygu at ei gilydd oedd yn ei llaw. Pâr bach, bach o sanau yr oedd rhywun wedi gweu a'u lliwio'n las. Syllodd Mair arnyn nhw a llenwodd ei llygaid â dagrau. Gwelodd hi Rosco'n cerdded tuag ati a sychodd ei dagrau'n gyflym.

'Roedden ni'n rhy hwyr,' meddai Rosco. 'Maen nhw wedi symud nhw. Ond paid poeni, Mair. Ddown ni o hyd iddyn nhw. Dyw hi ddim yn hawdd cuddio gymaint â hynny o fabis.'

Amneidiodd Mair. Teimlai'n rhy wan i siarad.

'Awn ni adre,' meddai Math.

Gwthiodd Mair y sanau bach yn ei phoced ac edrych ar y fferm babis am y tro olaf. Yna dilynodd hi Math.

# PENNOD 25

**OER**

Heb gynhesrwydd

Y noson honno, tra bod Freya'n cysgu, aeth Mair i ben crib y bryn ac eistedd gan edrych i fyny ar yr awyr ddu. Tywynnai'r lleuad mor olau â llaeth, gan droi ei dillad yn arian. Lapiodd ei breichiau o gwmpas ei chorff a chofleidio'i hunan rhag yr oerfel. Roedd cymaint wedi digwydd. Cymaint wedi newid. Edrychodd ar y lleuad yn arnofio ar ymyl y byd hwn. Gwelodd y lleuad fel ag yr oedd – lle oer a diffaith yn edrych i lawr ar y Ddaear oedd wedi ei dinistrio. Y Ddaear oedd wedi bod mor hardd ar un adeg, gyda chaeau gwyrdd ac afonydd glas, glas, ac anifeiliaid ac adar o bob lliw. Pe bai gan y lleuad feddyliau, doedd hi ddim am eu rhannu, meddyliodd Mair. Roedd hi'n hapus i edrych ar y byd mewn tawelwch.

Ond allai Mair ddim gwneud hynny. Gwyddai hynny nawr. Doedd hi ddim yn gallu hofran ar ymyl y Ddaear ac edrych o bell mewn tawelwch.

Edrychodd ar y lleuad eto. Na. Byddai dim modd iddi sefyll yn ei hunfan a gwneud dim. Roedd rhaid iddi newid pethau. Gwneud pethau'n well. Roedd rhaid iddi atal pethau cyn iddyn nhw fynd yn waeth. Gwyddai fod Freya eisiau ei lapio mewn blanced a mynd â hi ar y cwch bach yna gyda hwyl arian. Roedd hi eisiau mynd â hi 'nôl i'r lle'r oedd pobl yn byw'n rhydd. A dyna lle roedd rhan ohoni eisiau mynd. Roedd y plentyn ynddi eisiau mynd i Lanheddwch a byw'n fodlon, lle'r oedd pawb yn gyfartal, a lle'r oedd pobl wrth eu bodd â cherddoriaeth a chelf a geiriau o bob lliw. Ond pryd bynnag yr oedd yn ystyried y peth, gwelai hi wyneb Thaddeus, clywai wylo'r babi yn y fferm babis a chofiai beth roedd Ceridwen wedi ei ddioddef. Gallai hi ddim cerdded i ffwrdd.

A beth am Math? Pan fyddai'n meddwl am y dyfodol, ei dyfodol hi, roedd yntau'n rhan ohono. Gwridodd Mair wrth feddwl am y peth. Efallai nad oedd e'n meddwl fel yna amdani hi. Ond doedd hynny ddim yn newid unrhyw beth. Dyna sut roedd *hi*'n teimlo.

Gwibiodd ei phen yn ôl at y fferm babis. Roedd amser ar gyfer heddwch ac roedd amser i ymladd. A hwn oedd yr amser i ymladd.

Y bore wedyn, eisteddodd Freya a Mair wrth y tân a bwyta eu bara a'u cawl. Roedd y gwersyll wedi mynd yn annioddefol o brysur. Cyrhaeddodd mwy o filwyr yn ystod y nos ar ôl ymosod ar ragor o adeiladau yn yr Arch yn gynharach yn yr wythnos. Roedden nhw wedi lladd pobl. Nid plismyn yn unig ond pobl ddiniwed, gyffredin. *Cleifion rhyfel*, meddai Rosco. Y cwbl y gallai Mair feddwl amdano oedd y plant. Oedden nhw hefyd yn cael eu hystyried yn gleifion rhyfel? Gwyddai nad oedd Llew'n hapus, ond doedd dim llawer y gallai ei wneud. Roedd hyd yn oed rhai o'i bobl yntau'n cytuno â Rosco. Pobl fel Carmina. Doedd Mair ddim yn gwybod beth oedd Math yn ei feddwl. Doedd hi ddim wedi siarad ag e ers dod yn ôl.

'Galla i ddim aros i dy gael di allan o fan hyn,' meddai Freya, a gallai Mair weld faint o gyffro oedd gan ei mam ynghylch y syniad. 'Mae ysgol ganddyn nhw nawr ar gyfer pobl ifanc fel ti,' meddai Freya. 'Gallet ti astudio, Mair. Darllen llyfrau.'

Am y tro cyntaf yn ei bywyd meddyliodd Mair na fyddai darllen llyfrau'n ddigon iddi ond ni ddywedodd hi unrhyw beth.

'Ac mae arddangosfeydd celf a chyngherddau. O, Mair, fyddi di wrth dy fodd.'

Doedd hi ddim yn gwybod sut i esbonio wrth Freya bod rhaid iddi aros yma.

'Siaradais i gyda Llew,' meddai Freya. 'Mae'n meddwl y gall drefnu cwch i ni. Gallai gymryd rhai wythnosau, ond y funud y bydd wedi ei drefnu gallwn ni adael. Dychmyga, Mair – byddi di'n rhydd o'r lle yma.'

Ond doedd e ddim yn swnio fel rhyddid. Bywyd heb Math, heb ei ffrindiau. Bywyd lle'r oedd hi wedi gadael yr Arch. Nag oedd ots gan ei mam am y bobl oedd yn sownd yn yr Arch? Nag oedd ots ganddi am y babis yr oedd hi wedi edrych ar eu hôl? Roedd hi ar fin gofyn iddi pan ddaeth Llew draw.

'Alli di ein hesgusodi ni am funud, Mair? Mae angen i fi siarad gyda Freya.'

Roedd Mair yn falch o ddianc. Aeth draw at lle roedd y ceffylau wedi cael eu clymu a dod o hyd i'r march oedd wedi mynd â nhw i'r fferm babis. Cododd yr hen frwsh a brwsio ei got. Pan flinodd ei garddwrn, cerddodd i mewn i'r goedwig i gasglu perlysiau. Aeth ar ei gliniau ac ymgolli yn y gwaith rhythmig, araf o gasglu'r dail gwyrdd llachar. Cafodd sioc i glywed lleisiau. Rosco ac un o'i ddynion. Roedden nhw draw wrth y ceffylau a'u lleisiau'n cario yn yr aer clir.

'Hi yw'n harf cryfa ni,' meddai Rosco.

'Ti'n credu gwnaiff Anwen dalu i gael hi 'nôl?'

'Mae'n chwaer iddi. Yn ôl beth glywais i, dorrodd Anwen ei chalon pan laddodd Noa Leyla. Gawn ni unrhyw beth ganddi.'

'Am beth fyddet ti'n gofyn?'

'Popeth. Rhyddid llwyr. Dim rhagor o gyfreithiau iaith. Llywodraeth drwy etholiad. Yr hen ffyrdd. Democratiaeth.'

'Ac os na chytunith hi?'

Chwarddodd Rosco. Chwerthiniad cras a sych. 'Os na chytunith hi, geith hi ei chwaer yn ôl fesul darn.'

'Mae hwnna braidd yn eithafol,' meddai'r llall.

'Mae'n rhyfel. Mae adegau trychinebus yn galw am weithredoedd trychinebus.'

Ni symudodd Mair. Teimlai'n oer. Roedden nhw'n siarad am ei mam. Roedd hi eisiau eu hwynebu yn y fan a'r lle ond dywedai rhywbeth wrthi am beidio. Roedd angen iddi feddwl pethau drwodd yn iawn.

Aeth hi 'nôl i'r gwersyll. Roedd Ceridwen wedi blino ac roedd Mair yn falch o fynd â pheth o'r gwaith i ffwrdd oddi wrthi. Gwasgodd aeron, gan daro'r ffrwythau mor galed gyda charreg nes bod y sudd tywyll yn staenio'i bysedd. Ni sylwodd ar Math tan ei fod wrth ei hochr.

'Mair,' meddai.

Neidiodd hi. Edrychai i lawr arni a'i lygaid yn gymylog.

'Dw i angen siarad gyda ti,' meddai. Rhoddodd y garreg yr oedd hi'n ei dal i lawr. 'Pam na awn ni i ben y clogwyn? Gawn ni breifatrwydd fan'na.'

Amneidiodd hi. Trodd Math a cherdded i ffwrdd a dilynodd hi. Dim ond tri cham roedd hi wedi eu cymryd pan glywodd sŵn y tu ôl iddi. Roedd Rosco'n galw ei henw. Trodd. Prin y gallai edrych arno ar ôl yr hyn roedd hi newydd ei glywed. Roedd Llew gyda fe a rhai o'r dynion eraill. Roedd teimlad o gyffro o'u hamgylch nhw.

'Mair,' meddai Llew. 'Ni wedi cael neges gan Anwen.'

'Anwen?'

'Mae hi eisiau dechrau trafodaethau heddwch.'

'Mae hwnna'n dda, yn dyw e?' meddai Mair, gan edrych o un i'r llall. Oedd hyn yn golygu y gallen nhw fynd adre? Oedd posibilrwydd o heddwch?

'Mae'n dibynnu,' meddai Rosco.

'Ar beth?'

'A ydi hi'n dweud y gwir neu beidio. Efallai mai twyll yw hyn i gyd. Ond mae un peth yn glir – mae ein hymgyrch yn gorfodi iddi weithredu. Falle dylen ni ddechrau gwrthryfel nawr.

Storom Arch. Cael gwared arni hi a'i chriw unwaith ac am byth.'

'Ond os oes siawns i osgoi ymladd ...' meddai Llew.

Edrychodd Mair ar Rosco. 'Dyw hi ddim yn amser am ryfel. Ddim os yw hi'n gofyn i gael siarad.'

Gwenodd Rosco. Gwên heb gynhesrwydd. 'A pha amser yw'r amser iawn, Mair? Alli di byth ddychmygu amser iawn?'

'Mae problem arall,' meddai Llew, ei wyneb yn ofidus a'i lygaid yn fain. Edrychodd Mair arno'n obeithiol. Llyncodd yn galed ac yna cyffyrddodd â'i braich. 'Dim ond gyda ti wnaiff Anwen siarad, Mair.'

*Roedd Werber wedi ymlâdd. Cymerodd ddau ddiwrnod i argyhoeddi Anwen i gytuno i'w gynllun. Doedd hi ddim yn deall pam y dylen nhw ofyn am Mair, ond roedd Werber yn gwybod mai dyma oedd ei gyfle olaf i'w chael hi yna. Cyflymodd ei galon. Os âi popeth fel wats byddai'n ei gweld hi cyn hir. A byddai popeth yn mynd fel wats. Roedd Anwen wedi anfon gwahoddiad ati na allai ei wrthod. Oni bai ei bod am i ragor o bobl farw. A gwyddai na fyddai hi eisiau hynny. Roedd hi'n annwyl, yn union fel yr oedd yntau.*

*A fyddai hi'n teimlo'r un fath amdano fe? Roedd yn siŵr y byddai hi. Gwelodd e'r olwg yn ei llygaid hi pan oedd e wedi rhoi ei rhyddid yn ôl iddi yn y tŵr dŵr. Roedd cariad yna, roedd yn siŵr o hynny. Roedd eisiau ei dal hi yn ei freichiau. Roedd eisiau maddau iddi am bopeth yr oedd hi wedi ei wneud. Cafodd hi ei llygru gan Math a'i ffrindiau. Roedd y plismyn wedi dweud y cwbl wrtho. Pe byddai hi'n wirioneddol edifar fe allai e faddau iddi. Byddai hefyd yn perswadio Anwen i faddau iddi. A byddai hi'n edifar. Roedd hi'n arfer casáu'r Difrodwyr gymaint ag yr oedd e'n eu casáu nhw. Ac roedd John Noa wedi ei charu, wedi ymddiried ynddi. Pan fyddai hi'n cyrraedd roedd e'n bwriadu argyhoeddi Anwen ei bod hi ar eu hochr nhw, bod y Difrodwyr wedi ei chadw hi yn erbyn ei hewyllys.*

*Doedd e'n dal ddim yn gallu cysgu. Roedd ysbrydion ym mhobman. Llenwai eu hanadl pydredig ei ystafell yn y nos, eu hewinedd hir yn crafu yn erbyn y ffenest. Rhai nosweithiau roedd e'n credu eu bod nhw'n chwilio am Anwen. Ar nosweithiau eraill roedd yn siŵr eu bod wedi dod i'w nôl e.*

# PENNOD 26

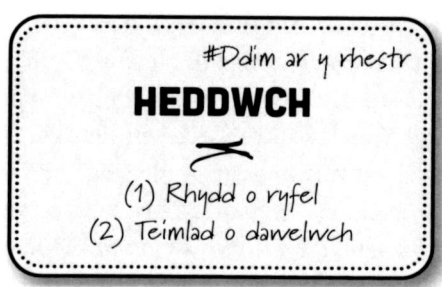

Teimlai Mair yn oer. Roedd hi'n ymwybodol o dawelwch mawr wrth i bobl ei gwylio hi. Roedd fel petai amser wedi sefyll yn stond a bod pawb yn aros iddi hi ddechrau'r cloc eto. Anwen. Pam hi? Pam oedd Anwen wedi ei dewis hi i gynnal trafodaethau â nhw?

'Dyw hi ddim yn gwneud hyn.' Clywodd Mair ei mam cyn iddi ei gweld. Gwthiodd Freya drwy'r dorf fechan a chydio yn llaw Mair. 'Gall rywun arall siarad â fy chwaer. Nid brwydr Mair yw hon. Dyw hi ddim yn mynd i aros yn yr Arch, does yr un ohonom ni'n mynd. Bydd rhaid i un ohonoch chi ddynion fynd. Nid gwaith plentyn yw hwn.'

'Dw i'n cytuno,' meddai Llew. 'Mae'n rhy beryglus. Pwy a ŵyr, fe allai fod yn dric. Wna i fynd.'

'Iawn,' meddai Rosco. 'Cer di, Llew. Wnawn ni dy gefnogi di. Beth am drafod a llunio ymateb. Wnawn ni feddwl am ofynion ac amserlen.'

'Dw i'n meddwl bod Anwen wedi rhoi amserlen i ni,' meddai Llew. 'Mae'n bwriadu lladd carcharorion mewn tri diwrnod os nad yw Mair yn mynd i'r Arch.'

Teimlodd Mair yr erchylltra'n chwyddo y tu mewn iddi. Roedd Anwen yn mynd i ddechrau lladd pobl ddiniwed. I ddial, byddai Rosco'n lladd mwy o bobl ddiniwed, falle hyd yn oed

Freya. Efallai ei bod wedi colli ei thad ond roedd hi'n gwybod na allai golli ei mam eto.

'Stop,' meddai Mair. Ffrwydrodd y gair allan o'i cheg a'i bwysau yn codi ofn arni. 'Wna i fynd.'

Cydiodd Freya yn ei braich. 'Mair,' meddai, 'beth wyt ti'n dweud? Alli di ddim mynd. Glywaist ti beth ddywedodd Llew. Gallai fod yn dric. Sut wyt ti'n gwybod na fydd hi'n dy ladd di'r funud ei di i'r Arch?'

'Dw i ddim yn gwybod,' meddai Mair. 'Ond dw i'n gwybod y bydd hi'n lladd eraill os nad af i yno.'

Diflannodd y lliw o wyneb Freya. 'Plis, Mair,' meddai. 'Newydd ddod o hyd i ti ydw i.'

'Sori, Mam,' meddai Mair. 'Does neb yn fwy blin na fi. Ond dyma fy ngwaith i. Fi yw'r crefftwr geiriau. Mae angen i fi wneud hyn.'

'Dy waith di?' Roedd Freya wedi cael braw. 'Pa waith? Plentyn wyt ti.'

'Dw i'n ifanc, Mam, ond fi yw'r crefftwr geiriau. Rhoddodd Ben y cyfrifoldeb i fi. Fi sy'n cadw geiriau. Dw i'n nabod Anwen. Dw i'n credu ei bod yn well ein bod yn gwneud beth mae'n ei ofyn.'

'Hyd yn oed os yw e'n golygu colli dy fywyd?'

'Dw i'n meddwl ei bod eisiau heddwch, Mam. Dyw hi ddim yn iach. Dyw hi ddim yn gallu gweld, a'r tro diwetha i fi ei gweld hi roedd hi'n cael trafferth anadlu. Dw i'n meddwl ei bod wedi blino gymaint â ni ar ryfela.'

'Awn ni 'te,' meddai Rosco a gallai Mair synhwyro o'i lais ei fod yn ddiamynedd. 'Mae eisiau i ni roi trefn ar bethau.'

Teimlodd Mair law ei mam yn llithro oddi wrthi.

'Un peth,' meddai Mair, gan ddal llygad Rosco. 'Dyw Freya ddim yn wystl yn y gêm yma. Ddim nawr. Ddim byth.'

Syllodd Rosco arni'n amheus. 'Wrth gwrs,' meddai.

'Dyw hi ddim yn un o'r colledion yn dy ryfel di, Rosco.

Gobeithio bo' ti'n deall hynny.' Gwelodd ei fochau'n gwrido. Gwyddai'n iawn beth roedd hi'n ei feddwl.

Nid ymatebodd. 'I'r gad,' meddai, ond roedd Mair yn gwybod ei bod wedi ennill y frwydr fach honno.

'Af i gyda hi.' Trodd Mair a gweld Carmina y tu ôl iddi. Roedd hi'n dal i edrych yn sâl ond roedd golwg benderfynol ar ei hwyneb.

'Bydd rhaid i ni ei gwarchod hi,' meddai Carmina. 'Hoffwn i fod yn y criw sy'n mynd i'r Arch. Os gall unrhyw un drafod gydag Anwen, Mair yw honno. Ond dyw hi ddim yn filwr.'

Roedd gwên ar wyneb Carmina wrth iddi ddweud hyn a theimlodd Mair gynhesrwydd tuag ati.

'Iawn,' meddai Rosco. 'Wnawn ni anfon bataliwn cyfan i'w hamddiffyn hi, gan dy gynnwys di, Carmina.'

Gwenodd Math ar Mair ac am eiliad anghofiodd hi ei holl broblemau.

Hedfanodd y diwrnod ar ôl hynny. Helpodd Mair i ddrafftio'r llythyr i Anwen, gan ddewis y geiriau'n ofalus, a dawnsio drostyn nhw fel pe baen nhw'n ffrwydron. Ac mewn ffordd, dyna beth oedden nhw. Roedd criw cryf yn mynd i fod yn amddiffyn Mair wrth iddi fynd i'r Arch. Roedd hi'n mynd i aros yn nhŷ Ben tra bod trafodaethau'n digwydd. Byddai hi'n derbyn bwyd a dŵr. Yna siaradodd Llew a Rosco gyda hi am eu gofynion nhw. Teimlai ei bod yn deall yn iawn beth roedd rhaid iddi ofyn amdano – democratiaeth. Un person, un bleidlais. Pan edrychai Mair ar y geiriau ar y dudalen roedd pethau'n ymddangos mor syml, ond tu ôl i'r pedwar gair byr yna roedd eu holl freuddwydion. Dim cyfyngiad ar iaith. Addysg i bawb. Amnesti i'r gwrthryfelwyr. Yn dâl am hyn, ni fyddai rhagor o ymosodiadau ar yr Arch. Yn dâl am hyn, bydden nhw'n amddiffyn y blaned gystal ag y gallen nhw. Yn dâl am hyn, bydden nhw'n gweithio'n galed i dyfu a datblygu eu cymuned. Gobeithiai Mair y byddai hyn yn ddigon.

Wrth iddyn nhw siarad a chynllunio, arhosodd Math wrth ei hochr. Daeth Ceridwen â bwyd iddyn nhw ac ambell air o anogaeth. Roedd y blinder i gyd fel pe bai wedi ei gadael hi a gallai Mair weld cyffro yn ei llygaid. Cyffro a gobaith. Gweddïodd Mair na fyddai hi'n ei siomi hi.

'Peidiwch anghofio am y babis,' meddai Mair. 'Y peth cynta ry'n ni eisiau ei wybod yw ble mae'r plant yna, ac a fyddan nhw'n cael eu dychwelyd at eu mamau.'

Cytunodd Llew a Rosco.

'Pryd awn ni?' gofynnodd Mair.

'Fory,' meddai Llew. 'Af i â ti fy hunan, ynghyd â chwech o'n milwyr gorau, a Math.'

'Af i â phawb arall,' meddai Rosco, 'a symud yn agosach i'r Arch rhag ofn i chi fynd i unrhyw drwbl. Rydym hefyd wedi dechrau trefnu o fewn yr Arch ei hunan. Mae cant o ddynion gyda ni'n barod i ymladd os oes angen. Y naill ffordd neu'r llall, dyma'n cyfle ni. Os na fydd siarad yn ddigon, fyddwn ni'n gweithredu. A'r tro hwn, byddwn ni'n barod.'

'Gobeithio ddaw hi ddim i hynny,' meddai Llew yn dawel.

Nid atebodd Rosco, ond gallai Mair glywed y geiriau ddywedodd e'n gynharach. *Pa amser yw'r amser iawn?* Roedd yn ddyn â'i fys ar glicied y gwn. Fyddai ddim yn cymryd llawer iddo ei thynnu.

Fe dreulion nhw weddill y diwrnod yn paratoi. Roedd hi'n hwyr y prynhawn cyn i Mair gael cyfle i siarad gyda Freya.

'Sori, Mam,' meddai. 'Dw i'n gwybod dy fod ti'n siomedig.'

'Dw i'n poeni, Mair. Dw i ddim yn siŵr a dw i'n trystio Anwen. Mae hi wedi mynd â Leyla oddi wrtha i'n barod. Beth fydden i'n ei wneud pe bai rhywbeth yn digwydd i ti?'

Gwelodd Mair y dagrau'n llenwi llygaid ei mam. 'Dyma sut dw i wedi byw fy mywyd,' meddai Mair. 'Mewn perygl o hyd. Ofn dweud y gair anghywir, ofn ymddiried yn y person anghywir. Mae'n rhaid iddo fe ddod i ben. Does neb yn haeddu byw fel hyn. Roeddet ti a Dad yn sylweddoli hynny. Aethoch chi yn erbyn John Noa. Roeddech chi eisiau newid.'

Gwenodd Freya. 'Ti mor debyg i dy dad. Dw i wedi dweud wrthot ti o'r blaen, Mair, dw i mor browd ohonot ti a byddai e wedi bod yn browd hefyd. Ond wrth i ti fynd yn hŷn dyw hi ddim mor hawdd bod yn ddewr. Ti'n meddwl gormod, dychmygu gormod. Dyw pobl ifanc fel ti ddim yn gwneud hynny. Doedden ni ddim chwaith pan oedden ni'n ifanc. Mae siarad gyda ti dros y dyddiau diwetha wedi gwneud i mi deimlo cywilydd. Pan ddes i 'nôl yma, y cwbl o'n i eisiau oedd dy gadw di'n ddiogel. O'n i'n teimlo fy mod i wedi cyfrannu gormod yn barod tuag at achub yr Arch. O'n i wedi colli Jac, a'n ffrindiau. Mae rhaid i ni drio eu hachub nhw i gyd, Mair. Cer gyda fy mendith i. Fydda i ddim yn bell y tu ôl i ti.'

'Wyt ti'n credu y gallet ti setlo yn yr Arch, Mam – Arch ar ei newydd wedd? Neu ydy dy galon yn Llanheddwch?'

Gwenodd Freya. 'Mae fy nghalon i ble bynnag rwyt ti, Mair. Allwn ni adeiladu Llanheddwch fan hyn. Mae newid bob amser yn bosibl. Mae'n digwydd gyda ni neu hebddon ni. Byddai'n well gen i fod yr un sy'n gwneud y newid.'

Teimlodd Mair ei chalon yn chwyddo. Roedd dal tân ym mol ei mam. 'Os digwyddith unrhyw beth i fi —' dechreuodd ddweud, ond cyffyrddodd Freya yn ei gwefusau â'i bys gan atal ei geiriau.

'Wnaiff ddim byd ddigwydd i ti, cariad,' meddai. 'Dim byd. Bydda i'n aros amdanat ti pan fydd popeth drosto a gallwn ni ddechrau eto. Mewn Arch newydd.'

Ni allai Mair siarad. Roedd ei llwnc yn dynn a'i llygaid yn llosgi gan ddagrau oedd heb eu hwylo.

Yn hwyrach, wedi iddi nosi ac wedi i'r ffaglau gael eu cynnau o gwmpas y ceunant, llwyddodd Mair i ddianc er mwyn bod ar ei phen ei hun. Dringodd i ben y llethr ac eistedd yna'n ceisio prosesu popeth oedd wedi digwydd. Aeth i mewn i'w byd bach ei hun.

Chlywodd hi ddim byd tan i Math gyffwrdd â hi ar ei hysgwydd. Edrychodd i fyny a gweld y gwallt tywyll, y llygaid llwydlas ac roedd hi eisiau rhedeg i ffwrdd. Doedd hi ddim yn credu y gallai hi siarad gydag e nawr. Eisteddodd wrth ei hochr, ei goesau hir wedi ymestyn o'i flaen. Tynnodd hi ei choesau'n dynn ati a chofleidio ei phengliniau.

'Welais i ti'n edrych ar y lleuad,' meddai.

Atebodd hi ddim. Roedd hi wrth ei bodd â sŵn ei lais.

'Pan o'n i'n fach,' aeth e'n ei flaen, 'o'n i'n meddwl bod y lleuad yn mynd â phobl. Ofynnais i 'nhad un tro ble roedd rhywun wedi mynd a dywedodd e, "I'r lleuad. Edrycha lan." Wnes i, a gweld yr wyneb cyfeillgar, cymylog yna a doeddwn i ddim mor ofnus wedi hynny.' Symudodd ychydig yn agosach ati. 'Wyt ti wedi maddau i fi eto?' meddai, a chredodd iddi glywed arlliw o wên yn ei lais.

Roedd ei chalon yn powndio. 'Mae angen i ti faddau i *fi*,' meddai hi.

'Am fod yn anghywir am Leyla?'

Amneidiodd hi.

'Nid dy fai di oedd e,' meddai Math. 'Pe bydden i wedi ei gweld hi, bydden i wedi gwneud yr un camgymeriad. Wnes i orymateb. O'n i'n ceisio gwarchod Llew ond wnes i weld e'r diwrnod wnaeth e achub Freya. Dyw Llew ddim angen fi i'w warchod e. Mae e wedi goroesi gwaeth pethau ac mae e'n ei chario hi gyda fe drwy'r amser, ei alar a'i gariad ati. Fi yw'r un i'w feio, Mair, nid ti.'

'Alli di faddau i fi am 'mod i bron â bod yn gyfrifol am dy farwolaeth di yn y siop y noson yna? Alli di faddau i fi am beidio gadael i ti aros i helpu Llew a dy ffrindiau?'

'Wrth gwrs dw i'n maddau i ti. Y gwir yw, wnes i erioed dy feio di.'

Gadawodd hi i'r geiriau hynny suddo i'w meddwl a theimlo pwysau wedi ei godi oddi wrthi.

'Ond beth am beidio trafod hyn rhagor,' meddai Math. 'Mae dy fam yn dy gefnogi di a dyna'r cyfan sy'n bwysig nawr. Mae cyn lleied o ddyddiau da, dylen ni eu dathlu mewn unrhyw ffordd y gallwn ni.'

'Dw i'n caru'r lleuad yna,' meddai Mair. 'Nag wyt ti?'

Trodd ei phen a theimlo ei wefusau meddal, cynnes ar ei rhai hi. Pwysodd yn agosach a gwasgu ei cheg at ei geg yntau, a'i arogl saets yn llenwi ei synhwyrau. Aeth gwefr fel trydan ar hyd ei hasgwrn cefn. Daliodd Math ei hwyneb rhwng ei ddwylo.

'Dw i'n credu fy mod i'n dy garu di,' meddai, ac oedodd Mair wrth geisio yfed y geiriau a'u blasu.

'Dwed e eto,' meddai hi wrtho.

Pwysodd ei ben yn ôl a chwerthin, sŵn cynnes a mawr oedd yn ei llenwi hi â hapusrwydd. Pryd oedd y tro diwethaf iddi glywed Math yn chwerthin? 'Dw i'n dy garu di,' meddai a'i chusanu hi eto, yn araf. Cusan berffaith.

'Dw i'n dy garu di hefyd,' meddai Mair, ac wrth iddi glywed ei geiriau ei hun, gwyddai fod hyn wedi bod yn wir o'r dechrau.

'Dw i'n breuddwydio amdanat ti,' meddai Math. 'Ac yn fy mreuddwydion ti'n hardd ... ond ddim mor hardd ag yr wyt ti fan hyn heno. Hoffen i roi'r byd i gyd i ti, Mair.'

'Ti yw'r byd i gyd i fi,' meddai Mair, a'r eiliad honno gwyddai ei bod yn golygu bob gair. Dyma'r bachgen yr oedd hi eisiau treulio bob diwrnod a phob nos yn ei gwmni, am byth.

Mwythodd Math ei boch gyda'i fawd. 'Dw i'n credu 'mod i wedi dy garu di o'r diwrnod cynta yna yn y siop.'

'Ond roedd twymyn arnat ti.'

Chwarddodd Math. 'Hyd yn oed wedyn. Wnest ti wneud i 'nghalon i guro'n gyflymach.'

'Beth am Carmina?' Roedd y geiriau allan cyn iddi allu eu cymryd yn ôl.

'Carmina?' gofynnodd Math.

'Nag wyt ti a hi ... Y ddau ohonoch chi ... o'n i'n meddwl—'

Cusanodd Math hi eto, gan roi'r gorau i'w hanner brawddegau.

'Mae sawl ffordd o garu rhywun,' meddai. 'Tyfodd Carmina a fi fyny gyda'n gilydd. Mae hi fel chwaer i fi.'

Teimlodd Mair ryddhad yn llifo drwyddi, yn golchi'r olaf o'i phryderon i ffwrdd. Gorweddodd yn ôl, ei phen ar ei ysgwydd, yn gwylio cwmwl yn pasio ar hyd wyneb y lleuad. Roedd ganddi gefnogaeth ei mam. Roedd ganddi Math. Beth yn fwy oedd ei angen arni?

# PENNOD 27

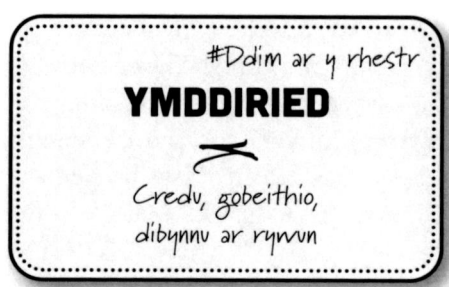

Y bore wedyn, rhoddodd Mair drefn ar ei meddyliau. Byddai trafod gydag Anwen yn golygu defnyddio'i holl allu i berswadio, ei geiriau gorau. A byddai cariad Math yn gefn iddi. Roedd gwybod hynny'n gysur mawr iddi.

Daeth Ceridwen i'w gweld hi cyn iddi adael. 'Cofia, dwyt ti ddim yn gwneud hyn ar dy ben dy hunan, Mair,' meddai. 'Mae Ben yma gyda ti, a holl eneidiau'r meirw. Gofyn iddyn nhw am help. Ymddiried yn dy eiriau. Ti sy'n iawn, ddim Anwen. Bydda i fan hyn yn gweddïo i'r Dduwies a'r holl gyndeidiau ar dy ran.'

Cymerodd Mair yn ei breichiau a theimlodd Mair y cryfder mawr yn y corff bach, a rhoddodd hyn obaith iddi.

Roedd dweud ffarwél wrth Freya'n anoddach. Daliodd ei mam hi'n agos a mwytho'i gwallt. Yna cydiodd ynddi wrth ei hysgwyddau ac edrych i fyw ei llygaid. 'Beth oeddet ti'n meddwl ddoe pan ddywedaist ti 'mod i ddim yn wystl?'

'Dw i'n poeni bo' ti yma ar ben dy hunan,' meddai Mair. 'Mae Rosco'n dy weld di fel rhywbeth gwerthfawr oherwydd dy gysylltiad ag Anwen. Paid ymddiried ynddo fe.'

Gwenodd Freya. 'Dw i wedi nabod sawl Rosco yn fy amser, Mair. Paid poeni amdana i. Alla i edrych ar ôl fy hunan.'

'Rhaid i fi fynd, Mam. Maen nhw'n aros amdana i. Sori.'

'Cer yn ddiogel, bach,' meddai Freya. 'Fydda i gyda ti cyn bo hir.'

Trodd a mynd yn ôl i'w phabell. Doedd dim yn y byd roedd Mair eisiau ei wneud yn fwy na mynd ar ei hôl.

Yn nes ymlaen, wrth farchogaeth y tu ôl i Llew a Math a'u grŵp bach o filwyr arfog, canolbwyntiodd Mair ar Anwen yn unig. Cofiai siarad gyda hi ar ôl i Noa ladd Leyla. Cyfaddefodd ei bod wedi helpu Mair yn y gorffennol, gan anfon llythyr dienw ati i'w sicrhau bod Ben yn dal yn fyw. Roedd hi'n casáu beth roedd Noa wedi ei wneud i Leyla. Doedd ei modryb ddim yn ddrwg i gyd. Sut allai hi fod? Roedd hi'n chwaer i Leyla a Freya ac roedd gwaed yn dewach na dŵr. Noa oedd wedi ei llygru hi. Deallai Mair hynny. Roedd hi ei hun wedi credu Noa am gyfnod lawer rhy hir. A nawr roedd Anwen eisiau heddwch. Roedd rhaid ei bod wedi gweld y dioddefaint yr oedd hi'n ei achosi i'r bobl, y plant, y babis.

Roedd y daith i'r Arch fel pe bai'n mynd ymlaen am byth. Teimlodd Mair ei chalon yn llamu wrth feddwl am weld y dref eto. Er gwaetha popeth oedd wedi digwydd, hwn oedd ei chartref hi. Ar ôl diwrnod o ymlwybro drwy'r goedwig, sefydlon nhw eu gwersyll a setlo i gysgu mewn cylch o gwmpas y tân. A thrwy'r cwbl, roedd cusan Math ar ei meddwl fel cân na allai ei hanghofio.

Y bore wedyn, aethon nhw'n gynnar. Roedd egni newydd gan bawb a rhyw gyffro tawel yr oedd hyd yn oed y ceffylau i'w gweld yn ei rannu. O'r diwedd, pan oedd Mair yn meddwl na fyddai byth yn ei weld, daeth siâp cyfarwydd y tŵr dŵr i'r golwg drwy'r niwl.

Yn araf, daethon nhw oddi ar gefn eu ceffylau. Cymrodd Math law Mair a theimlodd hi wefr o'i gyffyrddiad. Gyda'i gilydd cerddon nhw i mewn i'r hen gyntedd. Aros i Llew agor y trapddôr ac yna, fesul un, aethon nhw i'r fan arferai fod yn lloches iddyn nhw. Edrychodd Mair o'i chwmpas. Roedd y lle wedi ei drawsnewid. Roedden nhw wedi clywed gan wahanol ffynonellau sut roedd y plismyn wedi ei racsio gan ddinistrio popeth. Ond roedd ei weld yn dal yn sioc i Mair. Cerddodd o gwmpas yn araf a gweld gweithiau celf yn lludw ar y teils hardd.

Aeth i'r wal bellaf lle'r arferai portreadau o'r arwyr hongian. Portread o Ben. Portread o Leyla. Y darluniau hardd roedd Carmina wedi eu creu. Nawr roedden nhw'n deilchion ar y llawr, a rhai darnau'n dal i lynu ar y wal ond y rhan fwyaf yn gonffeti ar y llawr.

'Alla i eu peintio nhw eto.'

Dychrynodd y llais Mair. Safai Carmina y tu ôl iddi, yn edrych ar y dinistr. 'Alla i baentio nhw i gyd eto,' meddai hi'r eilwaith. 'Ac fe wna i. Does dim angen poeni.'

'Dw i'n falch bo' ti gyda ni,' meddai Mair, ac roedd hi wir yn meddwl pob gair.

Gwenodd Carmina. 'Efallai nad ydyn ni'n gytûn ar bopeth o hyd, Mair, ond allen ni ddim dy weld di'n cael crasfa gan Anwen a'i ffrindiau.'

Chwarddodd Mair. 'Bydd wastad angen milwyr da arnon ni, Carmina, ac mi wyt ti'n filwr da.'

'Os lwyddwn ni heddi, bydd angen crefftwyr geiriau arnon ni hyd yn oed yn fwy,' meddai Carmina.

Edrychodd Mair o'i chwmpas am y tro olaf. 'Awn ni,' meddai. 'Does dim allwn ni ei wneud fan hyn. Gorau po gynta siaradwn ni ag Anwen er mwyn i bethau ddechrau gwella.'

Daeth y geiriau allan yn gryf a gwir, achos gwyddai yn ei chalon mai'r unig beth oedd yn bwysig nawr oedd y dyfodol. Gallen nhw gael hyn i gyd eto a mwy, ond nawr roedd hi'n amser gweithredu.

Arweiniodd y ffordd allan o'r tŵr dŵr ac i'r bore llaith. Roedd y ceffylau wedi blino ac yn cerdded yn araf at wal y dre.

Cawson nhw ei stopio ar giât ddeheuol yr Arch. Roedd y giât ei hun ar agor a hanner dwsin o blismyn yn sefyll yna gyda'i gilydd fel haid o frain llwyd. Daeth y ceffylau i stop. Cymerodd y plismyn un golwg arnyn nhw a dweud dim. Aeth y ceffylau yn eu blaenau drwy'r giât. Roedd sŵn eu traed fel rhybudd, meddyliodd Mair.

Wrth iddyn nhw fynd ar hyd y strydoedd, safai pobl yn eu drysau yn eu gwylio. Roedd hi'n dal yn gynnar a doedd y gweithwyr ddim yn y caeau eto. Teimlai Mair wres eu llygaid ar ei chefn. Roedd y rhan fwyaf yn gwylio'n dawel ond bob hyn a hyn byddai llais yn gweiddi, naill ai'n rhegi arnyn nhw neu'n eu hannog. Ceisiodd Mair beidio ymateb i'r naill beth na'r llall. Doedd hi erioed wedi teimlo mor ddiamddiffyn. Gallai'r plismyn eu saethu o'r toeau, o'r drysau agored. Doedd ganddyn nhw ddim modd i amddiffyn eu hunain. Hi oedd y ferch oedd wedi lladd Noa. Y ferch oedd wedi lladd Curon. Oni fydden nhw eisiau ei lladd hi?

Daethon nhw at hen dŷ Mair a dringo oddi ar y ceffylau. Cymerodd un o ddynion Rosco ei cheffyl ac aeth hi, Llew a Math at ddrws y siop. Roedd ar agor. Arhosodd dynion Rosco tu allan yn gwarchod tra bod Llew, Mair a Math yn mynd drwy'r drws.

Pan oedden nhw tu mewn tynnon nhw'r bolltiau mawr i'w lle a phwysodd Mair ar y drws caeedig.

'Roedd hwnna'n brofiad gwahanol,' meddai Math gyda gwên.

'O'n i'n teimlo fel cleren ar fin cael fy lladd,' meddai Llew, gan dynnu ei got a'i thaflu ar y cownter a oedd wedi cael ei dorri'n ddau. Roedd rhan ohono'n gorwedd wedi torri ar y llawr a darnau o bren yn glynu ar y briw fel dannedd bach, miniog. Roedd y llawr ei hun wedi ei orchuddio â geiriau. Gorweddai cardiau bach, oedd mor gyfarwydd i Mair, fel dail o dan draed. Roedd hi fel pe bai corwynt wedi pasio drwy'r ystafell gan adael dim byd yn sefyll ar ei ôl. Roedd y llawr marmor gwyn yn oer o dan ei thraed, ac am eiliad, gwelodd hi Curon yn gorwedd yna â gwaed yn pwmpio o'i fron.

Gwthiodd Mair y ddelwedd allan o'i phen a dilyn y dynion drwodd i'r ystafell gefn, lle'r oedd poteli o ddŵr a thri phlatiaid o fwyd yn aros amdanyn nhw. Cawl betys. Bara ac afalau. Roedd yr ystafell hon wedi cael ei gosod yn ôl i ryw fath o drefn. Aeth at ei desg. Roedd ei hysgrifbin, oedd wedi ei gerfio o ddarn o bren, yn dal yna. Cododd e a'i deimlo'n gadarn gysurus rhwng ei bysedd.

'Beth ydyn ni'n mynd i'w wneud nawr?' meddai Math yn dawel.

'Aros i gael ein galw, siŵr o fod,' atebodd Llew.

*Yn ôl yr arfer,* meddyliodd Mair yn chwerw. *Aros i gael gorchymyn am beth i'w ddweud, beth i'w feddwl.*

'Na,' meddai Mair. 'Dydyn ni ddim yn mynd i aros nes ei bod hi'n penderfynu ein galw ni. Beth am fwyta'n bwyd ni a mynd i dŷ Noa a mynnu ei gweld hi.'

Chwarddodd Llew yn uchel. 'Ti'n ddewr,' meddai. 'Ond ti'n iawn, Mair. Dim rhagor o fod yn daeog.'

Gorffennon nhw eu bwyd. Siaradodd Llew a Math ond roedd Mair yn ei byd bach ei hun. Roedd hi'n cofio'r diwrnod aeth hi i dŷ Noa a dywedodd e wrthi fod Ben wedi marw.

'Ti yw'r crefftwr geiriau nawr,' dywedodd. 'Wyt ti'n barod ar gyfer yr her?'

Roedd Mair wedi cymryd tan yr eiliad hon iddi wybod ei bod yn barod.

Cerddon nhw drwy'r stryd ac i fyny'r allt at dŷ Noa. Aeth criw o'i blaen a thu ôl iddi fel wal i'w hamddiffyn. Llew yn y blaen, Math y tu ôl, a dynion a menywod Rosco bob ochr. Wrth iddyn nhw gerdded, gallai hi glywed arogl y bwyd yn cael ei goginio yn y Gegin Ganolog. Arogl melys winwns a bara ffres. Cerddon nhw heibio siop y teiliwr. Safai ei wraig wrth y drws. Dilynodd ei llygaid bach hi nhw, ei gwefusau'n denau a phletiog. Roedd siop y tuniwr wedi cau ond safai ei fwcedi ar y llwybr, yn fflachio yng ngolau'r haul fel yr oedden nhw wedi gwneud erioed. Tynhaodd dyrnau Mair wrth iddyn nhw gyrraedd y Tŷ Crwn, sef pencadlys y plismyn. Roedd ystyllod pren dros y ffenestri gwaelod a chredai Mair ei bod yn gallu arogli mwg yn yr aer. Gwaith Rosco. Yn yr iard roedd ambell blentyn yn chwarae, yn cicio pêl roedden nhw wedi ei chreu rhyngddyn nhw. Roedd eu lleisiau ifanc yn rhyfedd wrth ochr yr adeilad diflas. Meddyliai Mair efallai mai plant plismyn oedden nhw yn aros i'w rhieni orffen eu gwaith.

Wrth y drws ffrynt roedd clwstwr o blismyn, fel delwau, yn gwylio'r stryd. Edrychodd Mair arnyn nhw, yn benderfynol o beidio gadael iddyn nhw chwalu ei hyder. Roedd hi bron â'u pasio nhw pan deimlodd hi rywbeth gwlyb yn taro ei hwyneb. Cyffyrddodd â'i boch a theimlo poer cynnes. Sychodd e i ffwrdd a gwenodd un o'r plismyn.

'Cerdda,' meddai Math. 'Paid ymateb.'

Dringon nhw'r grisiau. Pam gyrhaeddon nhw'r giât ar ben y grisiau, oedodd y criw i gael eu hanadl. Uwch eu pennau roedd gwylan yn crio a chlywodd Mair y gwynt yn codi, ei sŵn fel chwiban uchel. Islaw roedd yr Arch fel cwilt enfawr, yn llwyd a gwyrdd a hollol lonydd.

Aeth Mair at y drws a churo'n uchel. Safodd y dynion y tu ôl iddi. Agorodd y drws a safai Anwen yna. Oedd hi wedi bod yn aros amdanyn nhw?

'Mair?' meddai â'i hanadl yn dod allan mewn ebychiadau byr. Sylwodd Mair ar ei chroen glas golau o gwmpas ei cheg a'i llygaid coch.

'Ie,' meddai.

'Dere mewn,' meddai Anwen yn hamddenol, fel pe bai Mair yn galw heibio bob dydd.

Dilynodd Mair hi lawr y coridor hir, cyfarwydd, yn ymwybodol o Llew a Math a'r lleill y tu ôl iddi. Roedd popeth yn dawel oni bai am sŵn anadlu llafurus Anwen a churiad main ei ffon yn taro'r llawr sgleiniog.

Hanner ffordd ar hyd y coridor, oedodd Anwen ac agor drws. 'Dw i eisiau siarad gyda Mair ar ei phen ei hunan,' meddai.

'Bydd hynny ddim yn bosib,' meddai Llew.

'Cer mewn i weld,' meddai Anwen. 'Does neb arall yma. Dw i ddim yn credu bod gyda chi unrhyw beth i boeni amdano gan grupl fel fi.'

Cerddodd Llew heibio ac i mewn i'r ystafell. Gwyliodd Mair e'n archwilio'r ystafell.

'Mae'n iawn, Llew,' meddai hi wrtho. 'Fyddi di tu allan i'r drws.'

Amneidiodd. Arweiniodd Anwen hi mewn a chau'r drws. Eisteddodd Anwen a phwyntio at gadair gyferbyn â hi. 'Wel,' meddai, wrth i Mair eistedd ynddi. 'O'n i ddim yn meddwl y bydden ni'n cwrdd eto.'

'Dywedest ti dy fod ti eisiau heddwch,' meddai Mair. 'Dyna'r unig reswm dw i yma.'

'Heddwch,' meddai Anwen yn ofalus. 'Dyna beth oedd John eisiau, ti'n gwybod. Roedd e wastad yn dweud ei fod eisiau byd lle gallai'r oen orwedd gyda'r llew.'

Roedd tawelwch am eiliad, a gallai Mair glywed ocheneidiau poenus ysgyfaint Anwen wrth iddi ymladd am aer.

'Daeth yr amser i gydnabod ein bod wedi ein trechu,' meddai Anwen. 'Mae ein harbrawf wedi methu. Dw i'n credu 'mod i'n gwybod hynny'r diwrnod bu John farw ond o'n i wir eisiau dal fy ngafael ar rywbeth. Nawr dw i wedi dod i sylweddoli fy mod i'n marw. Dywedodd y Brwydrwyr Gwyrdd wrtha i na fydda i'n byw yn llawer hirach. Mae fy organau'n methu. Mae fy ngolwg yn mynd. Dw i eisiau rhoi trefn ar bethau.'

Er gwaethaf popeth, teimlodd Mair rywbeth yn ei chalon. Edrychai Anwen mor sâl a thrist.

'Felly, beth wyt ti eisiau, Mair?'

Meddyliodd Mair yn gyflym. 'Ni'n gwybod am eich arbrawf

diweddaraf chi,' meddai, heb guddio ei ffieidd-dra at y peth. 'Y fferm babis.'

Amneidiodd Anwen. Ni newidiodd ei hwyneb. Syllodd i'r pellter.

Aeth Mair yn ei blaen. 'Beth ydych chi wedi ei wneud â nhw?'

'Roedd rhaid i ni eu symud am resymau diogelwch. Maen nhw'n hollol saff.'

'Rydym eisiau i'r babis yna gael eu dychwelyd at eu mamau. Bydd dim trafodaethau tan fod hynny wedi ei wneud.'

Doedd Mair ddim wedi sylweddoli ei bod yn mynd i ddweud hyn. Daeth y geiriau allan ar eu pen eu hunain.

Amneidiodd Anwen eto. 'Wna i hynny,' meddai.

Doedd Mair ddim yn gwybod p'un ai i'w chredu hi neu beidio.

'Felly beth arall wyt ti eisiau, Mair? Dydych chi ddim yn lladd pobl am y rheswm hynny'n unig, ydych chi?'

'Ni'n lladd pobl?' meddai Mair yn grac. 'Beth am y bobl rwyt ti wedi eu lladd, Anwen? Beth am y Dre Arian?'

Edrychodd Anwen arni'n ddi-hid. 'Roedd rhaid i ni amddiffyn ein hunain.'

'Rhag pobl ddiniwed a babis?'

Gwelodd hi Anwen yn gwingo. 'Beth wyt ti eisiau, Mair?' meddai eto.

'Rhyddid,' atebodd Mair. 'Ni eisiau democratiaeth a rhyddid i siarad.'

Chwarddodd Anwen yn chwerw a throdd y chwerthin yn bwl o beswch. Estynnodd am wydraid o ddŵr a'i yfed yn araf. 'Felly ti eisiau democratiaeth. Eisiau mynd yn ôl i'r ffordd roedd pethau? Achos weithiodd hwnna mas mor dda i ni gyd.'

'Mae gan bob system ei gwendidau a doedd yr hen system ddim yn berffaith. Ond roedd hi'n well na hyn.'

Cymerodd Anwen lymaid arall o ddŵr. 'Yn yr hen ddyddiau

roedd llawer o sôn am ryddid i siarad,' meddai. 'Dyfais i ddyn ddeall ei fod yn rhydd ond dyw hynny ddim o anghenraid yn wir. Roedd pobl yn gwneud honiadau gwyllt a di-sail. Maen nhw'n dweud nad oes y fath beth a chynhesu byd-eang! Neu fod pobl oedd ddim yn edrych fel ni ddim yn meddwl fel ni! Roedd pobl yn cael rhyddid i ddweud beth bynnag roedden nhw eisiau ac felly mi oedden nhw. Ai dyna beth ti eisiau 'nôl?'

'Ie,' meddai Mair. 'Mae pobl wedi dysgu llawer o'r hyn ddigwyddodd. Dydyn nhw ddim yn dwp. Gallwn ni wneud yn well. Ond wnawn ni ddim gwneud yn well drwy ddwyn babis wrth eu mamau. Dw i'n gwybod gymaint â hynny.'

'Dw i'n gweld,' meddai Anwen ac ochneidio. 'Wna i feddwl am beth ddywedaist ti. Dw i'n meddwl bod gwell i ti adael nawr. Dw i wedi blino.'

'A'r plant? Y babis?'

'Dw i wedi rhoi fy ngair, Mair. Wna i sortio hwnna.'

'Allwn ni siarad eto fory,' meddai Mair a sefyll. Aeth at y drws.

'Mair!' Trodd Mair ati. 'Mae newid yn dod yn raddol. Bydd rhaid i ti fod yn amyneddgar.'

Edrychodd Mair arni'n ofalus. 'Dw i ddim yn credu bod gen i na ti amser i fod yn amyneddgar,' meddai.

Wrth iddi fynd trwy'r drws, gallai glywed Anwen yn ymladd am ei hanadl.

# PENNOD 28

'Nôl yn ei hen gartref, teimlai Mair fel pe bai pwysau wedi cael eu tynnu oddi ar ei hysgwyddau. Roedd pethau ar fin newid am byth. Eisteddodd wrth ei hen ddesg a chaniatáu i'w hunan freuddwydio am y dyfodol.

Yn ddiweddarach, wrth fwyta eu swper, dywedodd wrth Llew a Math beth oedd wedi digwydd.

'Felly, ti wir yn meddwl ei bod wedi cydnabod ei bod wedi ei threchu,' meddai Llew.

'Ydw,' meddai Mair. 'Mae hi'n dal yn dadlau am werth yr hen system, ond mae'n gwybod nawr na all cynllun Noa byth weithio.'

'Dw i'n ei chael hi'n anodd credu ei bod wedi rhoi'r gorau iddi mor hawdd,' meddai Math.

'Mae wedi blino'n lan, Math. Welaist ti hi. Dyw hi braidd yn gallu anadlu.'

Er i Math nodio'i ben, teimlai Mair nad oedd e wedi ei argyhoeddi'n iawn. Roedd hynny'n naturiol, meddyliodd. Roedd wedi bod y tu allan i'r system am mor hir, byddai'n cymryd amser iddo allu ymddiried yn unrhyw un.

'Mae Rosco a'i bobl wedi symud mewn i'r hen ddŵr dŵr,' meddai Llew. 'Wnes i siarad gyda fe prynhawn yma. Mae Freya a Ceridwen gyda nhw. Maen nhw'n paratoi i fynd i ryfel os oes angen.'

Teimlai Mair yn anghyffyrddus. 'Gorymateb braidd? Ni newydd ddechrau trafodaethau heddwch ac mae e'n paratoi at ryfel?'

'Doedd Rosco erioed yn gredwr mawr mewn siarad,' meddai Llew gyda gwên. 'Dim ond bod yn ofalus mae e, Mair.'

'Ond beth os daw'r plismyn i wybod? Sut alla i gael Anwen i ymddiried yndda i os y'n ni'n cynllunio am ryfel tu ôl i'w chefn hi?'

'Ni ddim yn cynllunio am ryfel,' meddai Math, a chlywodd Mair galedi newydd yn ei lais. 'Ni ddim ond sicrhau'n bod ni'n ddiogel.'

Gallai hi ddim anghytuno â hynny, ond doedd hi ddim yn gyffyrddus â'r syniad. Roedd ei chweched synnwyr yn dweud wrthi na fyddai heddwch heb fod y ddwy ochr yn ymddiried yn ei gilydd. Ni ddywedodd hi ragor y noson honno, ac am weddill yr wythnos aeth 'nôl a 'mlaen at Anwen, gyda chriw yn ei hebrwng a phob cyfarfod yn digwydd yn yr ystafell honno lle wnaeth hi gwrdd â Noa am y tro cyntaf. Dechreuodd hi edrych ymlaen at y sgyrsiau yna gydag Anwen. Buon nhw'n trafod addysg a chelf a cherddoriaeth, ac er na allai Mair argyhoeddi Anwen i weld pethau'r un ffordd â hi bob tro, teimlai ei bod yn gwneud cynnydd o ryw fath. Ond doedd mater y babis yn dal heb ei ddatrys.

'Mae'n fater gweinyddol,' meddai Anwen. 'Mae'n rhaid i ni fynd trwy'n ffeiliau ni a sicrhau bod y babis yn mynd yn ôl at y rhieni cywir. Mae'n cymryd amser.'

'Does dim trafodaeth am hyn,' mynnodd Mair. 'Mae digon o oedi wedi bod yn barod. Mae angen i'r plant yma fynd 'nôl i fyw bywyd normal. Dydyn ni ddim yn gwybod faint o niwed sydd wedi ei wneud iddyn nhw fel y mae. Os na fyddan nhw'n clywed iaith efallai na fyddan nhw byth yn siarad. Mae digon o bobl ddieiriau yn yr Arch, Anwen. Rho'r gorau i'r arbrofi yma. Rho nhw 'nôl.'

Ochneidiodd Anwen. 'Wythnos arall. Dylai popeth fod wedi ei sortio erbyn hynny.'

Wythnos yn ddiweddarach daeth Mair i gyfarfod arall gydag Anwen, ond y tro hwn roedd rhywun arall yn yr ystafell.

'Dw i'n credu dy fod ti'n nabod Werber,' meddai Anwen. 'Mae'n Frwydrwr Gwyrdd nawr ac yn un o fy ymgynghorwyr dw i'n ymddiried ynddo fwya.'

Werber. Y tro diwethaf iddi ei weld roedd e wedi achub ei bywyd yn y tŵr dŵr. Roedd hi wedi ei adnabod ers ei fod yn blentyn. Roedd e wedi bod eisiau paru gyda hi. Gwyddai Mair hynny ers blynyddoedd a doedd hi erioed wedi ei hoffi.

'Werber,' meddai. 'Dim drwg.'

'Dim drwg,' atebodd Werber, gan syllu arni. 'Dw i'n meddwl y dylen ni drafod y trosglwyddo,' meddai.

Ni allai hi dynnu ei llygaid oddi arno. Roedd rhywbeth yn wahanol amdano. Dyma'r tro cyntaf roedd Mair wedi ei glywed yn siarad unrhyw beth ond iaith Rhestr, yn un peth. Roedd wastad wedi bod yn haerllug a balch o'i hunan, ond nawr roedd yn llawn rhyw fath arall o hyder.

'Hoffai Anwen a fi wneud cynnig,' meddai Werber.

Arhosodd Mair.

'Byddai hyn yn drefniant dros dro tan ein bod yn barod i gael etholiad.'

'A beth fyddai'r trefniant?' meddai Mair.

Cliriodd Werber ei lwnc. 'Byddai Anwen yn hoffi i fi arwain yr Arch ar ei rhan hi gydag un o'ch pobl chi. Bydden ni'n gweithio gyda'n gilydd tan fod y ... y trosglwyddo wedi ei gwblhau.'

'Ti?' Prin gallai Mair guddio ei syndod. Gwelodd ei gorff yn tynhau.

'Ie, fi. Pam lai?'

Sylweddolodd Mair ei bod wedi ei frifo ac aeth yn ei blaen. 'Byddai gan un o'n pobl ni rôl gyfartal?' Oedd hyn wir yn digwydd? Fydden nhw'n trosglwyddo pŵer mor hawdd? 'Llew,' meddai hi heb oedi. 'Os yw'n pobl ni'n cytuno â'r cynllun, dw i'n meddwl mai Llew ddylai fod yr un i'n cynrychioli ni.'

'Partner Leyla,' meddai Anwen yn dawel.

Amneidiodd Mair.

'Dw i'n meddwl y dylen ni symud ymlaen mor gyflym â phosibl,' meddai Werber. 'Dyw Anwen ddim yn dda ac mae'r straen yn gwneud ei chyflwr yn waeth.'

Roedd ganddo'r un tôn nawddoglyd i'w lais oedd yn mynd ar nerfau Mair erioed, fel pe bai'n diystyru ei herio hi'n barod.

'Dw i angen trafod eich cynnig chi gyda fy mhobol,' meddai Mair.

'Gyda'r Difrodwyr?'

Clywodd Mair y crechwen tu ôl i'w eiriau. 'Mae'n well gyda ni'r enw Crewyr,' meddai.

Cododd Werber ei aeliau.

Ochneidiodd Anwen. Roedd ei hwyneb yn welw, welw, ei llygaid yn drwm ac roedd yr ystafell uchel fel pe bai'n amlygu ei hanadlu herciog.

'Wyt ti'n iawn, Anwen?' meddai Werber gan fynd ati.

Dechreuodd hi besychu'n drwm a thynnodd Werber foddion o'i boced a'i wasgu at ei gwefusau. Crynodd corff Anwen am eiliad ac yna roedd hi fel pe bai hi wedi rhoi'r gorau i anadlu'n llwyr. Daliodd Mair ei hanadl ei hunan ac yna, fel argae'n chwalu, dechreuodd yr anadlu gwichiog eto.

Safodd Mair. 'Dw i am fynd,' meddai.

Amneidiodd Werber ac aeth yn ôl i drin Anwen.

Aeth Mair oddi yna. Roedd ei phen yn troi. Ysai am rannu'r newyddion gyda Math a Llew. Cyn gynted ag yr oedden nhw tu fewn i ddrws y siop dywedodd hi wrthyn nhw.

'Rhannu pŵer?' meddai Llew gan wgu.

'Dim ond tan i ni allu cynnal etholiad,' meddai Mair.

Edrychai Math yn amheus. 'Sut wyt ti'n teimlo am Weber? Wyt ti'n meddwl y gallwn ni ymddiried ynddo fe?'

'Pan oedd Noa'n fyw, roedd Werber yn ei addoli ond fe helpodd e fi i ddianc. Er hynny, dw i erioed wedi ei hoffi. Mae'n rhy ffals. Wastad yn ceisio plesio rhywun arall.'

'Dw i wedi clywed pethau,' meddai Math. 'Mae'n debyg ei fod wastad yn llwfr ond yn ddiweddar mae e fel pe bai'n syrthio'n ddarnau. Dywedodd Turc, un o'n hysbiwyr ni o fewn yr heddlu, ei fod wedi dod o hyd iddo'n cerdded o gwmpas yn y nos yn siarad am y meirw.'

'Beth mae'n ddweud am y meirw?' gofynnodd Llew.

Cododd Math ei ysgwyddau. 'Mae e eu hofn nhw. Ofn y bydd y bobl mae e wedi eu lladd yn dod i'w aflonyddu. Roedd e'n rhan fawr o'r gyflafan yn y Dre Arian.'

'Gobeithio eu bod yn aflonyddu arno fe,' meddai Mair. 'Dw i wir ddim yn meddwl ei fod yn rhywun y dylen ni boeni amdano. Byddwn ni'n gallu ei drin e'n iawn pan ddaw hi'n amser gwneud. A tybeth, ar ôl yr etholiad does dim angen i ni wneud unrhyw beth arall gyda fe. Allwn ni fynd 'nôl i drafod y cynnig nawr?'

Drafodon nhw'r peth am oriau, gyda Mair yn ceisio'u perswadio mai'r uno oedd y ffordd orau i bawb.

'Dw i'n meddwl y dylen ni gymryd pethau'n arafach,' meddai Math. 'Mae'r cyfan yn digwydd yn rhy gyflym. Dydyn ni ddim yn gwybod i beth rydyn ni'n cytuno ac rydyn ni dal yn aros am ddatblygiad gyda'r babis.'

Teimlai Mair ei thymer yn corddi. 'Ni yn gwybod i beth rydyn ni'n cytuno! Ni'n cytuno i gael heddwch. Allwn ni ddim dal 'nôl am byth. Mae Anwen yn marw. Dywedodd hi y caiff y babis eu dychwelyd erbyn diwedd yr wythnos hon. Mae hi eisiau sortio hwn i gyd cyn iddi farw.'

Cerddodd Llew yn ôl a blaen. 'Dydyn ni ddim eisiau cytuno i unrhyw beth tan i ni feddwl pethau drwodd. Yr ateb gorau fyddai dechrau o'r newydd. Dim Werber. Neb o'r teyrnasiad yna o gwbl. Dyna beth fyddai'n ddelfrydol.'

'Dw i'n gwybod,' cytunodd Mair. 'Dw i jyst ddim yn gwybod os allwn ni gael popeth, Llew. Dw i'n meddwl y dylen ni gymryd beth sydd ar gael ac adeiladu ar hwnna. Alla i ymdopi gyda Werber – dw i'n gwybod hynny. Unwaith alwn ni etholiad bydd hi'n ras gyfartal eto.'

Doedd Llew ddim yn edrych fel pe bai wedi ei argyhoeddi.

Yn ddiweddarach y noson honno, gorweddai Mair yn y gwely'n ceisio cysgu. Roedd rhaid iddi berswadio Anwen i agor y drafodaeth i gynnwys Llew a Math, a hyd yn oed Rosco. Gallen nhw ddim parhau i glywed popeth yn ail law. Roedd rhaid symud pethau yn eu blaenau. Dyna oedd y peth olaf ar ei meddwl cyn iddi gysgu. Syrthiodd i'r düwch a breuddwydio am Ben a philipalod gwyn.

# PENNOD 29

Yn y bore, galwodd Llew hi'n gynnar.

'Ni wedi cael neges gan Anwen. Mae hi eisiau cwrdd heddiw.'

'Ond drefnon ni ar gyfer fory.'

'Dw i'n gwybod,' meddai Llew. 'Rhaid bod rhywbeth wedi digwydd.'

'Wna i fynd,' meddai Mair 'Byddai hi ddim wedi anfon amdana i heb reswm da. Mae e siŵr o fod yn rhywbeth i'w wneud â rhyddhau'r babis.'

'Dyw dy warchodwyr di i gyd ddim gyda ni,' meddai Llew. 'Maen nhw 'nôl yn y tŵr dŵr gyda Rosco. Doedden nhw ddim yn disgwyl gweithio heddiw.'

'Os ddoi di a Math gyda fi, bydd hynny'n ddigon. Dw i'n meddwl ein bod wedi gweld nad yw hi'n mynd i'n niweidio ni.'

Doedd Math ddim yn edrych mor siŵr.

'Cytuno,' meddai Llew. 'Byddai'n dda cael rhagor o wybodaeth am y syniad o rannu pŵer. Ond cofia, Mair, yn ddelfrydol, dydyn ni ddim eisiau unrhyw ffeirio gyda nhw. Yr hyn sydd angen ar yr Arch yw dalen lan.'

Ar y ffordd i dŷ Noa, gwelodd Mair y rhes o bobl yn mynd tuag at y Gegin Ganolog. Roedd bwyd Mair yn dal i gael ei gludo ati. Doedd Anwen yn amlwg ddim am iddyn nhw gymysgu gyda'r bobl gyffredin. Roedd yn un o'r pethau roedd Mair yn ei gasáu fwyaf am yr Arch erbyn hyn. Y syniad yma o bobl 'gyffredin'. Yn yr Arch newydd, meddyliodd Mair wrthi'i hun, ni fyddai unrhyw un yn gyffredin – neu fe fyddai pawb yn gyffredin; byddai pawb yr un fath.

Agorodd merch ifanc ddrws tŷ Noa.

'Dw i angen siarad gydag Anwen,' meddai Mair.

Gwgodd y ferch ac edrych y tu ôl iddi'n nerfus. 'Hi ddim yn dda. Hi methu gweld neb. Ti gadael.'

'Mae'n iawn.' Torrodd llais Werber ar draws y sgwrs cyn i Mair allu ateb. 'Dere i mewn,' meddai. 'Dw i'n siŵr y byddai Anwen wrth ei bodd yn dy weld di.'

Rhyfeddodd Mair eto ar lyfnder ei iaith. Doedd dim ôl iaith Rhestr o gwbl yn ei frawddegau crefftus. Dilynodd Llew a Math hi drwy'r drws. Cerddon nhw lawr y coridor hir ac at yr ystafell yr oedden nhw bob amser yn ei defnyddio. Aeth Werber a Mair i'r ystafell a safodd Math a Llew yn eu safleoedd arferol y tu allan. Caeodd Werber y drws.

'Mae Anwen drwodd fan hyn,' meddai Werber a cherdded i ochr arall yr ystafell. Doedd Mair ddim yn deall. Doedd dim drws arall yn yr ystafell hon heblaw am yr un oedd yn mynd i'r tu allan at y teras. 'Mae'n sâl iawn, yn anffodus.'

Ar y wal bellaf roedd rhes o baneli derw. Gwasgodd Werber un o'r paneli. Ymddangosodd agoriad yn y wal a gallai Mair weld golau ar yr ochr arall. Yn chwilfrydig, dilynodd hi Werber drwy'r drws newydd hwn ac i mewn i ystafell fach ochr. Tu ôl iddi, clywodd Werber yn gwthio'r panel yn ôl i'w le.

'Aros fan hyn,' meddai ac aeth allan drwy ddrws ar yr ochr arall. Caeodd y drws yn glep tu ôl iddo a dechreuodd Mair deimlo'n ansicr. Beth oedd hi'n ei wneud fan hyn? Ble oedd Anwen? Cerddodd at y drws yr oedd Werber newydd ei gau a throi'r ddolen. Roedd wedi cloi. Edrychodd o'i chwmpas. Dim ffenestri. Dim drysau eraill. Aeth yn ôl at y paneli pren yr oedden nhw newydd fynd drwyddyn nhw. Dim byd. Doedd dim ots faint yr oedd hi'n chwilio a gwasgu a thapio'r pren, ni allai wneud i'r drws cudd agor. Teimlodd y gwaed yn llifo o'i hwyneb. Roedd hi'n sownd. Beth oedd gêm Werber?

Yr eiliad honno daeth dau blismon mawr drwy'r drws yr oedd Werber newydd fynd drwyddo a gafael ynddi. Ciciodd Mair a sgrechian ond yn ofer. Mewn eiliad roedden nhw wedi clymu ei dwylo a gorchuddio ei cheg â chadach. Llifodd chwys i lawr ei hwyneb gan ei dallu wrth iddyn nhw ei gwthio drwy'r drws i goridor tywyll a lawr grisiau cul â'i thraed braidd yn cyffwrdd y llawr. Arweiniai'r grisiau i goridor tywyll arall a sylweddolodd Mair lle'r oedd hi. Rhain oedd y celloedd o dan dŷ Noa. Rhain oedd y celloedd lle cafodd Leyla ei chadw.

Stopiodd y plismyn a gwelodd Mair ddrws pren, trwm. Tynnodd un o'r plismyn y bolltiau ar agor. Agorodd y drws a theimlodd Mair chwa o wynt oer. Roedd grisiau'n arwain fyny i'r stryd uwch ben. Hwn oedd y peth olaf i Mair ei weld cyn i un o'r plismyn dynnu sach frethyn dros ei phen ac aeth popeth yn dywyll.

# PENNOD 30

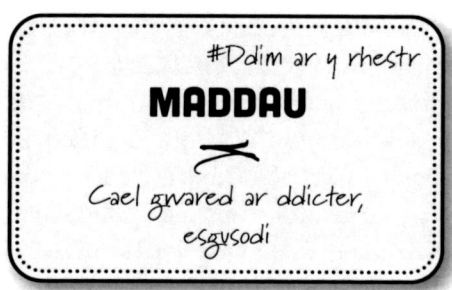

Roedd hi'n nos. Roedd Mair yn siŵr o hynny. Roedd rhyw dawelwch rhyfedd o'i chwmpas. Llusgodd y plismyn hi allan o'r adeilad i'r nos. Teimlodd poerad o law ar ei choesau noeth. Ni allai weld unrhyw beth y tu mewn i'r sach, ac roedd popeth y gallai glywed yn swnio'n bell. Cydiodd y plismyn yn ei breichiau a'i hanner llusgo, hanner cario hi lawr y grisiau o dŷ Noa. Ni ddywedon nhw air, dim ond symud yn gyflym. Roedd hi ofn y bydden nhw'n ei gadael hi i gwympo. Dyfalai eu bod nhw'n mynd i'r Tŷ Crwn, sef pencadlys y plismyn. Efallai mai dyma'r diwedd iddi hi ... efallai eu bod yn mynd i'r goedwig lle y bydden nhw'n ei saethu hi a gadael ei chorff i'r bleiddiaid.

Yn sydyn daethon nhw i stop. Clywodd Mair allwedd yn troi, drws yn agor. Roedden nhw tu fewn eto. Dal dim sŵn. I lawr grisiau eto. Stopio eto. Clywodd wichian giatiau haearn yn agor a chafodd ei gwthio'n galed nes syrthio ar lawr carreg oer a gwlyb. Tynnwyd y sach o'i phen. Yna heb air, gadawon nhw hi. Ceisiodd weiddi ond roedd y cadach dros ei cheg yn boddi pob sŵn. Roedd ei dwylo'n dal wedi eu clymu ac roedd y cortyn yn torri ei chroen. Ond y cadach dros ei cheg oedd yn ei phoeni fwyaf. Roedd yn rhyw fath o dâp oedd yn drewi'n gryf o ïodin ac yn troi ei stumog. Yn waeth na hynny, doedd hi ddim yn siŵr a allai hi anadlu'n iawn. Ceisiodd beidio mynd i banig, ond roedd pob anadliad yn brifo. Ceisiodd orfodi ei hunan i bwyllo. Ceisiodd anadlu'n araf i mewn ac allan o'i thrwyn a cheisio anwybyddu'r arogl siarp a rheoli ei meddyliau. Ceisiodd ddefnyddio tric roedd hi wedi ei ddefnyddio o'r blaen. Adrodd geiriau yn ei phen. Enwau adar gwyllt.

*Robin goch, aderyn du, bronfraith, gwcw, eryr, dryw.*

Arafodd ei hanadlu. Ceisiodd symud ei cheg, ymestyn ei gên er mwyn rhyddhau'r cadach. Llwyddodd i'w gael i deimlo'n llai cyfyngedig ond ni fyddai'r glud byth yn caniatáu iddo ddod i ffwrdd yn hawdd. Trodd ei meddyliau at Llew a Math. Ble oedden nhw? Sut oedd hyn wedi digwydd? Beth oedd gêm Anwen? Roedd hi wedi ei chredu hi. Yr holl siarad yna am y babis. Celwydd oedd y cwbl. Byddai dim rhannu pŵer yn digwydd. Roedd Anwen wedi ei thwyllo. Roedd y cywilydd a deimlai fel pocer poeth.

Treuliodd Mair weddill y nos ar y llawr oer, a dŵr yn casglu'n byllau o'i chwmpas. Pan ddaeth ei llygaid i arfer â'r tywyllwch gwelodd grât uwch ei phen. Gwyddai lle roedd hi – y celloedd o dan y Tŷ Crwn. Roedd hi'n cofio'r diwrnod aeth hi yna er mwyn cysylltu â Math a'r Crewyr. Roedd Hugo mewn cell fel hon wedi ei gadwyno, ac roedd hi wedi mynd ar ei chwrcwd a siarad gyda'r hen ddyn drwy'r grât. Os oedd Hugo wedi gallu dioddef hwn yna gallai hithau hefyd. Ochneidiodd ac aros.

Dychwelodd y plismyn ar doriad gwawr. Tynnodd yr un dynion y cadach oddi ar ei cheg. Teimlodd y croen tyner ar ei gwefusau'n rhwygo. Agorodd ei cheg a chymryd anadl fawr. Tynnon nhw'r cortyn oddi ar ei dwylo a rhoi dŵr a bara sych iddi. Heb air, aethon nhw eto. Arhosodd hi tan eu bod wedi mynd cyn bwyta ac yfed. Llowciodd y dŵr oer, gan ei ddal yn ei cheg cyn ei lyncu. Roedd y bara'n arw a sych ond roedd unrhyw beth yn well na theimlo fel pe bai ar lwgu. Edrychodd o gwmpas y gell. Roedd yn bum cam ym mhob cyfeiriad. Dim ffenest. Dim ond y grât uwch ben. Safodd ar flaenau ei thraed ac edrych allan. Y cwbl y gallai ei weld oedd hirsgwar o darmac dulas, sef iard y plismyn. Ar wahân i gorws o wylanod yn ffraeo, roedd hi'n dawel tu allan. Rhy gynnar i lawer o bobl fod ar hyd y lle, meddyliodd Mair.

Clywodd sŵn cloch tu mewn a dyfalu mai newid shifft oedden nhw. Roedd hi'n iawn – o fewn munudau gwelodd res o esgidiau mawr du yn pasio uwch ei phen. Dynion, gan mwyaf yn siarad yn isel, wedi blino ar ôl gweithio drwy'r nos. Dychmygodd y shifft newydd yn cyrraedd wrth y drws ffrynt a'r diwrnod yn dechrau eto. Roedd mwy o synau nawr. Ceffylau, lleisiau a sŵn plant. Cofiodd weld plant o flaen pencadlys y plismyn o'r blaen. Gwelodd ddwy set o draed bach yn dod at y grât.

'Pwy ti aros am?' meddai un.

'Dadi,' atebodd y llall.

'Mynd Cegin Ganolog?'

'Na. Aros.'

Dechreuodd y bachgen arall gerdded i ffwrdd. 'Gweld wedyn?'

'Ie. Wedyn,' meddai'r llall, a llamodd calon Mair. Roedd hi'n adnabod y llais yna.

'Thaddeus?'

Dim ateb.

'Thaddeus!'

Y tro hwn clywodd y bachgen hi. Aeth ar ei gwrcwd ac edrych i lawr arni. 'Mair?' meddai.

'Ie, Thaddeus. Fi.'

Rhoddodd ei ben ar un ochr a gwgu. 'Pam ti yn y carchar?'

'Dim ots nawr, Thaddeus,' meddai. 'Rhaid i ti wrando arna i.'

'Fi gwrando,' meddai a'i lygaid brown yn grwn a difrifol.

'Ydy dy dad yn blismon?'

Amneidiodd y bachgen. 'Ydy.'

Plismon oedd yn anfon ei fab i ysgol y gwrych.

'Alli di ddod â fe fan hyn, Thaddeus, i siarad gyda fi?'

Amneidiodd y bachgen bach eto. 'Fi mynd,' meddai a sefyll.

'Aros!' meddai Mair.

Aeth ar ei gwrcwd eto.

'Yn dawel, Thaddeus,' meddai Mair. 'Siarad gyda dy dad yn dawel. Cyfrinach. Does neb arall fod i glywed.'

'Fel ysgol y gwrych?' meddai.

Gwenodd Mair. 'Ie,' meddai.

Diflannodd y bachgen. Gallai glywed ei draed yn rhedeg dros y tarmac. Roedd hi'n gwybod ei bod yn cymryd siawns. Efallai fod y tad yn gwybod dim am ysgol y gwrych. Efallai bod y fam wedi ei anfon yn gyfrinachol. A fyddai Thaddeus yn gallu rhoi'r neges heb i unrhyw un glywed? Cerddodd Mair 'nôl a 'mlaen yn y gell a'i phen yn troi. Ac ar hyd yr amser gofidiai am Llew a Math. Oedden nhw wedi cael eu lladd? Oedden nhw yn yr adeilad hwn? Cwestiynau heb atebion.

Aeth awr ar ôl awr heibio. Dechreuodd amau ei chynllun. Oedd Thaddeus wedi rhoi'r neges? Hyd yn oed os oedd e wedi gwneud, oedd ei dad wedi gwrando? Fel plismon, roedd yn gwybod yn iawn beth oedd canlyniadau brad.

Clywodd Mair sŵn ei draed cyn iddi ei weld. Dyn byr, llydan â gwallt du. Edrychodd i fyny ac i lawr i sicrhau bod neb yn gwylio ac agor drws y gell.

'Turc ydw i,' meddai mewn llais oedd braidd yn sibrydiad. 'Tad Thaddeus.'

Teimlodd Mair y rhyddhad yn llifo drwyddi. Roedd wedi cael y neges. Roedd wedi dod.

'Dw i angen dy help di,' meddai. 'Cer i dŷ dŵr y Difrodwyr. Mae dyn yna o'r enw Rosco. Dwed wrtho ble ydyn ni. Dwed wrtho beth sydd wedi digwydd.' Bron y gallai Mair arogli ei ofn. Cyffyrddodd yn ei fraich. 'Plis,' meddai. 'Dw i'n gwybod bod ofn arnat ti. Gwna fe i Thaddeus. Gwna fe i'r plant i gyd. Allwn ni ennill y tro hyn. Nag wyt ti eisiau bod yn rhydd o'u gafael? Nag wyt ti eisiau i dy fab fod yn rhydd o'u gafael?'

'Turc!' Gwnaeth llais o ben y coridor i'r ddau ohonyn nhw neidio. 'Turc! Ble ti?'

Syllodd Turc arni a'i lygaid yn fawr fel llygoden wedi cael ofn. 'Fe wna i fy ngorau,' meddai.

'Turc!' meddai'r llais eto.

Y tro hwn atebodd Turc. 'Yma!' meddai. 'Dod nawr!'

A heb edrych yn ôl aeth o'r gell.

Ar ei phen ei hun, ceisiai Mair obeithio y byddai Turc yn gweithredu. Daliodd i geisio gweld allan i'r stryd. Ni welodd hi lawer o bobl a dim ond ei hanwybyddu wnaeth y llond dwrn aeth heibio. Roedd hi'n wan gan syched a diffyg bwyd ond roedd hi'n dal i feddwl yn galed am ffordd o ddod allan, i ddod o hyd i ateb i'r broblem. Yn hwyr y prynhawn, daethon nhw â dŵr iddi a thaten drwy'i chroen. Bwytodd y cyfan yn awchus.

Wrth iddi yfed gweddill y dŵr, daethon nhw i'w nôl hi. Dau blismon nad oedd hi wedi eu gweld o'r blaen. Rhoddon nhw gadach ar ei cheg eto. Clymwyd ei dwylo tu ôl i'w chefn a rhoddwyd sach dros ei phen. Ni siaradon nhw ac ni wnaeth hi ymladd yn eu herbyn. Roedd hi'n benderfynol o beidio dangos unrhyw ofn.

Aethon nhw â hi allan i'r stryd a'i harwain i fyny'r grisiau i dŷ Noa. Doedd hi ddim angen gweld nawr. Roedd hi'n adnabod y llwybr yn rhy dda. Daethon nhw i'r ystafell lle'r oedd hi bob amser yn cwrdd ag Anwen. Tynnon nhw'r sach a'r tâp a thynnu ei dwylo'n rhydd.

'Aros fan hyn,' meddai un a gadawodd y ddau.

Arhosodd eiliad wedyn mynd at y drws. Roedd wedi cloi. Munudau'n ddiweddarach symudodd y drws cudd yn y paneli pren yn ôl a daeth Werber i mewn. Edrychodd Mair arno'n ddewr. 'Ble mae fy modryb?' meddai. 'Dw i eisiau ei gweld hi.'

'Wyt ti?' meddai Werber, a chofiodd Mair y tôn nawddoglyd

yr oedd wedi ei ddefnyddio yn y gorffennol. Doedd dim sôn am hwnnw nawr. Eisteddodd yn hen gadair Noa, ei goesau hir yn nadreddu o'i flaen a'i ben wedi ei daflu 'nôl. Doedd e ddim hyd yn oed yn edrych fel Werber. Roedd yn cerdded yn wahanol nawr, rhyw symudiad oedd yn mynd y tu hwnt i hyder. 'Dw i ddim yn meddwl bo' ti mewn sefyllfa i fynnu cael unrhyw beth,' meddai.

'Beth wyt ti wedi ei wneud iddi?'

Nid atebodd am eiliad, fel pe bai'n meddwl am ei chwestiwn. 'Fi?' meddai yn y diwedd, gan fwytho ei wallt yn ôl oddi ar ei dalcen. 'Dw i ddim wedi gwneud unrhyw beth. O'n i eisiau ychydig o amser preifat gyda ti, Mair. Mae gan Anwen bethau pwysicach i boeni amdanyn nhw.'

'Beth wyt ti eisiau?'

'Dw i ddim yn siŵr,' meddai Werber gan arllwys gwydraid o ddŵr i'w hunan o'r bwrdd wrth ei ochr. 'Dw i'n gwybod beth o'n i arfer bod ei eisiau. O'n i eisiau ti, Mair. O'n i mor ddall oherwydd y teimladau yna wnes i adael i ti ddianc. Wnes i fradychu John Noa.' Oedodd a gallai Mair weld y poen yn ei lygaid. 'Mae wedi cymryd amser hir i fi ddod i delerau â hynny. Ar ôl brwydr y tŵr dŵr weithiais i'n galetach. Wnes i ddod yn Frwydrwr Gwyrdd, dysgu siarad yn iawn, tan i fi ddod yn gynorthwyydd personol i Anwen.'

Oedodd fel pe bai'n meddwl am ei eiriau nesaf. Arhosodd Mair. Cliriodd ei lwnc. 'Dw i dal yn fodlon maddau i ti, Mair. Dylet ti wybod hynny.'

Aeth ias i lawr cefn Mair. Safodd Werber a cherdded ati. Astudiodd hi o'i chorun i'w sawdl. 'Gallen ni fod yn gwpl, Mair. Gallen ni fyw gyda'n gilydd fan hyn a rheoli'r Arch.'

Cododd Werber ei law a theimlodd Mair ei law ar ei gwallt. Gwingodd a phwyso i ffwrdd oddi wrtho. Aeth ei law at ei gên a'i dal yn dynn. 'Dw i'n gwybod bod gen ti dal deimladau amdana i, Mair. Fel sydd gen i atat ti.'

Y tro hwn llwyddodd hi i ddianc o'i afael. 'Wyt ti'n wallgof?' Poerodd y geiriau ato. 'Ti'n troi arna i, Werber.'

'Troi arnat ti? Sut alli di ddweud hynny? Mair!' Roedd llygaid Werber ar dân nawr ac edrychai braidd yn wallgo' i Mair. Tynnodd e hi'n agosach eto. 'Nid dyma'r Mair go iawn. Y Difrodwyr sydd wedi dy wneud di fel hyn! Maen nhw wedi dylanwadu arnat ti. Gad i fi helpu ...'

Gyda'r holl nerth oedd ganddi, gwthiodd Mair e i ffwrdd oddi wrthi. Baglodd a syrthio 'nôl.

'Dw i ddim eisiau dy help di,' meddai Mair. 'Dw i'n casáu popeth ti'n ei gynrychioli. Allen i fyth fod yn bartner i ti.'

Cymylodd wyneb Werber ac roedd ei ddwylo'n ddyrnau. 'Doeddet ti ddim yn fy nghasáu i yn y tŵr dŵr,' meddai. 'Doeddet ti ddim yn casáu fi bryd hynny.'

Trawsnewidiodd ei wyneb. Gallai Mair weld y dicter ynddo.

'Beth wyt ti eisiau, Werber? Beth?'

Camodd yn nes at Mair. 'Ti ddim yn poeni beth dw i eisiau. A phwy wyt ti i fy nghwestiynu i? Ti'n ddim. Dim byd ond Difrodwr brwnt fel dy fodryb. Fel dy Leyla fach.'

'Gad hi allan o hyn,' meddai Mair yn dawel.

'Wyt ti eisiau gwybod fy mod i yna ar y diwedd? Ti eisiau gwybod sut wnaeth hi farw? Dw i'n dal yn gallu ei chlywed hi'n gwichian.'

Roedd rhaid i Mair ei atal rhag siarad. Allai hi ddim dioddef clywed hyn. 'Pam y trafodaethau heddwch 'te?' gofynnodd hi. 'Beth oedd pwrpas hynna i gyd?'

'Syniad Anwen oedd hwnna,' meddai. 'Mae hi mor glyfar. Roedd hi angen dy gael di i ymddiried ynddi. Dy argyhoeddi ei bod eisiau heddwch. Dy argyhoeddi y byddai'n rhyddhau'r babis. A wnest ti lyncu'r cwbl, Mair. Bob gair wedodd hi.'

Gorfododd Mair ei hunan i beidio ymateb.

Daliodd Werber i siarad. 'Ti wedi troi'n rhyw fath o symbol i'r bobl, Mair. Y ferch ifanc gafodd wared ar John Noa. Y

Difrodwr ddihangodd. Penderfynodd Anwen fod angen delio gyda ti.'

Gallai Mair weld y gwylltineb yn ei lygaid. Sylweddolodd pa mor beryglus oedd e.

'Ond digon o hel atgofion. Dw i'n siŵr dy fod ti'n chwilfrydig ynglŷn â dy ffawd di?' Edrychodd arni gan aros am ymateb.

Symudodd Mair ddim gewyn.

'Clywodd llys bore 'ma dy achos di a —'

Y tro hwn gallai hi ddim rhwystro'r geiriau rhag dod allan. 'Pa lys?' Am beth oedd e'n son? Doedd dim llysoedd yn yr Arch.

Anwybyddodd Werber ei chwestiwn a chario 'mlaen. 'Clywodd y llys dy achos di ac achos dy ffrindiau Math a Llew, a chafwyd bob un ohonoch chi'n euog o frad.'

Roedden nhw'n fyw. Roedd Llew a Math yn fyw. Teimlodd Mair bwysau mawr yn symud tu mewn iddi. Roedd Werber yn dal i siarad. Gorfododd ei hun i wrando.

'Fel arfer bydden ni'n eich taflu chi yn y goedwig, ond ar hyn o bryd mae angen i ni osod esiampl. Mae llawer o son am wrthryfela yn y strydoedd a fy nyletswydd i yw diffodd y tân yna.' Cododd a cherdded at y wal o wydr ar ochr arall yr ystafell. Edrychodd allan am funud a throi ati. 'Bydd y tri ohonoch yn cael eich dienyddio'n gyhoeddus fory yn y sgwâr.'

Dienyddio. Roedd hi fel petai gwynt oer yn chwythu drwy'r ystafell. Roedden nhw'n mynd i farw. Meddyliodd Mair am Freya. Beth fyddai hi'n gwneud? Beth fyddai'n digwydd iddi?

'Dw i'n teimlo taw dienyddio'n gyhoeddus yw'r unig ffordd i ddod a phethau 'nôl fel oedden nhw,' meddai Werber. 'Ar ôl hynny, gall yr Arch fynd ymlaen fel yr oedd arfer gwneud.' Cyffyrddodd â chloch ac agorodd y drws a daeth y plismyn 'nôl i mewn. 'Ewch â hi,' meddai.

Y tro hwn ymladdodd Mair yn eu herbyn. Ciciodd gyda'i holl nerth a chafodd bleser o glywed un o'r plismyn yn gweiddi mewn poen. 'Lwyddi di ddim i gadw'r bobl dan y fawd,' meddai. 'Yn y diwedd fe wnawn nhw godi a rhwygo dy galon di allan. Os nad nawr, nes ymlaen, ond fe ddaw dy amser di. Daw dy amser di!'

'Ewch â hi!' Siaradodd Werber yn fwy cadarn y tro hwn a gwasgodd y plismyn y cadach dros geg Mair a'r sach dros ei phen a chlymu ei dwylo. Y peth olaf iddi glywed oedd sŵn traed Werber yn symud oddi wrthi.

*Gwthiodd Werber ei fwyd i ffwrdd heb ei gyffwrdd. Roedd e wedi gweld y ffieidd-dod ar ei hwyneb. Roedd e'n troi arni. Ochneidiodd. Roedd y poen bron yn gorfforol. Roedd ei gynlluniau i gyd yn ofer.*

*Byddai hi ddim yn rheoli'r Arch gyda fe. Bydden nhw ddim yn byw gyda'i gilydd yn y tŷ yma fel yr oedd e wedi dychmygu. Pam na allai gael rhywun yn eiddo iddo? Pam na allai hi ei garu e? Ni allai ddiodde' edrych arni eto. Byddai hi ond yn ei atgoffa nad oedd e'n werth dim. Byddai'n hapus i'w gweld yn marw.*

*Ar ôl ei dienyddio byddai'n dewis partner, rhywun oedd yn haeddu'r bywyd roedd e'n ei gynnig. Byddai unrhyw ferch yn yr Arch yn gwneud popeth yn ei gallu i gael bod yn bartner iddo. A byddai Mair yn marw am iddi ei wrthod.*

*Roedd ei ddwylo'n crynu. Cydiodd yr hen orboeni ynddo. Pam wnaeth e sôn am Leyla wrthi? Roedd wedi ei ddweud er mwyn ei chosbi, ei brifo, ond doedd e ddim yn hoffi meddwl am Leyla. Roedd yn ei gweld yn gyson yn ei freuddwydion. Gallai ei gweld hi nawr â'i gwallt yn rhydd a'i phen yn uchel, yn canu. Roedd hi wedi edrych yn syth i'w lygaid wrth iddi syrthio. Roedd yn dal i allu teimlo'r llygaid yna'n twrio reit i ganol ei enaid.*

# PENNOD 31

Roedd rhaid i Mair feddwl. Os oedd Rosco wedi cael ei neges, roedd siawns y byddai'n ymosod. Gwingodd wrth feddwl am Rosco ac Anwen yn erbyn ei gilydd. Ni fyddai'r naill na'r llall yn dal yn ôl a byddai'r gyflafan yn erchyll. Roedd rhaid bod ffordd arall.

Crwydrodd ei meddwl yn ôl dros bopeth roedd hi wedi ei glywed am Weber. Dewch i adnabod eich gelyn. Dyna beth oedd Rosco wedi dweud. Y cwbl gallai hi gofio oedd Math yn dweud bod Werber yn llwfr. A rhywbeth arall. Beth oedd e? Rhywbeth roedd Turc wedi ei ddweud wrthyn nhw. Roedd wedi dweud bod Werber ofn y meirw. Ofn y bydden nhw'n dod 'nôl i geisio dial. Ie, dyna beth oedd e. Sut allai hi ddefnyddio hynny yn erbyn Werber? Roedd rhaid bod ffordd. Treuliodd hi oriau'n cerdded 'nôl a 'mlaen yn meddwl a cheisio chwilio am ateb. Roedd gan Werber deimladau amdani. Gallai hi fod wedi defnyddio *hynny* yn ei erbyn. Rhy hwyr nawr. Doedd dim unrhyw drugaredd ganddo tuag ati unwaith roedd hi wedi dweud ei dweud. Ceisiodd Mair feddwl beth oedd e wedi ei ddweud am Leyla. Roedd e yna pan gafodd hi ei lladd. Rhagor o wybodaeth ddefnyddiol. Roedd e yno. Treuliodd hi weddill y nos yn cerdded 'nôl a 'mlaen, yn gwneud cynlluniau a'u newid tan ei bod wedi ymlâdd.

Wrth iddi wawrio, meddyliodd Mair am y bobl roedd hi wedi eu caru. Ei rhieni, Ben, Math, Llew, Ceridwen, Leyla. Roedd hyd yn oed eu henwau'n rhoi cysur iddi. Roedd hi ofn marw ond roedd hi'n benderfynol o wynebu beth bynnag ddôi gydag urddas. A byddai Math a Llew wrth ei hochr hi. Hi oedd y crefftwr geiriau, meddai wrthi hi ei hun. Roedd rhaid iddi ddangos i bobl bod rhyddid yn werth marw drosto.

Roedd hi'n oer ac yn crynu. Rhoddodd ei breichiau o gwmpas ei chorff a chofleidio ei hun. Yn sydyn, dechreuodd feddwl am Leyla. Ei llais canu. Ei dawn ar y sacsoffon. Ei llais tyner. Teimlai Mair fel petai hi yno, bron, wrth ei hochr hi a gwnaeth hyn hi'n gryfach.

Roedd hi'n sefyll pan ddaethon nhw i'w nôl hi. Sefyll a chanu, fel roedd ei modryb wedi ei wneud o'i blaen.

# PENNOD 32

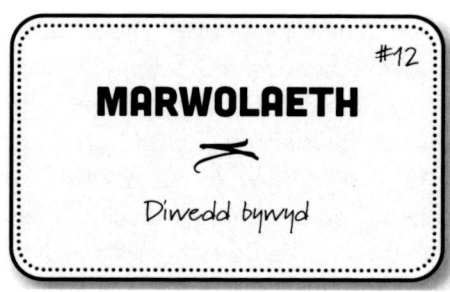

Wrth i Mair gerdded allan o'r gell clywodd chwe chloch yn canu. Doedd y plismyn ddim wedi ffwdanu gorchuddio ei hwyneb na chlymu ei dwylo na rhoi cadach dros ei cheg. Roedd hi'n fore tywyll gyda dim ond arlliw o'r wawr yn yr awyr. Chwythai niwl ysgafn yn ei hwyneb, a dafnau o wlybaniaeth yn gwlychu ei chroen a'i gwallt. Roedd hi eisiau agor ei cheg ac yfed y glaw fel yr oedd wedi ei wneud sawl gwaith pan oedd yn blentyn. Daeth ton o dristwch drosti. Carai ei bywyd, er gwaetha'r holl heriau a'r cyfyngiadau. Carai'r niwl a'r gwyntoedd oer. Ac roedd hi'n caru Math. Pe bai hi ond wedi cwrdd ag ef yn gynt, ei adnabod yn hirach.

Aethon nhw â hi lawr o'r Tŷ Crwn at y sgwâr, lle'r oedd Werber yn arfer dosbarthu'r dŵr. Wrth iddyn nhw droi'r gornel, gallai Mair weld llwyfan pren yng nghanol y sgwâr – un llydan gyda grisiau'n arwain ato a thri chrocbren, pob un â rhaff drwchus yn sownd iddo a dolen ar y gwaelod. Roedd pob man arall yn llawn pobl, wedi eu gwasgu'n dorf mor dynn nes eu bod yn cyffwrdd ei gilydd. Dynion, menywod a phlant. Roedd y gorwel ar goll yn y niwl. Teimlai Mair mai dyma'r cwbl oedd yn y byd, y dorf yma o bobl rhwng adeiladau a choed. Aeth sisial drwy'r dorf pan welon nhw Mair, sŵn isel fel y llanw dros draeth caregog. Doedd Mair ddim yn siŵr a oedd yn sŵn o gefnogaeth neu beidio. Ar y llwyfan, tynnodd plismon ifanc lifer, a syrthiodd rhan flaen y pren dan y rhaffau gyda bang. Yna gwthiodd y lifer 'nôl a chodod y pren i'w le eto.

Arweinion nhw Math a Llew ar y llwyfan gyda'r plismyn bob ochr iddyn nhw. Roedd wynebau'r ddau wedi eu cleisio, eu llygaid yn ddu a'u gwefusau wedi torri. Neidiodd calon Mair pan welodd hi Math. Roedd hi eisiau estyn a'i gyffwrdd a chymryd y poen i ffwrdd. Gwthiodd y plismyn hi ar y llwyfan, gan ei gosod rhwng Math a Llew, a sefyll tu ôl iddi.

'Ti'n iawn?' gofynnodd Math gyda gwên wan.

'Ddim yn ddrwg,' meddai Mair. 'Dw i'n hapus i weld bo' chi'ch dau'n dal yn fyw.' Ceisiodd wenu 'nôl.

Cymerodd Llew ei law a'i gwasgu. Cymerodd hi law Math.

Roedd sŵn tu ôl iddyn nhw a throdd Mair ei phen a gweld Werber ar gefn ceffyl yn torri llwybr trwy'r dorf. Taflai ei ben yn ôl a chariai chwip yn ei law chwith. Aeth y dorf i'r ochr er mwyn iddo basio a theimlodd rhai ergyd ei chwip wrth iddo fynd heibio.

Daliodd plismyn y ffrwyn. Dringodd Werber oddi ar gefn ei geffyl. Aeth ar ben y llwyfan, a chan anwybyddu'r tri charcharor, trodd at y gynulleidfa. Llenwyd y sgwâr â'i floedd.

'Ffrindiau!' meddai. 'Mae heddiw'n ddiwrnod du i'r Arch. Heddiw mae troseddwyr wedi dod â ni yma. Difrodwyr!'

Daeth bloedd o'r gynulleidfa.

'Arch mwy pwysig na Difrodwyr. Rhaid lladd Difrodwyr!'

Eto, ceisiodd y plismyn godi bloedd o'r gynulleidfa, er i Mair deimlo nad oedd eu calonnau ynddi.

'Geiriau ddim yn bwysig,' meddai Werber. 'Yr unig air pwysig yw *ufuddhau*! Gweithio'n galed. Dilyn gorchmynion.' Gwthiodd ei ddwrn i'r aer. 'Arch!' gwaeddodd, a'r tro hwn ymatebodd y dorf.

'Arch!'

Crynodd y llwyfan. Gallai Mair deimlo cryndod y dorf drwy

ei thraed. Gwasgodd Math ei llaw.

Cerddodd Werber draw ati. Roedd pob modfedd ohono'n gynnwrf o hunanbwysigrwydd. 'Wel, grefftwr geiriau,' poerodd. 'Ti ddim mor glyfar nawr.'

Syllodd Mair ar yr wyneb golygus, y gwefusau trwchus, y gwallt golau. Pwysodd tuag ato. 'Dw i'n teimlo'n flin drosto ti, Werber,' meddai.

'Flin drosta i?' Edrychai fel pe bai rhywun wedi ei daro.

Daliodd Mair i syllu arno, a dal ei sylw fel gwyfyn mewn fflam. Siaradodd eto, yn dawel fel bod rhaid iddo bwyso ati er mwyn clywed. 'Weles i Leyla yn fy nghell neithiwr. Mae'n dod i dy nôl di.'

Am eiliad, llithrodd masg Werber ac ni welodd Mair ddim byd ond ofn pur. 'Mae Leyla wedi marw,' meddai'n grynedig. 'Ti'n dweud celwydd.' Doedd dim haerllugrwydd nawr. Roedd hi'n ddigon agos i weld bod ei wefus waelod yn crynu.

'Ydw i?' meddai Mair. 'Wyt ti'n siŵr, Werber?'

Syllodd Werber arni, ei lygaid yn llosgi gan ddicter. 'Lladdwch nhw!' gwaeddodd ar y plismyn.

Teimlodd Mair ei hun yn cael ei llusgo i ffwrdd oddi wrth Math a Llew. 'Peidiwch gadael iddyn nhw wneud hyn i chi!' Rhedodd Mair at y dorf gan weiddi. 'Gwnewch rywbeth! Does dim rhaid i chi fyw fel hyn. Nid anifeiliaid ydych chi. Chi'n bobl. Mae hawl gyda chi siarad. Mae hawl gyda chi feddwl! Chi'n well na hyn!'

Teimlodd y rhaff yn disgyn dros ei phen. Gorweddai'n arw yn erbyn croen tyner ei gwddf. Ond roedd hi'n dal i siarad. 'Ai dyma beth rydych chi eisiau ar gyfer eich plant? Ai dyma beth fydd eich dyfodol? Mae bywyd yn werthfawr. Peidiwch gadael iddyn nhw ei ddifetha. Mae'n rhaid i chi fyw fel rydych chi fod i fyw!'

Gwthiodd plismon ei law dros ei cheg, gan dorri llif y geiriau.

'Lladdwch nhw!' gwaeddodd Werber eto.

Llwyddodd Mair i dynnu ei throed yn ôl a chicio'r dyn oedd yn ei dal mor galed ag y gallai. Trodd a gwthio dau fys i mewn i'w lygaid a thynnu'r rhaff oddi ar ei gwddf.

'Mair!'

Daeth y llais o ochr dde'r llwyfan.

Edrychodd Mair. Rosco oedd yno, yn gwisgo het wedi ei gweu oedd wedi ei thynnu'n isel a bron yn gorchuddio ei lygaid. Daliai ei law allan ati. Oedodd. Gallai hi ddim gadael Llew a Math. Edrychodd allan dros y dorf a dechreuodd weld mwy a mwy o bobl Rosco, mwy a mwy o Grewyr.

Wrth ei hochr, gwelodd Math a Llew yn ymladd gyda'r dynion oedd yn eu dal ac yna aeth pethau'n rhemp. Neidiodd Werber oddi ar y llwyfan, dringo ar gefn ei geffyl a charlamu i ffwrdd. Dros y sgwâr, roedd dynion a menywod yn ymladd. Roedd y sŵn fel ton yn tyfu a thyfu. Llifai plismyn draw o bob cyfeiriad ac roedd Rosco'n bloeddio cyfarwyddiadau i'w bobl. Roedd rhywun wedi rhoi ceffyl iddo a gwaeddai ar y plismyn oedd yn ei ddilyn. Cydiodd plismon yn Mair wrth ei gwddf a'i chodi. Roedd y poen yn annioddefol. Ciciodd a chydiodd ei dwylo ynddo ond gwasgodd yn dynnach. Gwelodd hi smotiau du yn nofio o flaen ei llygaid a gallai deimlo'i hun yn mynd i lewygu. Yna roedd Math o'i blaen, yn barod gyda'i ddyrnau. Syrthiodd hi i'r llawr ac uwch ei phen roedd Math a'r plismon yn ymladd. Yna syrthiodd plismon ar y llawr. Daliodd Math law Mair a'i thynnu i'w thraed. Carlamodd Rosco atyn nhw â cheffyl arall wrth ei ochr. Rhoddodd y awenau i Math. Cymerodd Math nhw a neidio ar gefn y ceffyl. Dringodd Mair y tu ôl iddo.

'Cer!' gwaeddodd Rosco a gwelodd Mair e'n gwthio dryll i ddwylo Math.

Daliodd Mair yn dynn wrth iddyn nhw garlamu allan o'r sgwâr, yn ceisio osgoi taro pobl wrth iddyn nhw fynd. Trodd Math ben y ceffyl a mynd i fyny'r allt ac allan o'r sgwâr. Roedd hi wedi dechrau bwrw glaw, dafnau mawr trwm yn taranu i lawr. Arafodd y ceffyl ychydig yn y glaw, yn nerfus wrth garlamu dros y cerrig gwlyb.

Wrth iddyn nhw ddod at Stryd y Lleuad, gallai Mair weld grwpiau o bobl yn ymladd. Perchnogion siopau'n taclo plismyn, plant yn taflu cerrig ac ambell i olau llachar wrth i fwled gael ei thanio. Wrth iddyn nhw basio siop y cyweiriwr crwyn, gwelodd Mair ddyn mawr yn dod ati. Roedd ei wyneb cochlyd yn sgleinio ac yn llawn casineb yng ngolau newydd y bore. Pwyntiodd ati a rhuo. 'Crefftwr geiriau! Difrodwr!'

Trodd Mair ei hwyneb i ffwrdd, ond roedd hi'n rhy hwyr Gallai glywed rhu o leisiau dig yn lledu. 'Crefftwr geiriau!'

Rhegodd Math o dan ei anadl. Gyrrodd y ceffyl yn galetach a daliodd Mair yn dynn ynddo, gan geisio peidio cael ei thaflu i ffwrdd. Wrth iddyn nhw droi'r cornel i mewn i'r Lôn Hir, edrychodd Mair dros ei hysgwydd a gweld bod y dyn mawr wedi dod o hyd i blismon ar gefn ceffyl ac roedd hwnnw bellach yn eu dilyn. Rasiodd ceffyl Math drwy'r olaf o'r strydoedd bach ac allan tuag at y caeau agored. Roedd y ceffyl yn ifanc a chyflym. Ond roedd y ceffyl arall yn gyflym hefyd. Roedd y glaw'n drymach, ond pan edrychodd Mair yn ôl, gallai weld bod y plismon yn nesáu. Wrth iddi edrych arno, cododd y plismon ei law a phwyntio i gyfeiriad Mair. Ni allai Mair weld beth ydoedd tan i'r llaw symud a ffrwydrodd golau llachar.

Pwysodd Math ac ymestyn ei law ei hun. Sŵn uchel eto, fflach lachar ac roedd y plismon ar y llawr. Arafodd Math ychydig a gwibiodd ceffyl y plismon heibio, heb neb ar ei gefn.

Trodd Math eu ceffyl nhw. Wrth iddyn nhw basio'r plismon ar y llawr, arafodd eto. Griddfanodd y plismon a gallai Mair weld y twll myglyd yn ysgwydd ei siaced.

Aethon nhw yn eu blaenau, heibio cerflun y Dduwies ac allan o'r dref.

Ni stopiodd Math tan i'r ceffyl gyrraedd siop y crefftwr

geiriau. Roedd byddin Rosco'n ei hamgylchynu, pob un yn cario arfau. Roedd Rosco ei hun yno i gwrdd â nhw. 'Mewn,' meddai, 'ac aros allan o'r golwg.'

'Dw i eisiau helpu,' meddai Mair. 'Alla i ymladd.'

'Ti'n fwy diogel fan hyn,' meddai Rosco. 'Ni'n mynd i ennill hwn, Mair. A byddwn ni dy angen di pan fydd popeth drosodd.'

Tynnodd e hi lawr oddi ar y ceffyl ac i freichiau milwr a gymerodd hi o'r stryd a thrwy ddrws y siop.

Cafodd syndod o weld Mrs Pupur a Turc yno, a rhagor o bobl nad oedd hi'n eu hadnabod. Roedden nhw i gyd yn brysur, yn gosod byrddau, tynnu gynnau o fagiau, llenwi poteli â dŵr.

'Ni'n gosod ein pencadlys ni fan hyn,' eglurodd Mrs Pupur pan welodd hi Mair.

Edrychodd Mair ar Turc. Daliodd yn ei fraich. 'Diolch,' meddai. 'Heblaw amdanat ti fydden ni gyd wedi marw.'

Rhoddodd Mrs Pupur botel o ddŵr iddi a phowlen o gawl. 'Bwyta,' meddai. 'Bydd angen cryfder arnat ti. Roedden ni'n credu dy fod ti wedi ei chael hi'r tro hwn.'

'Mae Rosco'n dweud ein bod yn mynd i ennill, Mrs Pupur.'

'Credu y gwnawn ni,' meddai'r ddynes hŷn. 'Ond am ba bris? Bydd Anwen byth yn fodlon ildio nawr, na Rosco chwaith. Bydd llawer o bobl yn marw heddiw.' Gwelodd Mair y tristwch yn wyneb Mrs Pupur. Tristwch a dicter hefyd. 'Ni wedi colli gormod yn barod,' meddai. 'Dyw pobl fel Rosco ddim bob amser yn cyfri'r gost.'

Ddywedodd Mair ddim byd, ond roedd Mrs Pupur yn iawn. Gallan nhw ddim gadael hyn yn nwylo Rosco.

'Mae Freya tu mewn,' meddai Mrs Pupur. 'Gyrhaeddodd hi neithiwr. Wnaiff hi roi dillad sych i ti.'

Brysiodd Mair drwy'r siop a 'nôl i'r ystafell gefn. Roedd Freya yna, yn tynnu dillad o focs mawr. Gollyngodd bopeth pan welodd ei merch. 'Mair!' meddai a'i thynnu i'w breichiau. 'O'n i'n ofni eu bod nhw wedi dy ladd di,' meddai.

'Dw i'n gwybod,' sibrydodd Mair. 'Ond dw i'n iawn. Mae rhaid i ni wneud rhywbeth, Mam. Rhywbeth i stopio hyn i gyd. Mae pobl yn marw.'

'Ond beth allwn ni ei wneud?' gofynnodd Freya.

'Dw i ddim yn siŵr eto,' meddai Mair. 'Mae eisiau cynllun arnom ni.'

'Ydw i'n rhan o'r cynllun hyn?' Gwnaeth llais Math iddi neidio. Doedd hi ddim wedi ei weld yn dod mewn.

'Wrth gwrs,' meddai gyda gwên.

Nawr ei bod wedi dal eu sylw nhw, dyma oedd ei chyfle. Doedd ganddi ddim sgiliau ymladd da ond efallai y gallai feddwl am ffyrdd o rwystro'r gyflafan rhag gwaethygu. Drwy'r diwrnod hwnnw a thrwy'r nos, trafododd hi hyn gyda Math a Freya.

'Werber yw'r man gwan,' meddai Mair. 'Dw i'n siŵr o hynny. Mae pobl yn dweud ei fod yn colli arni. Mae'n mynd ar hyd y lle'n siarad dan ei anadl am y meirw. Welest ti fe heddiw, Math, pan wnes i sôn am Leyla. Allwn ni ddefnyddio hynny – ei ddefnyddio yn ei erbyn.'

'Sut?' meddai Math.

Edrychodd Mair ar Freya, ei hwyneb yn olau ym mhelydrau'r wawr a lifai drwy'r ffenest, ac yn sydyn fe wyddai beth i'w wneud.

'Dydyn nhw ddim yn gwybod unrhyw beth am Freya,' meddai. 'Cofio sut roeddwn i'n meddwl mai hi oedd Leyla? Wnes i feddwl hynny, a dw i'n nabod Leyla. O'n i'n ei nabod hi'n lot gwell nag oedd Werber.'

Amneidiodd Freya'n araf. 'Ac mae ar Werber ofn y meirw.'

'Yn union!' meddai Mair. Yn gyflym, eglurodd ei syniad, y geiriau'n baglu o'i cheg, un ar ben y llall, oherwydd ei chyffro.

'Mae'n beryglus,' meddai Math pan oedd hi wedi gorffen siarad.

'Dw i'n gwybod,' meddai Mair. 'Ond dw i yn meddwl y gallai e weithio. Beth ti'n meddwl, Freya? Allet ti ei wneud e? Byddet ti'n rhoi dy fywyd dy hun yn y fantol.'

Cymerodd Freya anadl ddofn. 'Fydden i'n hollol hapus i roi fy mywyd mewn perygl er mwyn atal y gyflafan,' meddai.

Llenwodd calon Mair â chariad tuag ati. Ar ôl popeth roedd Freya wedi bod drwyddo, roedd hi'n dal yn fodlon ymladd.

Am yr awr nesaf, wrth iddi wawrio, aethon nhw dros y cynllun a defnyddiodd Mair yr holl wybodaeth oedd ganddi am Werber.

'Y peth cynta yw cael neges draw at Anwen,' meddai Mair.

'Turc,' meddai Math. 'Allwn ni anfon Turc.'

'Ond pa neges?' gofynnodd Freya. 'Ar ba neges wnaiff hi wrando?'

Cerddodd Mair yn ôl a blaen, yn meddwl. 'Wnawn ni ddweud wrthi ein bod ni am atal y gyflafan. Dweud bod cynnig gyda ni. Dweud mai dim ond gyda Werber wnawn ni siarad. Dw i ddim yn credu ei bod yn gallu gadael y tŷ. Dim plismyn. Wnaiff Math a fi gwrdd ag e heb arfau, heb filwyr.'

'Ti'n credu wnaiff e weithio?' gofynnodd Math yn amheus.

'Bydd rhaid i ni wir godi ofn arno fe,' meddai Mair.

'Wna i siarad gyda Turc,' meddai Math. 'Gwneud iddo weld bod rhaid i Anwen rwystro'r plismyn.' Aeth e allan.

Ar ôl iddo fynd, cydiodd Freya ym mraich Mair. 'Bydd hwn yn ddiwrnod i'w gofio yn yr Arch, beth bynnag ddigwyddith.'

Roedd y ddwy awr nesaf gyda'r gwaethaf yr oedd Mair wedi eu dioddef erioed. Cyflwynodd Turc y neges. Adroddodd fod Weber yn edrych fel pe bai ganddo ddiddordeb, yn enwedig pan glywodd y byddai Mair yna. Roedden nhw wedi gofyn i gwrdd ar y traeth pan fyddai pum cloch yn seinio. Byddai'r golau'n pylu erbyn hynny a byddai hynny'n help mawr iddyn nhw.

Buon nhw'n ymarfer y cynllun eto. Dibynnai popeth ar Mair yn gallu argyhoeddi Werber ei fod yn gweld Leyla. Roedd hi'n ymwybodol o'r cyfrifoldeb oedd arni.

Pan ddaeth yr amser, camodd hi a Math allan i'r stryd a

dilynodd Freya. Roedd pedwar o ddynion Rosco y tu ôl iddyn nhw. O'u cwmpas roedd sŵn ac arogl brwydro ac yn y pellter gallen nhw glywed saethu. Gyrrodd y dynion nhw drwy'r strydoedd gan geisio osgoi cyrff, rhai wedi marw mewn brwydr, rhai eraill wedi marw wrth geisio osgoi'r ymladd. Ar ôl cyfnod a deimlai fel amser maith, gyrhaeddon nhw'r llwybr oedd yn mynd i'r traeth. Gadawodd y milwyr Math a Mair ac aeth y ddau ar hyd y llwybr. Ar y troad cyntaf, oedodd Mair. Ni allai gredu beth roedd hi'n ei weld. Roedd Anwen yn eistedd mewn cadair olwyn ar y traeth a Werber yn sefyll wrth ei hochr yn edrych i fyny arnyn nhw.

'Anwen!' sibrydodd Mair.

'Dyw hi ddim cweit ar ben, 'te,' meddai Math.

Llamodd calon Mair. Doedd hi ddim wedi disgwyl Anwen. Roedd ei chynllun eisoes yn disgyn yn ddarnau. Ond ta waeth, doedd dim troi yn ôl nawr.

# PENNOD 33

Eisteddai Anwen yn grwm, wedi ei lapio mewn blancedi. Roedd tanc ocsigen wedi ei roi ar ffrâm y gadair a daliai'r mwgwd yn ei dwylo. Wrth ei hochr, safai Werber, wedi ei wisgo mewn llwyd, y lliw diflas yn gweddu gyda'r tonnau llwyd tu ôl iddo. Allan ar y gorwel, roedd cymylau tywyll yn llawn drygioni. Gallai Mair deimlo llaw Math yn ei llaw hi wrth iddi gerdded, a dychmygai ei galon yn curo'r un curiad â'i chalon hi. Gallai hwn olygu'r diwedd iddyn nhw i gyd. Roedd hi'n barod i farw pan roddon nhw'r rhaff o gwmpas ei gwddf ac roedd hi'n barod i farw nawr. Ond doedd hi ddim eisiau gadael Math. Ddim eto. Gwasgodd ei law.

Gyda'i holl enaid, gobeithiai Mair fod hwn yn amser ar gyfer geiriau. Amser hir yn ôl, dywedodd Noa mai dyn oedd yr unig un allai gymryd syniad o'i ben a'i osod ym mhen rhywun arall heb ddefnyddio cyllell. Dyna beth roedd rhaid iddi hi wneud. Rhoi syniad ym mhen Werber a gobeithio na fyddai Anwen yn gallu ei reoli.

'Mair!' meddai Werber wrth iddi agosáu. 'O'n i'n meddwl na fydden i'n dy weld di eto.'

Anwybyddodd Mair e ac edrych i mewn i lygaid dall Anwen. Doedd dim emosiwn yna, dim byd ond oerfel pell. Trodd ei sylw at Werber. 'Ni wedi dod i drafod telerau,' meddai.

Chwarddodd Werber. 'Telerau? Mae ein dynion yn arfog ac wedi eu hyfforddi'n dda. Wnawn nhw eich bwyta chi i gyd yn fyw. Dyna'r telerau.'

'Ti'n gwybod nad yw hwnna'n wir, Werber. Mae'r Crewyr yn ymladd yn dda. Ry'n ni wedi cymryd hanner y dre. Mae hanner yr Arch bellach yn ymladd ochr yn ochr â ni. Ond mae gormod o waed wedi ei golli. Ni —'

Nid arhosodd Werber iddi orffen. Roedd dicter yn ei wyneb, 'Gwaed?' meddai. 'Mae unrhyw arllwys gwaed yn digwydd o dy achos di. Doedd dim rhaid i bethau fod fel hyn. Wnes i gynnig cyfle i ti reoli gyda fi. Siawns i osgoi hyn i gyd. Ond daflaist ti bopeth 'nôl yn fy wyneb i. Doeddwn i ddim yn ddigon da i ti, y Difrodwr brwnt. Paid beio fi am y colli gwaed, Mair. Beia dy hunan!'

'Nid dyma'r amser i daflu bai, Werber. Ti'n mynd i golli, ond gallwn ni stopio'r gwallgofrwydd hyn cyn i ragor o bobl farw.'

'Maen nhw'n haeddu marw,' meddai Anwen.

Neidiodd Mair. Roedd hi bron ag anghofio ei bod yna. 'Ti ddim yn meddwl hynny,' meddai.

'Wrth gwrs fy mod i,' meddai Anwen gan boeri'r geiriau ati hi. 'Ti a'r criw yna wedi dinistrio popeth wnes i a John ei greu. Fyddwch chi wedi llusgo'r Arch yn ôl i'r dyddiau o gelwydd ac addewidion gwag. Hyd yn oed os collwn ni, wnawn ni gymryd chi gyda ni.'

'Na, Anwen! Wnawn ni roi rhyddid i'r bobl a synnwyr o urddas, sef y pethau gymeroch chi wrthyn nhw. Mae angen geiriau arnyn nhw. Heb eiriau does dim syniadau. Dim creadigrwydd. Dyna beth sy'n ein gwneud ni'n ddynol. Chi wedi trio'n lleihau ni – ein gwneud ni'n llai nag y gallwn ni fod.'

'Y fath haerllugrwydd!' Saethodd Anwen y gair ati. 'Pam ydych chi'n meddwl eich bod chi'n bwysicach na'r anifeiliaid?'

'Achos dw i'n gallu meddwl,' atebodd Mair. 'Dw i'n ymwybodol ohona i fy hun yn byw ac yn marw ar y blaned hon.

Dyw hynny ddim yn fy ngwneud i'n fwy pwysig, ond mae'n fy ngwneud i'n ddynol. Allwch chi ddim cymryd hynny oddi wrthon ni. Mae'r hyn ry'ch chi eisiau ar gyfer y blaned yn warthus.'

Chwarddodd Anwen, gan esgor ar bwl o besychu. 'Gwarthus?' meddai pan lwyddodd i anadlu'n iawn eto. 'Ti ddim yn gwybod ystyr y gair.'

'Dw i'n gwybod bod dy amser di'n dod i ben, Anwen. Mae'r bobl wedi codi yn dy erbyn di. Alli di ddim mynd yn ôl i'r ffordd yr oedd pethau. Mae'r Crewyr wedi ennill.'

Gwenodd Anwen. 'Ond nag wyt ti wedi anghofio rhywbeth, Mair?'

Arhosodd Mair, wrth i'r gwynt oer chwipio'i gwallt oddi ar ei hwyneb.

'Y babis! Y plant roeddet ti'n poeni gymaint amdanyn nhw.'

'Y babis?'

'Dywedais i wrthot ti fy mod i wedi eu symud nhw. Mae gen i dy fabis bach di dan glo yn y Tŷ Crwn. Ti'n cofio'r celloedd yna, Mair? Maen nhw'n dueddol o fynd yn damp iawn.'

Cofiai Mair y pyllau o ddŵr ar lawr y gell yr oedden nhw wedi cadw hi'n gaeth ynddi.

Parhaodd Anwen i siarad, ei hanadl yn gwichian drwy'r geiriau. 'Mae piben yn cysylltu'r celloedd â'r tŵr dŵr. Mae set o lifddorau'n cadw'r dŵr allan, neu'n ei adael i mewn, yn ôl yr angen. Mae nawr yn teimlo fel amser delfrydol i adael i'r dŵr gael ei ffordd ei hun.' Oedodd Anwen, gan sugno ocsigen i'w chorff.

Roedd Mair wedi clywed straeon am garcharorion yn boddi yn y celloedd yna, ond doedd hi ddim wedi sylweddoli bod Anwen wedi ei wneud ar bwrpas. Clywodd Math yn ebychu. Edrychodd Mair arno a gweld ei hofn ei hun yn ei lygaid.

Parhaodd Anwen i sugno ocsigen drwy'r masg, sŵn llwglyd. 'Mae fy ysgyfaint yn llenwi â dŵr, Mair. Mae'r Brwydrwyr

Gwyrdd wedi dweud wrtha i y bydda i'n boddi yn y diwedd. Yn dyw hynny'n ganlyniad boddhaol iawn? Dw i'n boddi ac mae'r babis yn boddi hefyd. Oni bai, wrth gwrs, eich bod chi'n gweld synnwyr ac yn diosg eich arfau.'

Roedd unrhyw beth yn bosibl yn nwylo Anwen. Doedd y plant ddim yn golygu dim iddi. Dim byd.

'Mae angen i ti benderfynu, Mair,' meddai Anwen. 'Gallwch chi eu hachub nhw neu eu gadael i farw. Does dim llawer o amser ar ôl gyda ni. A dweud y gwir, does dim amser o gwbl. Werber!' Roedd ei llais fel chwip. Neidiodd Werber. 'Amser cynnau'r fflam.'

'Beth ddwedaist ti?' Roedd llais Math yn llawn tensiwn.

'Ti ddim yn sylwgar iawn, Mair,' meddai Anwen, gan ei anwybyddu. 'Wnest ti ddim sylwi ar ein coelcerth ni?'

Edrychodd Mair o'i chwmpas. Tua hanner can cam i ffwrdd roedd pentwr o bren. Roedd hi wedi cerdded yn syth heibio.

'Mae Werber yn mynd i'w gynnau,' meddai Anwen. 'Pan fydd y plismyn ar ben y clogwyn yn ei weld, byddan nhw'n rhoi'r arwydd a bydd y llifddorau'n agor a holl lawr gwaelod y Tŷ Crwn yn llenwi â dŵr. Wyt ti wir eisiau hynny ar dy gydwybod?'

Cydiodd Math yn llaw Mair. 'Bydd rhaid iddo basio fi gynta,' meddai gan symud tuag at Werber.

'Cer 'nôl!' Tynnodd Werber ddryll o'i felt. 'Cer 'nôl neu wna i dy saethu di.'

Cododd Mair ei llaw. 'Aros, Werber,' meddai. 'Does dim angen hyn. Allwn ni ddechrau eto. Dechrau newydd.'

'Gwna fe, Werber. Cyneua'r tân,' meddai Anwen.

Camodd Mair tuag at Werber. Roedd hi'n amlwg ei fod ar binnau eisiau dilyn gorchymyn Anwen. Ffrwydrodd y geiriau allan ohono mewn tymer. 'Bydd dim dechrau newydd i ti a'r Difrodwyr, Mair, dim ond —'

Trodd Werber yn gwbl welw. Cymerodd gam yn ôl. Syrthiodd y dryll o'i law. Cymerodd gam arall, ei wyneb yn sur gan ofn. Daliodd law grynedig o'i flaen, gan bwyntio at rywbeth y tu ôl i Mair. 'Na!' Daeth y gair allan fel rhy fath o igian.

Trodd Mair at lle'r oedd e'n edrych. Cerddai Freya ar draws y tywod, yn droednoeth â'i gwallt yn hongian o gylch ei hysgwyddau, yn canu'n dawel. Roedd Mair wedi anghofio amdani; gyrrodd geiriau Anwen bob peth arall o'i meddwl.

Edrychodd Mair yn ôl ar Werber.

Doedd e ddim yn gweld Freya.

Roedd e'n gweld Leyla, yn union fel yr oedd Mair wedi ei wneud y diwrnod hwnnw ar y fferm babis.

'Leyla!'

Trodd Mair ato. 'Dywedais i na fyddai'r meirw'n aros wedi yn eu beddau, Werber. Maen nhw'n dod amdanat ti. Bydd rhaid i ti achub y babis. Chei di ddim heddwch tan i ti wneud.'

Syrthiodd Werber i'w liniau, ei lygaid yn fawr gan sioc a'i geg yn crynu.

'Beth sy'n digwydd?' torrodd llais Anwen drwy'r tawelwch.

'Leyla – mae Leyla wedi dod 'nôl yn fyw.' Roedd Werber yn ei chael hi'n anodd cael y geiriau allan, a syllai ar wyneb Freya.

'Mae Leyla wedi marw, y ffŵl!' sgrechiodd Anwen. 'Ai dyna pam wnes i roi geiriau i ti? Fel dy fod ti'n gallu siarad dwli? Cyneua'r tân! Cyneua'r tân!'

Ond ni symudodd Werber. Roedd yn dal i syllu ar Freya. Ysgydwodd Anwen ei phen o ochr i ochr gan geisio clywed rhywbeth a fyddai'n egluro wrthi beth oedd yn digwydd.

Fel pe bai'n dilyn gorchymyn, estynnodd Freya fraich wen, hir tuag at Werber. Roedd y golau'n pylu a'r niwl llwyd oedd wedi glynu at bopeth yn ychwanegu at y ddelwedd. Doedd Mair ddim yn meddwl ei bod wedi gweld golygfa mor frawychus erioed.

'Plis ...' meddai Werber, gyda braw pur ar ei wyneb. 'Plis ...'

'Cyneua'r tân, Werber! Cyneua fe!' Gallai Mair glywed y dicter yn llais Anwen. Doedd ei geiriau ddim yn cael unrhyw effaith.

'Alla i ddim,' ebychodd Werber. 'Alla i ddim.'

Ac yna cododd Anwen. Llusgodd ei hunan allan o'i chadair a dechrau cerdded tuag at Mair, yn chwilio am y goelcerth. Gallai Mair weld y blinder yn ei hwyneb. Cymerodd un cam, wedyn un arall, ei dwylo o'i blaen a'i llygaid dall yn edrych tuag at yr awyr, ei hanadlu'n uchel a darniog. Gwyliodd Mair wrth i Anwen syrthio ar ei hwyneb yn y tywod. Rhedodd Mair i'w hochr. Syrthiodd ar ei phengliniau a throi Anwen ar ei chefn. Daliodd ei llaw dros geg a thrwyn y fenyw. Dim byd. Cydiodd yn ei garddwrn a theimlo am bwls. Dim byd. Gwelodd wyneb Anwen yn ymlacio a'r straen wedi mynd. Edrychodd Mair ar Math. Cododd yntau un ael. Ysgydwodd Mair ei phen.

# PENNOD 34

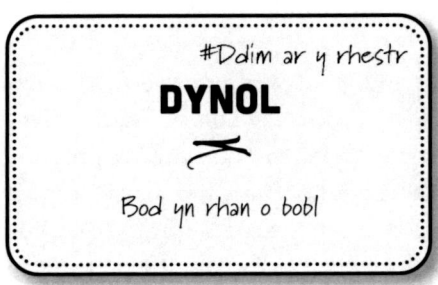

Symudodd Math tuag at Werber a'i arwain i ffwrdd. Prin y sylwodd Mair. Roedd ei llygaid ar y Tŷ Crwn uwch ei phen. Dechreuodd redeg. Clywodd Freya'n gweiddi ar ei hôl, ond daliodd i redeg. Aeth ar draws y traeth ac i fyny i'r llwybr oedd yn mynd yn ôl i'r dre. Rhedodd ar draws y strydoedd oedd yn dal yn llawn o bobl. Y cwbl y gallai feddwl amdano oedd y babis yn y twll tywyll. A fyddai hi'n cyrraedd mewn pryd? Oedd y giatiau eisoes wedi agor, er gwaetha beth ddywedodd Anwen? Oedd y babis yna o gwbl?

Neidiai'r cwestiynau o gwmpas ei phen wrth i'w hysgyfaint boethi. *Rhedeg!* Dyna'r unig beth allai hi ei wneud nawr. *Rhedeg!* Ac o'r diwedd, roedd hi yno. Y Tŷ Crwn. Pencadlys y plismyn oedd newydd fynd i ddwylo'r gwrthryfelwyr. Rhedodd drwy'r drws. Sylweddolodd dynion Rosco pwy oedd hi a gadael iddi basio. Ar yr eiliad olaf, trodd a sgrechian ar un ohonyn nhw. 'Cer i gau'r giatiau dŵr – nawr! Maen nhw'n mynd i adael dŵr i mewn!'

Rhedodd un o'r dynion i ufuddhau iddi yn syth.

Rhedodd Mair yn ei blaen. Lawr y coridor ac ar y grisiau. A fyddai'r grisiau'n llawn dŵr pe bydden nhw wedi agor y giatiau? Wyddai hi ddim. Roedd pyllau o ddŵr ym mhob man. Efallai ei bod yn rhy hwyr. Ac yna fe'i clywodd.

Cri. Cri babi. Daeth dagrau i lygaid Mair wrth iddi redeg lawr y grisiau tan iddi ddod i ddrws y gell gyntaf. Agorodd hi'r drws. Roedd rhes o grudiau a dwy fenyw, a'u cegau wedi eu tapio.

Llifodd y rhyddhad drwyddi. Rhyddhad a hapusrwydd pur. Roedden nhw'n ddiogel. Tu ôl iddi, clywodd rai o'r gwarchodwyr gwrthryfela'n dod i mewn a mynd at y gofalwyr. Roedd hi'n ymwybodol o sŵn y tâp yn cael ei rwygo o'u cegau. Ond roedd ei llygaid ar y crud cyntaf. Edrychodd i mewn ac edrychodd bachgen bach yn ôl arni. Roedd ganddo groen brown a gwallt sgleiniog, du, a'i lygaid yn llawn chwilfrydedd. Pwysodd hi ato a'i godi. Daliodd ef yn agos am eiliad, gan geisio dychmygu popeth yr oedd wedi bod drwyddo. Roedd misoedd ers iddo glywed llais dynol. Cusanodd ei wallt meddal. Gwelodd y band papur ar ei arddwrn. 'Lefi Rowlands.' Yna daliodd ef o'i blaen ac edrych i'w lygaid. Roedd hi eisiau siarad a siarad gyda fe. Gadael iddo wybod nad oedd ar ei ben ei hun.

'Croeso 'nôl, Lefi,' meddai'n dawel. 'Mae'r cyfan drosodd. Ti'n ddiogel.' Edrychai'r bachgen yn syn o glywed ei llais hi ond aeth hi yn ei blaen. 'Cyn bo hir byddi di adre gyda dy fam.' Mwythodd ei foch a dechreuodd sisial chwerthin. 'Pwy a ŵyr beth wnei di neu pwy fyddi di. Daliwr lliwiau? Cerddor gwych? Ti ddim hyd yn oed yn gwybod beth yw cerddoriaeth eto ac mae'n anodd ei disgrifio!' Oedodd Mair i feddwl ac edrychodd y babi i fyny ati. 'Mae e fel afon,' meddai. 'Afon sy'n dy dynnu di gyda hi ac yn gwneud i ti deimlo pethau. Cariad, tristwch, hapusrwydd. A grym y peth! Mae grym y peth fel yr hud a lledrith cryfa' erioed.' Chwarddodd Mair. 'Fyddi di'n gwybod pan glywi di hi, Lefi. Fyddi di'n nabod cerddoriaeth a chelf a'r holl bethau da. Bydd neb yn dy ddal di 'nôl. Ddim os alla i helpu.' Daliodd Lefi'n agos eto a chusanu ei ben, a theimlo'r gwallt meddal yn erbyn ei cheg. 'Neb.'

Rhoddodd Mair ei llaw yn ei phoced a theimlo'r sanau bach

gwlân yr oedd hi wedi eu codi o lawr y fferm babis. Yn ofalus, rhoddodd hi nhw ar ei draed noeth. Cydiodd Lefi yn ei bys, gan ddal ynddo fel pe bai ddim am ei adael i fynd byth eto, ac roedd Mair mor hapus.

Arhosodd hi gyda'r babis dros nos, yn hyderus bod dynion Rosco'n gwarchod y giatiau dŵr. Yn syth ar ôl hanner nos, daeth Math i ddweud wrthi fod y plismyn wedi ildio. Er bod dynion Rosco wedi eu gorchfygu, a fawr ddim arfau ganddyn nhw bellach, roedd mwy a mwy o bobl wedi ymuno yn y frwydr a'r llanw wedi troi o'u plaid. Roedd Mair yn falch eu bod wedi atal llif y gwaed.

Erbyn y bore, aeth si ar hyd yr Arch bod y babis yn ddiogel ac yn iach. Roedd nifer o rieni wedi cael gwybod ac yn sefyll tu allan i'r Tŷ Crwn yn aros. Fesul un, daeth rhes o filwyr â'r babis i fyny o'r celloedd. Cariodd Mair Lefi yn ei chôl i fyny'r grisiau tywyll ac allan i'r golau. Edrychodd un o filwyr Rosco ar yr enw a'i gyhoeddi. 'Lefi Rowlands!'

Neidiodd merch, gamau i ffwrdd oddi wrth Mair, fel petai trydan wedi saethu drwyddi. Trodd tuag at Mair, a'i llygaid yn fawr. Roedd ei hwyneb yn fwgwd o boen a chariad. Edrychodd ar Mair. 'Lefi?'

Amneidiodd Mair, a rhoi'r bwndel cynnes i'r fenyw. Llifai dagrau i lawr ei bochau wrth iddi ei ddal yn agos, a'r haul yn goleuo ei gwallt.

'O'n i ddim yn meddwl y bydden i byth yn ei weld eto,' llwyddodd hi i'w ddweud.

O'u cwmpas roedd pob babi a phob rhiant yn dod yn ôl at ei gilydd rhwng dagrau a chwerthin. Gwyliodd Mair y ddrama ac addo peidio anghofio'r olygfa yma tra byddai hi byw. Yna daliodd rhywbeth arall ei llygad. Roedd cwpl ifanc yn dal un o'r babis. Roedd rhywbeth cyfarwydd am y dyn. Trodd at Mair a sylweddolodd hi mai Carl ydoedd. Welodd e hi hefyd ac am eiliad syllodd y ddau ar ei gilydd. Dywedodd rywbeth wrth ei bartner a cherdded at Mair. Teimlodd hi don o ddicter yn ei llwnc. Gallai deimlo ei dwylo'n crynu. Carl. Yr ysbïwr. Pa hawl oedd ganddo i ddod yma? Roedd reit wrth ei hymyl cyn iddo siarad.

'Aethon nhw â phlentyn fy chwaer, fy nith i,' meddai. 'Dim ond chwe wythnos oed oedd hi. Addawon nhw y bydden nhw'n ei lladd hi os na fydden i'n ysbïo arnoch chi. Dw i ddim yn disgwyl i ti faddau i fi ond ...'

Torrodd llais Carl. Edrychodd i ffwrdd. Arhosodd Mair. 'Dw i ddim yn disgwyl dim,' meddai, gan edrych arni eto. 'Ond mae'n rhaid i fi ofyn i ti – elli di faddau i fi?'

Syllodd Mair i'w lygaid a gweld dim byd ond poen. Teimlodd ei holl ddicter yn diflannu. Cofiodd sut roedd Lefi'n teimlo yn ei chôl. Pe bai hi wedi bod yn sefyllfa Carl, a fyddai hi wedi gwneud unrhyw beth yn wahanol?

'Ry'n ni i gyd i gwneud camgymeriadau, Carl,' meddai Mair wrtho'n dawel. 'Dw i'n maddau i ti. Cer! Cer 'nôl at dy deulu.'

Gwyliodd hi Carl yn cerdded i ffwrdd a theimlo pwysau'n codi oddi arni. Roedd y gorffennol y tu ôl iddyn nhw. Roedd hi'n amser ysgrifennu straeon newydd.

\*

Eisteddodd Mair gyda Freya yn hen lyfrgell Ben. Roedd cyffro'r pedair awr ar hugain ddiwethaf wedi eu blino'n llwyr. Roedd yr holl ymladd wedi dod i ben. Gosododd Ceridwen ysbyty yn y siop ac roedd hi'n brysur yn trin y cleifion. Roedden nhw wedi ennill.

Roedd Mair yn dal i geisio gwneud synnwyr o'r cyfan. Roedden nhw wedi ennill. Doedd yr Arch ddim yn bodoli mwyach. Roedd Anwen wedi marw. Roedd Werber wedi cael ei gloi i fyny. Dychwelwyd y babis i'w teuluoedd. Roedd hi wedi gobeithio cymaint am y diwrnod hwn ond rywsut, doedd hi ddim wir yn credu y byddai'n digwydd.

Torrodd llais ar draws ei meddyliau. 'Mair!'

Edrychodd Mair i fyny a gweld Math a Llew'n sefyll wrth y drws. 'Beth sy'n bod?' gofynnodd.

'Mae angen i rywun siarad gyda'r bobl,' meddai Math. 'Maen nhw'n ddryslyd ac ansicr.'

Clywodd Mair ei eiriau, ond doedd hi ddim wir yn deall yn iawn beth oedd e'n ei feddwl.

'Ti ddylai wneud,' meddai.

'Fi?' meddai Mair. 'Pam ddim ti neu Llew neu Rosco?'

Cyn i Math allu ateb siaradodd Freya. 'Ti ddylai fod yna, cariad,' meddai. 'Ti yw'r crefftwr geiriau.'

Arnofiodd geiriau Freya ar draws yr ystafell ati ac ynddyn nhw gallai glywed eco o Ben, o Ceridwen. Hi oedd y crefftwr geiriau. Os gallai geiriau ddod â phobl at ei gilydd, byddai'n rhaid iddi hi ddod o hyd iddyn nhw.

Ugain munud yn ddiweddarach, roedd Mair yn ôl ar y llwyfan pren yn y sgwâr. Aeth rhywun â'r rhaffau, ac unwaith eto roedd y lle'n llawn o bobl a phawb yn dawel iawn. Edrychodd Mair o'i chwmpas. Roedd cymaint o wynebau yr oedd hi'n eu hadnabod – ei ffrindiau, ei hen gymdogion, plismyn. Edrychai pawb arni hi.

Am eiliad, roedd ofn arni. Beth allai hi ei ddweud? Yna ymddangosodd pâr o bilipalod gwyn a hedfan o gwmpas ei phen.

Ym mlaen y dorf gwelodd Thaddeus. Estynnodd ei law ati pan welodd e hi, ei wyneb bach yn goch gan gyffro. 'Mair!' meddai. Yn ei ddwrn roedd tri llygad y dydd, wedi gwywo ar ôl iddo geisio eu cario. 'Llygaid y dydd,' meddai. 'I ti.'

*Llygaid y dydd. Dechreuadau newydd.*

'Diolch, Thaddeus,' meddai Mair, gan geisio rhwystro'r dagrau yn ei llygaid rhag disgyn. Daliodd y blodau'n ofalus, eu petalau gwyn yn gylch o gwmpas calon aur. Am eiliad stopiodd pob peth ac roedd hi'n falch o fod yn fyw, i fod yn rhan o'r cyfan i gyd. Am amser, meddyliai fod ei bywyd drosodd ond roedd hi wedi cael ail gyfle. Allen nhw wneud yn well na'r bobl oedd o'u blaenau? Allen nhw fod yn driw i'r blaned, eu hunig gartref? Allen nhw ddefnyddio iaith i adeiladu a pheidio dinistrio, fel teclyn ac nid fel arf? Dim ond amser fyddai'n dangos hynny. Edrychodd Mair i lawr ar y bobl a theimlo pwysau eu disgwyliadau. Roedd hon yn mynd i fod yn daith anodd. Roedd rhaid iddyn nhw ddechrau eto. Adeiladu byd fyddai'n gweithio iddyn nhw i gyd. Byddai amser ar gyfer gwneud penderfyniadau, amser i wneud gwaith caled, amser am aberth. Ond heddiw roedd hi'n amser am eiriau.

Safodd Mair a dechrau siarad. 'Ffrindiau!' meddai. 'Amser byr yn ôl, safodd Werber fan hyn a dweud wrthoch chi mai dim ond un gair oedd yn bwysig. Roedd e'n dweud celwydd. Heddiw dw i'n rhoi'r rhodd o air arall i chi, gair gwerthfawr o'n mamiaith ni. Dyma'r gair fydd yn diffinio'n bywydau newydd ni.' Gwthiodd hi ei dwrn i'r awyr. '*Rhyddid!*'

O'i chwmpas adleisiodd y bobl ei chri, eu lleisiau'n hedfan i'r awyr glir a'r Arch yn ysgwyd i'w seiliau.

Hedfanodd calon Mair a theimlai'r cadwyni yr oedd hi wedi byw gyda nhw ar hyd ei bywyd yn syrthio i ffwrdd. Roedd geiriau'n hofran uwch ei phen fel pryfed tân. Geiriau oedd, o'r diwedd, heb eu rhwystro. Roedd antur hollol newydd o'u blaenau ac roedd hi'n ysu am gael bwrw iddi.

Y Diwedd

Gan yr un awdur: